龍鎖のオリⅢ －心の中の“こころ”－

[著] cadet　[画] sime

CONTENTS

Ryuusa no Ori

Kokoro no

Naka no Kokoro

Presented by cadet

Illustration by sime

第一章　背視の激情　004
第二章　くすぶる埋火　075
第三章　憎悪の発露　118
第四章　戒めの波紋　162
第五章　不協和音の四重奏　266
第六章　今一度、始まりの一歩を　300
終章　交錯、破綻の前触れ　371
閑話　蟲の誘い　391

怒りは我らの心身を焼く炎であり、
最も近しい隣人。
臨界を超えた熱は内に秘めた鬱屈が大きいほど、
押し込められた時間が長いほど大きく、
激しく燃え上がる。
そして、怒りの炎は宿主を惑わしながら、
自分も相手も焼き尽くす。
しかし、その激情は自己防衛の化身。
壊れそうな心の軋みであり、
目を背けてはいけない、
押し殺してはいけない悲鳴だ。
だから、忘れないでほしい。
怒りの奥に隠された、
本当に大切な感情を。

CHAPTER 1

第一章　背視の激情

今一度、我を拘束していた鎖が解かれた。

鎖は再び巻き直されるも、その束縛は徐々に緩み始めている。

ギシギシと軋《きし》みを増す音が、我の復活を予感させていた。

たかが人間風情が我を抑えられるはずもない。この結末は既に決まっていたようなものだ。

力を多少、この人間に奪われたからだろうか。封印世界にいたころに比べれば、幾分かまともに思考できるようになっている。

記憶も覗《のぞ》いた。この者自身、気づいていなかったが、なるほど。なんとも小さいが、無碍《むげ》にもできぬ感情を抱いている。

であるならば、せめて怒りくらいは晴らさせてやろう。

感謝し、満足して星に還《かえ》るがいい。

✝

ぼやける視界。明晰夢《めいせきむ》の中で、ノゾムはその地獄の光景を目の当たりにしていた。

Ryuusa no Ori Kokoro no Naka no Kokoro

身を焦がす熱と、単一の感情に染まる思考。

こみ上げるのはただ一つ。強烈な怒り。

視線を己の手に落とせば、漆黒の鱗《うろこ》に覆われ、紅《あか》く染まった爪と手がある。

(この手は、アイツの……)

ティアマットの手を、なぜ自分が見下ろしているのだろうか。

疑問が晴れる前に、血に染まった龍の手は、なぜか抜身の刀を握った人の手へと変わっていく。

何かを斬ったのだろうか。刀身には血がべっとりとつき、全身は糊《のり》がへばりついたような、ぱりぱりと不快な感触に包まれている。

(なんで、いったい何が……)

混乱する中、何が起こったのかを確かめようと顔を上げる。

そこにあったのは……。

†

「っ!」

跳ねるように身を起こす。気がつけば既に日は昇り、窓から差し込む朝日が半身を照らしていた。

「……朝?」

冷え切った体を震わせながら、ノゾムは周囲を確かめる。

場所は自室。自習用の机に突っ伏したまま、朝まで眠ってしまったようだった。

机の上には黒いインクで斜線が引かれ、没になった手紙が何枚も放置されている。

「ああ、そっか。そういえば……」

そこまで確かめて、彼は昨日自分が何をしていたのかを思い出した。

手紙をしたためていたのだが、どう書いたらいいか分からず、悩んでいるうちに寝てしまったのだ。

「それにしても、なんだったんだ、あの夢……」

先程まで見ていた夢を思い返す。夢と分かっていながらも、妙に現実感があった。

ドクン、ドクン。鼓動が速まり、言葉にできない不安感が鎌首をもたげる。

気がつけば手に力が入り、途中まで書きかけていた手紙がぐしゃりと握りつぶされた。

「やば……！」

急いで手紙を広げるが、便箋は皺《しわ》だらけになり、すっかり用をなさなくなってしまっていた。

しかたなく、まだ使っていない便箋を取り出す。

先の乾いた羽根ペンを開けっ放しのインク壺《つぼ》に差し、固まりかけていたインクをかき回す。

鼻を突くインクの香りの中、外に目を向ければ、太陽は既に並ぶ屋根の上に顔を出していた。

「そういえば、今日はアイリス達と早朝訓練の約束があったっけ……」

場所は外縁部。行く時間も考慮すれば、もう時間がなかった。早く書き上げないといけない。

気持ちを切り替えるように深呼吸をしてから、視線を机の上の手紙に戻し、ペンを構える。

「………」

しかし、言葉が浮かばない。先程ダメにしてしまった手紙に書いていた内容も、やはりしっくりこなくなってしまっている。

『結論から言うと、彼女は嘘《うそ》をついていない。リサ君は本気で、君が裏切ったと認識している』

『伝えておくことがあるの。私が見た、リサさん達のこと。今だから、気づけたこと……』

脳裏にアイリスディーナとシーナの言葉が蘇《よみがえ》る。

そこから導き出された結論を思い出し、ノゾムは思わず唇を噛《か》み締めていた。

よく考えれば想像できたことだった。自分とリサが別れた後、何が起こったのかを考えれば……。

「気づかなかった。いや、気づこうとしなかった……」

ふつふつと湧き上がる黒い感情に、頬が更に強張《こわば》っていく。

しばしの間、唇を歪《ゆが》めて固まっていたノゾムだが、やがて筆を走らせ、手紙に一文だけを書きなぐると、そのまま確認もせずに封をして懐に入れた。

そして、愛刀と荷物を手に取ると、約束の場所へ向かうために自室を後にする。

机の上には開けっ放しのインク壺と、クシャクシャになった没手紙の上で黒いシミを広げる羽根ペンが残されていた。

✝

アルカザム市街部の郊外。外縁部に続く野原で、ノゾムは黒髪の少女と得物をぶつけ合っていた。

少女の名は、アイリスディーナ・フランシルト。

大国フォルスィーナ王国の名門貴族の子女にして、ソルミナティ学園三学年トップの才媛だ。

均整の取れた彼女の肢体から溢《あふ》れ、構えた細剣まで満ちる魔力光。精密な強化魔法でさらなる加速を得たアイリスディーナは、野原を飛び回る蝶のごとく優雅に舞いながら、得物を振るう。

「はあっ！」

その速度はまさに閃光《せんこう》。縦横無尽に繰り出される連撃が、まるで網目のようにノゾムに襲いかかる。

「ふっ！」

迫る閃光の連撃を、ノゾムはすり足で後ろに退きながら、構えた刀で捌《さば》いていく。

一見すると、アイリスディーナが押し込んでいるようにも見える光景。しかし、彼女は気づいていた。自分の連撃に手ごたえは全くなく、迫る刃《やいば》を捌くノゾムの目に焦りは微塵《みじん》もないことを。

つまりそれは、いくら圧《お》されているように見えても、彼にとっては全て想定内であることの証左。

(やはり凄《すご》い。能力で圧倒している私の剣を、ここまで完璧に凌《しの》ぐなんて……)

本気で剣を振るっても押し切れない現実に、アイリスディーナは純粋に彼への敬意と尊敬を抱く。

能力抑圧。ノゾムが受けることになってしまった、自身の能力を制限されるアビリティ。

そんなハンデを持ちながらも、彼の剣はまっすぐで力強い。

胸の奥からこみ上げる熱に、彼女は思わず口元を緩ませる。

(これなら、どうだ？)

用意していた魔法を発動。次の瞬間、ノゾムの足元の地面が山のように盛り上がった。

土精操。土を操る初級魔法だ。

アイリスディーナは、魔法の発動に必要な詠唱を行っていない。にもかかわらず魔法が発動したのは、彼女の持つアビリティ『即時展開』によるもの。

しかし、彼女の魔法は大した効果はなかった。

ノゾムは突如として隆起した土に足を取られるも、冷静に対応。無理に抗《あらが》うことはせず、逆に重力に身を任せ、地面を転がりながらアイリスディーナの刃圏から逃れていく。

彼女はノゾムの回避先に追撃の魔力弾を放つも、彼は転がりつつ剣帯から鞘《さや》を外し、器用に自分に直撃する魔力弾だけを弾《はじ》き返す。

（だから、いったいどういう感覚をしているんだい、君は！）

グルグルと視界が回っている中でも、自分に迫ってくる魔力弾を正確に迎撃する。ノゾムの危機察知能力に戦慄しながらも、アイリスディーナは続けざまに魔法を発動。

拘束魔法・闇の縛鎖。

ノゾムの足元に魔法陣が出現した瞬間、四本の黒い鎖が飛び出し、彼の手足に絡みつく。

相手の動きを完全に封じたことを確かめると、アイリスディーナは追撃の魔力弾を放ちながら跳躍。

同時に、魔力を付与したミスリルの愛剣『宵星の銀翼』に、さらに強化魔法を重ねがけしていく。

魔法剣・月食夜。アイリスディーナが持つ魔法の中で、最も強力な魔法剣だ。

アビリティによる多種多様な魔法の連携攻撃。たとえAランクの猛者とて、凌ぐのは困難だろう。

「ふっ……」

しかし、ノゾムはその全てを断って捨てた。

右手の『愛刀』に気を巡らせ、手首だけでくるりと回す。

それだけで、刀身に触れた闇の縛鎖は真っ二つに切り裂かれた。

さらに、鞘に刀を納めながら、地面に描かれた魔法陣に鞘尻を叩《たた》きつける。

ミカグラ流・破震打ち。気の炸裂《さくれつ》と打撃を重ねる内部破壊技が足元の魔法陣を砕き、弾けるような炸裂音と共に残った闇の鎖を完全に消し去る。

さらに拘束から逃れたノゾムは、今しがた鞘に納めた刀に再び気を纏《まと》わせ、抜刀。

「しっ！」

ミカグラ流・塵断。放たれた一閃が炸裂。無数の気刃が迫る魔力弾の群れと激突し、そぎ落とす。

そして彼は続けて三度、刀身に気を注ぎ込み、返す刀でアイリスディーナ渾身《こんしん》の一刀を迎撃した。

「ぐっ……！」

「むぅ……！」

激突し、拮抗する気刃と魔法剣。バチバチと火花が走り、空気が焦げる匂いが二人の鼻を突く。

その状況に、アイリスディーナは今日何度目か分からない感嘆を漏らした。

無理もない。彼女は戦いながらこの魔法剣をなんとか作り上げた。それでも、竜種の鱗すら斬り裂けるほどの刃である。

一方、ノゾムの気刃は僅か半秒足らずで作ったもの。にもかかわらず、その気刃は密度、精度共に、アイリスディーナが必死に作った魔法剣と同等の強度と切れ味を誇っているのだから。

「相も変わらず、常識外なことを、平然とする男だな……！」

「いや、正直、限界が近いんだ。これが最後だ……よ！」

二人は示し合わせたように後ろに跳躍。そして、それぞれが己の最も得意とする構えを取った。

アイリスディーナは左手を突き出し、切っ先を静かに上げて突きの姿勢を。ノゾムは腰を落として納刀。居合の型を見せる。

激しい斬り合いの中で生まれた僅かな間。張り詰めた空気が満ち……そして弾けた。

「っ、はあああああ！」

先に動いたのはアイリスディーナ。一気に魔力を高め、立て続けに強化魔法を自分の体に発動。

瞬間的に身体能力を引き上げながら、全力で踏み込む。

同時に、五つの魔力弾を生成。細剣の動きに合わせながら、螺旋《らせん》を描くように五つの魔力弾を月食夜に絡みつかせ、貫通力をさらに高めた突きを放つ。

魔法剣技・黒点彗星《すいせい》。

ルガトとの戦いの後、彼女が編み出した新しい技。

突き出された切っ先に集束した魔力が螺旋を描きながら大気を貫き、ノゾムへと向かって疾走する。

その姿はまるで、月夜を斬り裂く黒い箒星《ほうきぼし》を思わせた。

「っ！」

迫る黒点。ノゾムは全集中力を一秒の間に叩き込む。視界が灰色に染まり、目に映る全ての動きが停滞。緩慢な世界の中で右足を踏み込み、全力で強化しながら抜刀。

キイィィイン！　と甲高い金属音を響かせながら、二人の影が交差する。

激突は一瞬。結果は明白だった。

「ふむ、私の負け……のようだな」

駆け抜けたアイリスディーナがそっと、己の腹部に指を這《は》わせる。

彼女の制服に、一筋の傷が浅く刻まれていた。

「ふぅ……っと、ゴメン、服、大丈……夫」

剣気を散らしたアイリスディーナに続いて、ノゾムもまた構えを解いたが、そこで思わぬものが目に飛び込んできた。

斬り裂かれた制服の隙間からチラチラと見えるのは、アイリスディーナの白い腹部。

シミ一つない絹のような肌に、可愛《かわい》らしい臍《へそ》が顔を覗かせていた。

「うん？　どうした？」

「いや、その……」

ノゾムの視線に先に気づいたアイリスディーナが、にんまりと意地の悪い顔を浮かべながら、切れた制服の端を摘まみ上げ始めた。ススス……と、露《あら》わになる白磁の肌に、ノゾムは顔を赤くしながら大慌てでそっぽを向く。そんな彼の様子に、彼女はコロコロと笑みを浮かべた。

「ははは、やっぱり君はからかうと面白いな～」

「お嬢様、はしたないですよ」

アイリスディーナがノゾムの反応を楽しんでいると、薄紫色の髪を小綺麗《こぎれい》に結った壮年のメイドが彼女を諫《いさ》めてきた。

メーナ・マナート。アイリスディーナの父であるフランシルト家当主の傍《そば》付きだったメイドであり、今はアイリスディーナの妹、ソミアの世話と護衛をしている凄腕《すごうで》の剣士である。

彼女の手には替えの制服があり、近くの木にはいつの間にかカーテンが掛けられ、簡易更衣室が作られていた。

「分かっているよ。他の人にはしないさ」

アイリスディーナは軽い調子で替えの制服を手に取り、メーナに案内されるまま、簡易更衣室へと向かう。

彼女の姿がカーテンの奥へと消えると、ノゾムは疲れたように肩を落とし、その場に座り込んだ。

「ああ、もう……」

「ふふ、姉様もノゾムさんと一緒にいるのが楽しいんですよ」

ノゾムに声をかけてきたのは、アイリスディーナの妹であるソミリアーナ。

彼女は姉と同じ艶やかな黒髪をなびかせながらノゾムの顔を覗き込み、ニッコリと微笑《ほほえ》む。

「光栄だと思うべきなのか、玩具《おもちゃ》にされているのを嘆くべきなのか……。あ、そうだソミアちゃん、マルス達は？」

「お二人なら、あっちに……」

ソミアが指さした方には、マルスとティマが魔法の訓練を行っていた。

「もうちょい、もうちょい……」

マルスの両手には二つの風の塊が作り出されており、少しずつ大きくなっている。

複数の魔法を使いながら、その規模を変化させていくという、かなり高度な訓練だ。

しかし、どうもまだ制御がおぼつかない様子。両手の風塊の形状も、徐々に不安定になっていく。

「だめだめ、マルス君、魔力をもっと抑えて！」

「む、ぐ、むうううぅ……」

ティマがマルスに声をかけるが、力ずくで抑え込もうとしたためか、魔力の乱れは治まらない。

逆に魔力が過剰に供給されたことで、歪んだ風塊は乱流をまき散らしながら一気に膨張する。

「や、やば！」

「風よ、舞い上がれ！」

しかし、風塊が弾ける直前、ティマが動いた。

瞬時に破裂しそうな風塊を己の魔力で包み込み、荒れ狂う風を上空へと解放。

強烈な上昇気流が発生するも周囲に被害を出すことなく、ほぼ全ての魔力が空へと散っていく。

「あ……」

その時、ふわりとティマのスカートが浮いた。細身の太ももが露わになり、何が起こるのか察したノゾムが反射的に視線を逸《そ》らそうとした瞬間……。

「ノゾムさん、ダメ！」

「グキョ⁉」

隣にいたソミアが、思いっきり彼の首をひねった。

ゴキリと骨が鳴る音が響き、走る激痛にノゾムは思わずのたうち回る。

「ああ、ごめんなさい！」

慌てたソミアがノゾムに縋《すが》りつく一方、暴発しかけた魔法を散らし終えたティマは、ぷんすかと頬を膨らませながらマルスに詰め寄っていく。

「マルス君、言ったよね。魔法の制御は力ずくじゃダメだって！」

「い、いけると思ったんだよ……」

「もう、前から思ってたけど、マルス君はちょっと適当過ぎるよ！　分かってるよね。魔法って、すっごく危ないものなんだよ⁉」

どうやら性急に事を進めたがるマルスに、ティマはかなり立腹している様子。

普段の大人しく、男性が苦手な彼女からしたら、とても珍しい態度だった。

「わ、分かってるっての……」

マルスは気まずそうに明後日の方を向き、弱々しい口調で返事をしている。

無茶したのを悪いと思っているのか、それとも直前に見た光景に動揺しているのか。

恐らくはその両方なのだろう。よく見ればマルスの頬がほんのり紅く染まっている。

「本当？　だったら、どうしてそっぽ向いてるの？」

「い、いや、今はちょっと……」

「なにが気に……」

言いよどむマルスに対して眉を吊《つ》り上げていたティマだが、そこでようやく彼の視線の先に気づく。

チラチラ向けられる意識の先には、自身のスカート。彼女の顔が真っ赤に染まった。

「っ、み、みみ、見た？」

「い、いや、見えなかったぞ！　ちょっとしか……」

「っ～～～！」

次の瞬間、ティマの口から声にならない悲鳴が上がる。同時に、溢れた彼女の羞恥に反応した魔力がドン！　と轟音《ごうおん》と共に噴き出し、マルスを木の葉のように吹き飛ばす。大陸最強クラスの魔力はたとえ詠唱などの術式が無くても、大人一人を宙に飛ばすには十分だったようだ。

「ふわああ……。マルスさん大丈夫かな？」

「ま、まあ、反射的に気を纏っていたから大丈夫だと思……ん？」

その時、ノゾムの目がぐるりと街の方に向けられた。

「ノゾムさん、どうかしましたか？」

「いや、誰かに見られている気がして……」

ノゾムの視線の先には外縁部と市街地の境目。木箱や色褪《あ》せた木材などの雑多な荷物が置かれている場所がある。

彼はおもむろに立ち上がると、荷物に近づき、朽ちかけている木板を退《ど》かし始めた。

細かな木片が舞い、ほこりが鼻孔を刺激する中、やがて木材の下に隠れていた石壁が姿を現す。

ノゾムはひんやりと湿り気を帯びた石壁に手を当ててみる。

腐った木の香りに交じって、僅かに焦げ臭いにおいが鼻についた。

「何もない……いや、魔力の残滓《ざんし》？」

冷たい石の感触に交じる、僅かな魔力の熱。よく見れば、石壁の一か所が黒く焼け焦げている。

指を這わせると、膜状になった炭がパラパラと落ちていく。

「これは、いったい……」

ノゾムが顔をしかめながら、地面に落ちた炭の欠片《かけら》を摘まみ上げる。

漂っていた魔力の残滓は既になく、炭の欠片は砕け、晩春の風の中へと消えていった。

†

「やば！」

宙に浮かぶ楕円《だえん》形の鏡。その中に映る人物と視線が合った瞬間、彼は行使していた魔法を解除した。

同時に、映像を受信していた媒体に自壊を命じる。

間一髪で媒体の破壊を終え、覗き見をしていた人物はホッと胸をなでおろし、大きく息を吐く。

「ふぇえ、危な。どんな気配察知能力してるんやろか。あのメーナ・マナートにも気づかれへんかったのに……」

しかし、続いて彼の表情に浮かぶのは、純粋な興味。

想像以上の能力に驚きつつも、彼は同時に調査対象への興味を加速させていく。

「ノゾム・バウンティス。なるほど、面白そうな奴やんか。こんなバイトしてるから色々と面倒くさいことばっかりやけど、今回は当たりみたいやな。へへっ！」

ピョコピョコと金色の耳と尻尾が揺らしながら、彼はおもむろに鞄《かばん》を取ると、自室を出て行く。

彼が着るソルミナティ学園の制服には、三学年二階級を示す青色の名札が付けられていた。

✝

早朝の鍛錬を終えてメーナと別れたノゾム達は、その足で学園へと向かっていた。

夏に入りつつあるこの季節、日差しは徐々に強くなり、空気も少しずつ暖かくなってきている。

中央公園へと続くアルカザムの大通りは多くの人達が、各々の職場へと向かっていた。

「うわ、凄《すご》い美人……」「綺麗な黒髪、学園の人かな？」

行きかう人達が、チラチラとアイリスディーナ達を覗き見ていく。

艶やかな黒髪と凛《りん》とした佇《たたず》まいの美少女は、相も変わらず人の目を惹《ひ》きつけていた。

それは、隣を歩くティマやソミアも同様である。実際、彼女達はアイリスディーナと並んでも遜色ない容姿を持っている。街を歩けば自然と視線を集めるのも無理はない。

そんな彼女達を横から眺めながらも、ノゾムの意識は懐に入れた手紙に向いていた。

この手紙は今日、彼らに渡すために書いたもの。今までずっと、逃げていた自分が、もう一度過去と向き合うために必要なものだった。

後は、どうやって渡すか……。

そんなことを考えていると、隣からアイリスディーナが声をかけてくる。

「ノゾム、どうかしたのか？」

「え？　な、なにが？」

「少し、顔が強張っているように見える。体調が悪いのか？　それとも、先ほどの鍛練で少し無理をさせてしまったか？」

可愛らしく首を傾けて尋ねてきた彼女の言葉に、ノゾムは思わず息を飲んだ。

手が思わず、手紙が入った懐に伸びそうになる。

「いや、大丈夫だよ。今日の授業のことを考えて、少し気を揉《も》んでいただけだから」

「今日の授業……ああ、そういえば特総演習前の合同授業があったな。もうそんな時期か……」

「そういうこと……」

とっさに動揺を押し殺しながら、ノゾムは視線を逸らす。

特総演習。三学年から実施される総合演習であり、三学年の授業が今までの二年間とは違うということの象徴でもあった。

内容を端的に言えば、チームを作り、スパシムの森の中で決められた課題をこなすこと。

スパシムの森は魔獣の跋扈《ばっこ》する森であるため、当然相応の実力が求められる。

また、特総演習の結果は成績に直結する。ノゾムとしても、逃すわけにはいかない。

「それで、ノゾムはどうするんだ？」

「どうするって、何が？」

「演習で組む相手さ。特総演習の期間は二日。初日は同階級で組むけど、二日目は階級の縛りはなくなるわけだし……」

「とりあえず、マルスと組むことにしているけど……」

「まあ、一応、な……」

特総演習が今までの授業と違う点は、他階級と組むことも考慮している、というところである。

正確には、一日目は同クラスと組み、二日目は他階級と組む。

ノゾムがちらりと視線を向けると、マルスは小さく頷《うなず》いた。

「あとは今日の全クラス合同授業で相手を探そうと思う。組んでくれる相手がいればだけど……」

今日の合同授業は、特総演習で組む相手を探すために行われるものであり、全クラスが参加する。

大抵の生徒たちはここでパーティーを組む相手を見つけるのだが、生憎ノゾムとマルスは共に学園では色々と悪い噂《うわさ》を抱えている人間である。

ノゾムは最底辺として、マルスは暴れん坊として。組む他階級の相手を探すには、苦労することが目に見えていた。

「なるほど、じゃあ……」

悩むノゾムを見つめながら、少し逡巡《しゅんじゅん》する様子を見せていたアイリスディーナが口を開く。

しかし、彼女が言葉を発する前に、涼やかな鳴き声が二人の間に響いてきた。

『チチチチ、チュンチュン！』

「わあ、綺麗な小鳥！」

美しい瑠璃《るり》色の小鳥が姿を現し、ソミアが感嘆の声を漏らす。

目を惹く色の体毛もそうだが、体高の二、三倍もある長い尾羽が、この鳥にある種の神秘性を抱かせる。そして小鳥はノゾムの肩に止まると、チチチ、と喉を鳴らし始めた。

突然現れた瑠璃色の鳥にソミアが感嘆の声を上げる中、アイリスディーナとティマは目を見開いている。彼女達の驚きも無理はない。この小鳥は、ここ最近とても有名になった存在だからだ。

「精霊……」

「ええっと、ラズワード？　何でここにいるんだ？」

『チチチ……（よう、ノゾム。相も変わらず変な顔しているな……ってそうだった、お前、俺の思念が届かないんだったな）』

ラズワード。ノゾムが少し前に関わることになったエルフと契約している小精霊である。

『あ～あ～。久しぶりに声を出すと、やっぱり変な感じだな』

小鳥の口から涼やかな鳴き声ではなく、どこか人を食ったような、それでいて、洞窟に響く風音のような声が出る。

魂に直接思念を送ることでコミュニケーションを取ることが普通の精霊には必要のない行為だが、ラズワードは最近、わざわざこうして実際に声を出すようになっていた。

『なんでここにいるかって、決まっているだろ。シー嬢の通学路にお前がいたからだよ』

そんなことを言いながら、ラズワードが向けた視線の先にノゾム達が目を向けると、三人の学生達がこちらにやって来ていた。

「あ、ノゾム君やっほ――。元気してた？」

一番に声をかけてきたのは、猫尾族と呼ばれる獣人の少女。

名前はミムル・ミディール。三学年二階級に属する、かなりの実力者である。

「おはようミムル、トムもおはよう」

「ああ、ちょっと早朝鍛練に付き合ってもらっていたんだ」

ミムルに返事をすると、続いてノゾムは、人族の少年と挨拶を交わす。

トム・デイル。ミムルと同じクラスであり、同時に彼女の恋人である錬金術師。

好奇心旺盛で研究意欲があり、アルカザムにある大陸有数の研究機関、グローアウルム機関で見習い研究員もしている、将来有望な秀才である。

そして、最後の一人がノゾムの前にやってくる。

蒼穹《そうきゅう》を思わせるきめ細やかな蒼い長髪と、そこから顔を覗かせる長い耳を持つ少女。

それはエルフと呼ばれる、この大陸で最も精霊に愛された種族の特徴だった。

「おはよう、ノゾム君」

「お、おはよう……シーナさん」

シーナ・ユリエル。大陸中の優秀な人材が集まるアルカザムの中で、唯一のエルフ。そしてノゾムとは、アビスグリーフと呼ばれる危険な魔獣に襲撃された際に共闘した間柄だった。

集まる衆目を淡々とした表情で流しながらノゾムに歩み寄った彼女は、彼に向けて静かに微笑む。

親近感に満ちた美しい微笑に、アイリスディーナ達は一様に驚きの表情を浮かべた。

エルフは元々感情が顔に出にくく、あまり他種族に心を開かない。それは、彼らが幼い頃から精霊と共に過ごし、心で相手と通じ合うことに慣れているためである。

そんなエルフが自分から笑みを返すなどかなり珍しく、それだけノゾムに対して大きな信頼を寄せているということでもあった。

一方、驚くアイリスディーナ達を他所《よそ》に、シーナはノゾムの肩に止まっている精霊を見て、はあ、と溜息《ためいき》を漏らす。

「ごめんなさい、ラズが迷惑かけたみたいね」

「いや、そんなことないけど……」

『そうだそうだ！　まだ何もしてないぞ！』

「まだってことは、これから何かするってことかしら？」

『なんでだよ！　精々シー嬢の今日の下着を事細かに伝えて発情させるくらい……グエ〜〜！』

一瞬でラズワードを鷲掴《わしづか》みにしたシーナが、ギリギリと手の中の精霊を締め上げ始めた。

雑巾を絞ったような音に交じって、汚い濁音まみれの悲鳴が流れる。

このラズワードという精霊、百年以上生きているはずなのに、その性格は妙に俗世的だった。

「ちなみに、今日のシーナの下着の色は水い……みゃあ〜〜〜！」

そこに面白いことが大好きのミムルが悪乗りしようとするが、当然シーナが許すはずもない。

最重要機密情報が暴露される前に、エルフの少女の強烈なアイアンクローがミムルにも炸裂する。

元々弓が得意で、細身のエルフとは思えないほどの握力を持つシーナ。魔力による身体強化まで使って、ミシミシと指先をミムルのこめかみにめり込ませていく。

「割れる、割れる！　シーナ、頭がパッカン割れちゃう～～！」

『俺も俺も！　中身が、中身が全部出る～！』

「いいんじゃないかしら。ラズもちょっと悪い源素に染まっているみたいだし、中身の入れ替えが必要よね？」

一人と一羽が死ぬ死ぬと喚《わめ》きたてる一方、ノゾムはミムルの「水い……」という言葉に、思わず邪《よこしま》な想像がよぎってしまいそうになっていた。

「ノゾム君、変なこと、考えていないわよね？」

「は、はい！　もちろんでございます！」

にんまりと口元を歪ませたシーナの形相に、ノゾムは反射的に敬語で返答。当然、脳裏に浮かんだちょっとピンクな映像は即刻破棄である。

威圧感満載なシーナの視線にノゾムが冷汗を流す中、やがて彼女は「はぁ～～」と溜息を吐《つ》くと、ミムルとラズワードを解放。拘束を解かれた一人と一羽が、べちゃっと地面に倒れ込む。

「まったくもう、この二人は……」

「あははは……でも相変わらず、みんな仲いいね」

「不本意ながら、ね」

のびているミムルとラズワードを見下ろしながら、ノゾムとシーナは微笑を交わす。

流れる穏やかな笑い声と、続く数秒の沈黙。

静かな時の中、ほんのりと甘い空気が流れ、心なしか、シーナの頬が徐々に紅に染まっていく。

「ん、んん！　ノゾム、随分シーナ君達と親しいようだね」

「え？　ああ、そう、かな？」

生暖かい沈黙を破るように、アイリスディーナが少し不満げな様子で声をかけてきた。

彼女の一言に、ノゾムとシーナはパッと視線を離す。

神秘的でありながら、同時に排他的なエルフであるシーナがノゾムに信頼を寄せるきっかけは、彼女の過去と、少し前に起こった事件にある。

二十年前の大侵攻の時、彼女はアビスグリーフと呼ばれる正体不明の魔獣の襲撃により、故郷と家族を失った。

それだけでなく、トラウマからエルフとして最も重要な、精霊との契約能力まで喪失してしまう。

全てを失った彼女の失意は計り知れず、それでも故郷を取り戻すためにこのアルカザムに来るも、スパシムの森で故郷を奪った魔獣と同質の存在と遭遇。再び過去のトラウマに苦しむことになる。

しかし、彼女はノゾムと関わる中で自身の心の傷を乗り越え、契約能力を取り戻す。

そして、友人であり、消滅しかけていたラズワードも復活。共に力を合わせて、トラウマの象徴であり、危険極まりない魔獣アビスグリーフを倒すことができた。

そんなこともあり、シーナはノゾムに大きな信頼を寄せ、こうして柔らかい表情を向けるようになったのだ。

「ノゾム、前から思っていたんだが、彼女といったい何があったんだい？」

説明を求めるアイリスディーナに、ノゾムは返答に困ってしまう。アビスグリーフの一件に関しては学園側から緘口令《かんこうれい》が敷かれているためだ。

「ごめんなさい、アイリスディーナさん。私も彼も、そのことに関しては話すことができないの」

言いよどむノゾムを庇《かば》うように、シーナが話に割って入ってきた。二人の少女の視線が交差する。

ノゾムの傍で寄り添うようなシーナの雰囲気に、アイリスディーナの機嫌は急降下。眉が吊り上がり、冷たい緊張感が漂い始める。

「……そうか、悪かったな、変なことを聞いてしまって」

先に折れたのはアイリスディーナ。彼女は自分を落ち着かせるように静かに息を吐き、目を伏せる。

「いえ、こちらこそごめんなさい。友人が彼との話に割り込んでしまって。それじゃあノゾム君、また学園で」

「あ、ああ。また……」

一方のシーナも小さく頷き、アイリスディーナの言葉を飲み込と、自分がKOしたミムルとラズワードを引きずりながら学園へと向かっていく。

「あ、アイリス？　なんでそんな目で見てくるの？」

じ～～～。気がつけば、アイリスディーナはこれ以上ないほど不機嫌な様子でノゾムを睨《にら》みつけていた。向けられるジト目に、ノゾムの顔に冷や汗が流れる。

「……気にしないでくれ。それじゃあ、私も先に行くから」

「あ、ちょっと、アイ!?」

「お、おいおい！」

アイリスディーナは仏頂面を浮かべると、スタスタと先に行ってしまった。

ティマとマルスが慌てて彼女の後を追いかけ、ノゾムは突然硬くなった彼女の態度にポカーンと呆《ほう》けるのみ。

一方、残されたソミアは首を傾《かし》げながら考え込むと、おもむろに口を開いた。

「ノゾムさん、今度のお休み、デートに付き合っていただけますか？」

「あ、うん……はい？」

「よかった！　それじゃあ、お昼前、中央公園で！」

ソミアの突然の言葉に、彼は思わず頷いてしまった。確かめる間もなく、少女はパッと太陽のような笑顔を浮かべて、エクロスへと走り去っていく。

春の天気のようにコロコロと移り変わる状況にパニック状態になっていたノゾムは、朝礼の鐘が鳴り響くまで、完全に硬直したままだった。

✝

ソルミナティ学園に複数ある訓練場。そのうちの一つに、三学年の全生徒が一堂に会していた。

普段は集まらないクラスの生徒達がいるためか、訓練場には重苦しい空気が満ちている。

そんな中、檀上には、一人の偉丈夫が立っていた。

ジハード・ラウンデル。

二十年前の大侵攻で活躍した英雄。そして、このソルミナティ学園の実質的な最高責任者である。

「諸君は三学年として、新たな段階に進んだ。今まではランクや階級での能力差が諸君にとって大きな価値観だったろうが、一人の英雄だけでできることは限られる。ゆえに、多様な能力、性格、価値観を活かせるようにならなければならない」

特総演習は今までとは違う。特に二日目は他階級と組むことが前提のため、より階級差のあるパーティーを組むことで加点がある。

「この演習を通じて、諸君がさらなる高みへと辿《たど》り着き、魔獣の脅威からこの大陸を救うことを願っている」

ジハードが挨拶を終えると、彼の後ろに控えていたインダ・メティスが前に出てきた。

一階級および二階級の担任であり、ジハードの補佐も務めている教師である。

「これより三学年全クラスによる合同授業を始めます。授業終了まで、各々、気になる相手を探しなさい。安全上の理由から、模擬戦を行う場合は、こちらの用意した武器を使用すること」

補足説明が終わると、訓練場にいた生徒達が一斉に動き始めた。

「おい、そこの君、ちょっといいか？」

「ねえ、よかったら一緒に組まない？」

「な、なあ。俺も一緒に入れてくれないか？」

「何ができるんだ？」

「補助魔法と薬の知識が少し、それから……」

上位階級も下位階級も、必死にパーティーメンバーを探していく。

組む相手を探す方法は様々。単純に話をするだけで決めることもあるし、軽く模擬戦をした上で決める場合もある。自分達の成績に直結するだけに、彼らも必死だ。

一方、ノゾムはというと……誰にも声をかけられることなく、放置されていた。

無理もない。能力抑圧持ちの最下位生徒など、彼らから見れば邪魔者にしか映らない。

マルスにいたっては、自分から周囲に働きかけることもせず、じっと佇んでいる。

「マルスはいいのかよ、行かなくて」

「なんでどうでもいい奴らと組まなきゃならないんだよ。加点なんてなくたって別にいいじゃねえか」

「でも、それだと演習で不利になるぞ」

「何の問題がある。俺とお前で全部倒せばいいだろ」

それ以上話すのを拒否するように、マルスは腕を組み、瞑目《めいもく》して黙り込んでしまう。

相も変わらず一匹狼《おおかみ》的な気質が強く、他の生徒達からも避けられている彼だが、ノゾムの目にはどこか落ち着きがないようにも見えた。

(何かあったのか？　なんだか、妙に苛立《いらだ》っているみたいだけど……)

ノゾムがマルスの言動に少し気を揉んでいると、横合いから間延びした声がかけられる。

「ノゾムく～ん。組む相手は見つかった～？」

「アンリ先生。いえ、まだ……」

アンリ・ヴァールはノゾムが属する三学年十階級の担任教師。

彼女はどうやら、自分のクラスの生徒の様子を見回っているらしい。

ノゾム達がまだ組む相手がいないことに残念そうに肩を落とすが、すぐに明るい表情を浮かべる。

「そう……。でも、今のノゾム君なら、大丈夫！　きっといいところまで行けるよ！」

「そうなればいいですけど。ああ、そうだアンリ先生。ちょっと相談があるんですけど……」

ノゾムは今朝方、外縁部での訓練中に感じた視線と、魔力の残滓についてアンリに話してみる。

「う～ん。ちょっと聞いただけじゃ分からないけど、ノゾム君が気になるなら調べてみるね～」

「ありがとうございます」

「いいのよ。生徒の不安を晴らすのも先生の務めですもの～。それじゃあ、頑張ってね～！」

話を終えると、アンリは笑顔で手を振りながら、他の生徒のところへ向かっていく。

「よう、ノゾム。お前は誰と組んだんだ」

ノゾムがアンリを見送ると、今度は銀髪の亜人が威勢のいい声で話しかけてきた。

ケヴィン・アーディナル。銀狼《ぎんろう》族と呼ばれる亜人であり、三学年の中で数少ないAランクの実力者。

彼はノゾム、シーナと一緒にアビスグリーフと戦った間柄。そのため、ノゾムに対して一目置いており、一階級が集まっている場所からわざわざ様子を見に来たらしい。

「ケヴィン……いや、まだなんだ」

「意外だな。シーナはどうした？」

ケヴィンの言葉に、ノゾムは訓練場の一画を指さす。

そこには多くの生徒達に取り囲まれているシーナとラズワードの姿があった。彼女の傍には、いつも一緒にいるミムルとトムの姿もある。

シーナはこの学園唯一のエルフ。そして、直接精霊と契約できる存在。

先のアビスグリーフの一件で精霊との契約能力を取り戻したこともあり、誰もが彼女とパーティーを組もうとしているようだった。

ミムルとトムは集まった生徒達に少し戸惑っている様子だが、肝心のシーナ達本人は集まってくる生徒達に対して無表情を貫いている。

肩にとまっているラズワードにいたっては、興味なさそうにあくびをしている有様だった。

「なんというか、凄い人の数……」

「まあ、無理もないか。アイツも今や俺と同じAランクだ」

「ところで、君はどうしてここに？」

「ライバルの動向が気になるのは当然だろ。いやまあ、ライバルっていうには、俺は力不足だが……」

「ライバルって……」

「あの時の戦いのことを考えれば、個人戦闘でお前に勝てるとは思ってねえよ。だが、今回はチーム戦だからな。楽しみだぜ」

ニヤリと好戦的な表情を浮かべながら、ケヴィンは戦意を昂《たか》ぶらせる。

一方ノゾムは、彼の言動に冷や汗を浮かべていた。

ケヴィンはノゾムが能力抑圧を解放できることを知っているが、その力の源泉である滅龍王についてては知らない。ティアマットのことを隠しているノゾムにとっては、ちょっとしたことで自分の秘密がバレるのではないかと、気が気ではなかった。

「そ、それより。そっちはもうメンバーが決まっているんだね」

「ん？　ああ。いつもの奴らさ。別階級で組むなんて、俺達にとっちゃ今さらだからな」

彼の後ろには二十人ほどの生徒達がいるが、その半分は他階級。全員が常日頃から、ケヴィンとともに冒険者ギルドで依頼をこなしているメンバーだった。

　ケヴィン本人の能力は非常に高いが、同時に彼は三学年最大のパーティーを束ねるリーダーでもある。また、他の生徒達と違い、他階級の生徒達がバランスよく混じっている。

　ケヴィンパーティーのメンバー達はノゾムと視線が合うと、軽く手を振ってきたり、微笑んできたりする。彼らもアビスグリーフと戦った者達なのだが、その際に負傷してしまい、ノゾムに助けられた経緯がある。

　そのためか、他の生徒たちのようにノゾムに対して蔑視する感情はない。むしろ、仲間として見ている節も見受けられた。

「あんた、何やってんのよ」

　そんな時、ケヴィンの後ろに控えていた狼族の少女が、仏頂面でノゾムの耳元に顔を寄せてくる。彼女はカランティ。ケヴィンパーティーの副官的存在である。

「何やっているって、メンバーを探しているんだけど……」

「なら、さっさとあのエルフと組みなさいよ。向こうだってその気みたいなんだから……」

　カランティは以前シーナに対して隔意を抱いていた。

　それは、大侵攻で自分達の忠告を聞かなかったエルフ達の行動に起因しているのだが、アビスグリーフの一件でシーナに助けられたこともあり、今ではその隔意もなくなっている様子。

　耳元にぼそぼそと小声で念を押してくるカランティに促されて、ノゾムがもう一度シーナの方に目を向けると、なぜかエルフの少女と目が合った。

　ノゾムが見ていることに気づくと、シーナは小さく微笑み返してくる。

「ほら……」

「いや、ほら……って言われても」

「ち、意気地なし……」

彼女は煮え切らないノゾムに吐き捨てると、スッと離れて、再びケヴィンの隣へと戻っていく。

「おい、どうかしたのか？」

「いえ、リーダー。なんでもありません」

すまし顔の副官にケヴィンは苦笑しつつ肩をすくめると、改めてノゾムを向き合う。

「ノゾム、アイリスディーナはどうした？　前、あいつとパーティー組んでただろ？」

「いや、その……」

ノゾムが今度は一階級の方に目を向ける。視線の先には、アイリスディーナとティマの姿があった。

案の定、こちらも他階級の生徒達に囲まれている。アイリスディーナは学年総合成績第一位。ティマも歴代最強の魔力の持ち主ということで、引く手あまたの様子だった。

その時、黒髪の少女の瞳がノゾムを捉えた。交わる二人の視線。

やがてアイリスディーナは不機嫌そうに頬を膨らませると、プイっとそっぽを向いてしまう。

「なんだ。喧嘩《けんか》でもしたのか？」

ケヴィンは意味深な笑みを浮かべるとノゾムの肩を組み、顔を寄せてくる。

「い、いや、そういうわけでもない……と思うんだけど」

「ふ～ん。まあ、早く機嫌を取っておけ。女は待たされるのを嫌うからな」

「彼女とは、そんなんじゃ……」

実際のところ、ちょっと口にできないお家事情とかを知ることにはなったが、アイリスディーナとノゾムは別に特別な関係というわけではない。

アルカザムが故国の身分を問わない自由な都市でなければ、そもそも会話どころか顔を見ることすら不可能だっただろう。二人の間に横たわる身分差は、それほどまでに大きいのだ。

ギシ……。胸の奥に生まれたしこりに、ノゾムは思わず口元を歪める。

「……まあ、少なくともお前とアイリスディーナとの相性は悪くないと思うぜ。多分な」

ケヴィンは婚約者がいるためか、妙に的確なアドバイスをしてくる。

女性慣れしている様子のケヴィンにノゾムは感心するも、中途半端な生返事をするだけ。

彼自身、忠告はありがたいが、今はキチンと聞いている余裕がなかった。

ノゾムは視線をアイリスディーナから横へと逸らす。

目を引く紅髪の女子生徒が、他階級の生徒と話をしている。

リサ・ハウンズ。

ノゾムのかつての恋人。彼女の夢を支えたいという思いが、ノゾムをこのソルミナティ学園へと来るきっかけであり、支えだった。

しかし、その彼女に『浮気者』という謂《いわ》れのない理由で振られ、以降学園中から白い目で見られることになる。

(アイリスは、リサは嘘をついていないと言っていた。それにシーナさんの話を考えれば、間違いなく……)

懐に納めた手紙を意識しながら、ノゾムはリサの隣に寄り添う金髪の美男子に視線を向ける。

「いきなり押しかけてきたかと思ったら女の話かよ。盛りのついた狼か？」

その時、ノゾムの傍にいたマルスが、あからさまに不機嫌そうな声を上げてケヴィンに絡み始めた。

肩を組んでいたケヴィンの視線が、マルスに向けられる。

「ノゾム、こいつは誰だ？」

「同じクラスのマルス・ディケンズ。この特総演習で組むことになっているんだ」

「ああ、あの一匹狼気取りの……」

「あ？」

ケヴィンとマルスの間に、ピリついた緊張感が走る。共に血の気が多い者同士。ボタンのかけ方を間違えれば、瞬く間に険悪な関係になるのが目に見えていた。

銀髪の獣人を睨みつけるマルスだが、一方のケヴィンは彼の視線を流しながら、小さく鼻を鳴らす。

「なんだ、てめえ……」

「いや、一応、噂話はそれなりに聞いてはいるが、ノゾムが組んでいる割には思ったよりも……なあ」

増していく険悪な空気に、間に挟まれたノゾムだけでなく、ケヴィンのパーティーメンバー達も一様に顔を引きつらせる。

「群れることしかできない犬風情がよく言うぜ」

「自分の群れを作ることすらできない奴が吠《ほ》えるなよ。知ってるか？　一匹狼って、群れから追い出された弱い奴のことなんだぜ？」

「……言うじゃねえか！」

声を荒らげたマルスが、ケヴィンに向かって拳を振り上げる。

この授業では模擬戦を行う場合も想定しており、そのため彼は普段使いのガントレットも装備している。おまけに、彼の腕には気による強化も施されており、普通の人間なら重傷を負うことは間違いない一撃だ。

しかし、ケヴィンはあっさりとマルスの拳打を受け止めると、ニヤリと余裕の笑みを浮かべる。

「噂通り、頭に血が上りやすいな。そんなぬるい拳なんて、目を閉じていても受け止められるぜ」

「てめえ……」

「ちょ、マルス、落ち着けって！」

ノゾムがマルスを止めようと飛びかかる。

しかし、元々身体能力に大きな差があるため、マルスを引きはがせない。

そんなノゾムの気持ちを察してか、ケヴィンはあっさりとマルスの手を払いのけると、トン、と後ろに下がって距離を取る。

「よっと。まあ、確かに力はあるが、それだけだな。お前もそいつの凄さは知っているみたいだが、だから言える。到底、ノゾムの隣に立つには役者不足だ」

まあ、それは俺も言えることだが……と小さな声で付け加えると、ケヴィンはマルスに向かってプラプラと手を振る。

その仕草を挑発と捉えたマルスが再び殴りかかり、ケヴィンが迎え撃とうと構えを取る。

しかし、拳が振り抜かれる前に、別の影が割り込んできた。

「まあまあまあ、そこまでしなさいや」

妙に弛緩《しかん》した空気を振りまきながら現れたのは、金色の尻尾と耳を持つ亜人の青年だった。前を開いた改造制服に身を包んでおり、容姿はかなり整っている。

しかし、美麗でありながらも線を引いたような細い目が、妙にうさん臭い空気を醸し出していた。

「あ？　誰だてめえ……」

「フェオ・リシッツァか。お前が割り込んでくるなんて、珍しいじゃねえか」

ケヴィンからフェオと呼ばれた青年は苦笑を浮かべながら、子供をなだめるように、マルスに向かって軽く両手を上げている。

「その尻尾、もしかして狐尾族《こび》？」

フェオの尻尾と耳は金に近い黄色を基調としているが、その先が白い体毛に変わっている。

それは狐尾族の特徴であった。

狐尾族は獣人の中では珍しく魔力制御に長《た》けており、また同時に独立意識が強く、特定の国に属さない者達が多い種族である。

「お、知ってるんか。さっき呼ばれたけど、ワイはフェオ・リシッツァ。二階級や、よろしゅうな」

「ど、どうも……」

フェオは無邪気な笑顔で、きらりと白い歯を見せてくる。

そのやたら気安い態度に、ノゾムは思わず目をぱちくりさせていた。

だが、所属するクラスは二階級。しかも、あのケヴィンが名前を憶《おぼ》えているともなれば、相当な実力者であることは疑いない。ハズなのだが……。

「にょほほほほ……」

「………」

気を張ろうとしても、タコのようなフェオの口調と仕草に、どうしても緊張感を解かれてしまう。

それはケヴィンも一緒なのか、はあ、と大きく肩を落としていた。

「……相も変わらず、うさん臭い狐《きつね》だ。それじゃあノゾム、特総演習でな」

「待ちやがれ！」

ケヴィンが踵《きびす》を返し、仲間達を連れて立ち去っていく。

そんな彼の背中にマルスが飛びかかろうとする。その拳は再び気の光を纏っていた。

「ほいほい、待ちいや」

しかし、そんなマルスをフェオが止めた。彼は手の平ほどの四角い紙をマルスの腕にパン、と貼りつける。すると、瞬く間にマルスの気が掻《か》き消えた。

「なっ⁉」

「模擬戦はオッケーやけど、喧嘩はダメ。わきまえや」

マルスが腕についた紙を剥がそうとするが、ぴったりと貼りついた紙はびくともしない。

よく見れば、紙は蛇のような字と見たこともない魔法陣が描かれ、淡い魔力光を放っている。

「そいつはお前さんの気を阻害する符や。簡単には剥がせんで」

「東方の符術……」

「お、ノゾムは知っとったんか。さすが、学業は優秀やな」

符術とは、東方で使用されている魔法体系の一つ。陣術に分類され、魔法陣を描いた特殊な紙に魔力を注ぎ込んで発動する魔法だ。

紙という極めて携帯性の高い媒体を使用するため、様々な状況に合わせて多種多様な魔法を使用できるという利点があり、東方の技術を取り込もうとする過程でこのアルカザムに流れてきた。

もっとも、その使い手ともなれば、数は非常に少ない。東方の魔法技術は既存のものとは違《こと》なる点が多く、そのあたりの体系化は未《いま》だ途上の段階だからだ。

そんな符術を使いこなす者。自然と、ノゾムの視線に警戒の色が浮かぶ。

自身に向けられる警戒心を察してか、フェオは少し気まずそうに頭をボリボリと掻き始める。

「う～ん、やりすぎた？　ま、ええわ。ちょっと頼みがあってな」

「頼み？」

「ああ、ワイを二日目にノゾムのパーティーに加えてくれんか？」

フェオの言葉に一瞬目を見開いたものの、すぐにノゾムは気を張り直す。

理由を求めるノゾムの視線に、フェオは口元を吊り上げる。

「あのアイリスディーナ・フランシルト、ケヴィン・アーディナル。さらにはシーナ・ユリエルが気にかけているんや。興味持つなという方が無理やろ。さっきと違って、他にも興味持った奴らもちょこちょこ現れているみたいやし……」

ちらりとフェオが横目を向けた先では、数人の生徒達がノゾムの様子を盗み見ていた。

階級としては十階級から八階級と下位ではあるが、彼らの瞳には困惑と、ほんの僅かな期待が見て取れる。今まで無視されてきたノゾムとしては、戸惑いを覚える視線だった。

「ま、ノゾムには他に気になる相手がいるみたいやけど、考えとってくれ。こう見えて、ワイはそれなりに使えるんや。役には立つと思うで」

他意はない。そう言うようにフェオは肩をすくめると、グイっとマルスの首に腕を回して締め上げ始めた。マルスの口から「ぐお……」と声にならないうめきが漏れる。

「ノゾムは他にもなんかやることあるんやろ。こっちの兄ちゃんは任せて行ったらどうや」

どうやら、暴走気味のマルスを押し止めておいてくれるらしい。

これまでの行動と結果から、フェオがマルスに匹敵、ないしはそれ以上の実力者であることは疑いない。同時にノゾムの脳裏に疑念がよぎる。この青年はどこまで、こちらの事情を察しているのだろうか、と。

しかし、数秒の逡巡の後、ノゾムは首を振って迷いを静かに振り払う。

今は、他にするべきことがある。

気持ちを入れ替え、ノゾムは歩き始めた。向かう先は、ひときわ人だかりの多い集団。

自分達の交渉に夢中なのか、誰も人込みをかき分けながら進むノゾムに気づかない。

しかし、それも時間の問題。やがて、生徒の一人がノゾムの姿に気づいた。

「おい……」

「一体なんだよ……え?」

一人が気づけば二人へ、二人が気づけば四人へ。瞬く間に動揺は伝播していく。

動揺は困惑へ、そして気がつけば、彼らは自然とノゾムへ道を譲っていた。

階級としてはノゾムよりずっと上の生徒達が、息を飲んで道を開ける。

それは、まず考えられない異常な風景。

やがて周囲のざわめきは、ノゾムの行き先にいる紅髪の少女、リサの耳にも届いた。

「な、何で……」

リサ達が近づいてくるノゾムを見て、驚きに目を見開く。

しかし、一瞬動揺を浮かべたものの、彼女はすぐにその瞳を怒りの色へと変えた。

発せられる怒気に、彼女を取り囲んでいた人垣がわずかに広がる。

そんな怒りの視線を受けても、ノゾムの足取りは変わらず、向けられる憎悪を正面から見つめ返していた。

今までの、ずっと下を向いていた彼ではありえない態度。そんなノゾムの様子に、リサはさらに怒気を昂ぶらせたのか、彼女の体からじんわりと紅色の魔力が溢れ出す。

「話がある」

「私にはない」

「なら、勝手に話す。君は俺が裏切ったと言っていたが、俺はそんなことしていない」

「っ！」

一瞬で激高したリサが、腰のサーベルを抜いた。

魔法を展開する暇もない、素のままの身体能力での抜剣。にもかかわらず、その速度は異常なほど速く、周囲を囲んでいた生徒達の目にも閃光にしか映らないほどだった。

サーベルがあまりにも高速で振るわれたこと。何よりも、いきなり真剣が抜かれた事実に、周囲を囲んでいた者達の意識に一瞬空白が差し込む。

「なっ⁉」

だが、続く眼前の光景を認識した時、彼らは真剣が抜かれた以上の衝撃を受けた。疾風のように振るわれたリサの刃を、ノゾムは素手でがっちりと掴み取っていたのだ。

ボタボタと血が滴り、訓練場の地面に赤い斑点をつける中、ノゾムは掴んだサーベルを引き、リサと至近距離から向き合う。

「な、何を……」

「俺は、裏切っていない！」

正面から叩きつけられた、強烈な宣言。憎悪に満ちていたリサの瞳に、一瞬動揺が走った。彼女の傍にいるカミラも、今までにないノゾムの強硬な態度に、目を見開いて固まっている。

「っ、今さら、よくもそんな言葉を！」

一瞬の沈黙の後、リサの顔が真っ赤に染まる。

怒りに震えながら、こみ上げる激情に任せて魔力を吐き出し、ノゾムを吹き飛ばす。握り込んでいたサーベルがノゾムの手から離れ、鮮血が宙を舞った。

さらにリサはもう一本のサーベルも抜き、ノゾムを睨みつけながら十字に交差させる。

激怒に呼応した魔力は猛《たけ》り狂い、彼女の愛剣に注がれると、緋色《ひいろ》に輝き始めた。

突如として放たれた強大な魔力に、周囲にいた生徒達が一斉に距離を取る。

カミラが焦りの声を上げる中、怒りに任せて注がれる魔力は瞬く間に炎と化し、渦を巻きながら一転に集束していく。

「ちょ、リサ！」

孔雀炎渦。

炎の渦を叩きつける中級魔法。しかし、リサのアビリティ『ニベエイの魔手』によって強化された

それは、上級魔法にも匹敵する威力を叩き出す。

「リサ、ダメだ。模擬戦でもないのに、その魔法はさすがにやりすぎだよ」

「ケン、でも！」

「大丈夫だから、任せて」

しかし、そこでケンが間に割り込んできた。

リサが怒りを滲《にじ》ませた声を漏らす中、ケンは淡々と彼女を諫めると、ノゾムに視線を向ける。

「ノゾム、まだそんな嘘をつくのか？　どれだけ情けないことを続けるつもりなんだよ」

「嘘か。嘘を言っているのは、どっちなんだろうな？」

ノゾムの視線もまた、リサからケンへと移った。

チチチ……と、二人の間で火花が散る。動いたのは双方同時だった。

「ふっ！」

繰り出されるケンの掌底。魔法の素養関係なく鍛え抜かれた一撃が、ノゾムの体の中心線めがけて風のように迫る。

「…………」

しかし、ノゾムの体が僅かにブレたかと思うと、掌底の軌道から逸れるように横に流れ始めた。

まるで流水のような、違和感すら抱けないほど自然な動きに、ケンの目が開かれる。

「っ⁉」

掌底を回避したノゾムは相手の突き出された相手の右腕を左手で掴むと、体を寄せる。そして右肘を相手の脇に差し込み、重心を制しながら腰を切り、ケンの足を刈った。

ケンの体が宙に浮く。

「この……！」

ノゾムが左手を引いて投げようとしたところで、ケンが魔力を猛らせ、掴まれた右腕を力づくで外してきた。さらにそのまま左手でノゾムの後頭部を押さえ、地面に倒そうとしてくる。

「っ！」

ノゾムは逆に自ら体を落とし、地面からの反発を利用して跳躍。間合いを離す。

「強化魔法？　服の裏にでも陣を仕込んでいるのか……？」

一方のケンも、片膝《かたひざ》を地面につける形で着地。静かに立ち上がりながら、ノゾムを睨みつけてくる。

「お、おい。何が起きたんだ？」

「最底辺がケンを投げ飛ばしそうになったってことだと思うんだけど、でも……」

周囲の動揺が、さらに大きくなっていく。

元々、能力抑圧の影響で碌《ろく》に戦えないと言われていた生徒。それが油断していたとはいえ、学園最上位クラスの生徒を投げ飛ばす寸前だったのだ。今までの、自身の逃避にすら目を背けていた頃のノゾムしか知らないのであれば、彼らの動揺も無理はない。

周囲の動揺を他所《よそ》に、ノゾムとケンの間の空気は今にも張り裂けそうなほど緊張していく。

しかし、そこで待ったがかかった。

「そこまでだ。模擬戦をするなら、きちんとした形をとりなさい」

静かな、しかし威厳のある声。ノゾムが振り向けば、白銀の鎧《よろい》を纏った大柄な男性がいる。

先ほど全生徒の前で訓示を述べていた学園最高責任者、ジハード・ラウンデルだった。

「……いえ、結構です。すみません、騒がせました」

ジハードの登場に、ノゾムは高めていた戦意を消し、踵を返す。

去り際に、彼はかつての恋人と友人達に視線を向ける。リサは静かな、しかしながらまっすぐに見つめてくるノゾムの視線に息を飲み、カミラもまたどこか驚いた表情を浮かべている。

ケンに至っては、氷のような瞳でノゾムを睨みつけていた。

ノゾムは今一度リサと、彼女の胸元に差し込んだものに視線を向けると、静かにその場を後にする。

彼が立ち去った後、リサは激しく動揺する自分自身に驚いていた。

まっすぐ向けられた言葉と瞳。二年前から怒りに染まっていたはずの心が、困惑と共に激しく揺らぐ。いったいなぜ？　どうして……？　と。

リサが自分でも分からない感情を持て余している中、ケンとカミラが話しかけてくる。

「リサ、大丈夫かい？」

「え、あ、うん……」

「こんなところであんな勝手なことを性懲りもなく言うなんて、あいつ、何様のつもりかしら！」

二人の言葉に、リサは己の憤怒を思い出す。

（そうよ、今さら何を言っているのよ。自分から、裏切ったくせに……）

あの時の絶望と怒りを、リサは今でも覚えている。

彼の力になれればと思って、カミラに頼み込んで一緒に夜遅くまで図書館で調べ物をしていた帰り道。知らない女性と歩く彼を見つけた。

自分とは違う、どこか気弱そうで、大人しめな小柄な女性と腕を組み、笑みを交わし、そしてキスをしていた。

信じられなかった。信じたくなかった。

何をしているのか。信じていたのに、裏切ったのか。

荒々しく詰め寄り、大声でまくしたてるリサに、彼は冷たく言い放った。

『ごめん、君にはもう、俺は必要ないみたいだから……』

次の瞬間、突きつけられた現実にリサは目の前が真っ赤になった。

彼は捨てたのだ。一番大切な約束を。

裏切ったのだ。最悪の形で。

だから、リサは徹底的にノゾムを拒絶し、否定した。

彼はもう自分が魅《ひ》かれた人ではない。人の想《おも》いを最低の形で踏みにじる、ひとでなしなのだから。

「……気にする必要はないよ。所詮、最低な男の戯言《ざれごと》でしかないんだから」

「ほらリサ、行こ」

「うん……」

カミラに促されながら、場所を変えようと、リサは歩き出す。

ふと振り返ると、去っていくノゾムの背中が目に留まった。

彼女は、改めて自分に言い聞かせる。アイツは最低の奴だ、そのはずだ、と。


でもそう考える度に、なぜか先ほど向けられたノゾムの瞳が胸をえぐる。

どうしてそんなふうに、何も変わらない、まっすぐな目だったんだろう……。

そこまで考えたところで、裏切られた時の光景が、フラッシュバックのように弾ける。

向けられた冷たい視線と言葉。リサは首を振り、身を切られるような思い出と共に、胸の奥で浮かんだ疑問を払いのける。

(そんなはずはない。あれは、きっと何かの間違いなんだ……)

その時、僅かな違和感が胸に走った。胸元に手を置くと、四角い何かの感触が返ってくる。

「リサ、どうかしたのかい？」

「これ……」

入っていたのは、封がされた手紙。宛名のないそれを開くと「二年前のことで話がしたい」という一文が目に飛び込んできた。他に書かれているのは時間と場所だけ。

しかし、その文字にリサは見覚えがあった。ノゾムの字だ。心臓が、一際大きく拍動する。

そんな彼女の横で、ケンがノゾムの手紙をこれ以上ないほど厳しい視線で見下ろしていた。

✝

合同授業の後の昼休み、ノゾムはマルスに中央公園の林エリアに連れてこられていた。

「マルス、どうしてここに？」

「少し、こいつに付き合ってくれ」

そう言いながら、マルスはおもむろに背負った大剣を引き抜く。

「訓練か？　でもやるなら、放課後に外縁部か訓練場の方が……」

「あんまり人に見られたくねえ。それに目立つところでやると、アイツが来ちまう」

後半の声は小さく、ノゾムには聞き取れなかったが、マルスの表情はどこか焦りを漂わせていた。

ノゾムはそんな彼の様子が気になったものの、急《せ》かすような視線に促され、仕方なく愛刀を抜く。

「助かる。それじゃあ、行くぞ」

「……強化魔法？」

マルスは詠唱で身体強化の魔法を発動すると、そのままノゾムに向かって踏み込んできた。

大剣による斬撃が繰り出される。ノゾムもまた気で全身を強化すると、迫る大剣を捌く。

三学年になってから授業でもよく組む者同士。予定調和のような剣戟《けんげき》が展開される。

「ふう！」

「はっ！」

強化魔法を使っているマルスの斬撃は、普段の彼と比べるとかなり圧力が弱かった。

それは、今の彼が気術ではなく魔法で身体強化をしているから。彼は気術、魔法双方に高い適性があるが、練度には相当差がある。これは、今まで気術中心だった彼の戦闘スタイルから来るものだ。

「……ん？」

しかしそこで、ノゾムは違和感を覚える。

マルスの体から魔力だけでなく、気の気配も漂い始めたのだ。

「マルス、お前もしかして、気術も使っているのか？」

「ぐ……ああ、そうだ！」

マルスの言葉に、ノゾムは思わず顔を青ざめる。

魔気併用術。本来反発してしまう気術と魔法を同時使用することで、出力を倍以上に引き上げる、超高難度の技法だ。

確かに使いこなせれば、魔気併用術は超効率的な強化技法だが、気と魔力、双方に高い制御力を求められる。制御に失敗すれば容易《たやす》く術の暴発を招き、周囲に多大な被害をもたらす。

「ま、待てよ！　お前、それ失敗したら……」

「だから、人気《ひとけ》のないここでやってんだろうが……っ！」

マルスの体から漏れる二つの力はバチバチと耳障りな音を鳴らしながらせめぎ合い、その様子は到底制御できているようには見えない。このままでは良くて自傷。最悪の場合……。

「っ！」

ノゾムが最悪の状態を予想したその時、マルスの動きが明らかにブレた。抜けた斬撃を見切り、振り下ろされた大剣を地面に打ち落として突き刺す。

そして終わりだと言うように、振り下ろした刀を切り返し、切っ先をマルスの首筋に突きつけた。

「やっぱ、まだダメか……くそ」

マルスは悔しそうな表情を浮かべると、気術と魔法を解除して大剣を収めた。

「……いつから、魔気併用術を？」

「ちょっと前からさ。アイツから魔法の勉強を教えてもらっていた時、偶然話に挙がってな。なんでも、爆発的な力を手に入れられるとか……」

「確かにそうだが……危険すぎないか？　もし暴走したら……」

「アイツも同じことを言ってた。実践するには早いってな。まあ、実際のところ、身体強化はまだ無理みたいだが……」

身体強化はまだ無理。その言葉に、ノゾムは妙な引っかかりを覚える。

「そういや、お前もさっきの授業で随分らしくないことやってたじゃねえか」

「らしくないこと？」

「お前の元恋人と幼馴染《おさななじみ》さ。今までずっとだんまりだったのに、どういう心境の変化だ？」

いつも口を噤《つぐ》んでいたノゾムの予想外の行動は、マルスも気になるらしい。

しかし、彼の質問は答える間もなく、横合いからかけられた声に遮られた。

「なんや、面白いことしとんな」

現れたのは、先ほどの合同授業で話しかけてきた二階級の生徒。フェオ・リシッツァだった。彼の後ろには、なぜか十階級の生徒達がいる。

「君は……」

「さっきも紹介したけど、フェオ・リシッツァや。三学年二階級。後ろにいるのは、お前さんと組みたいと言っている生徒達や」

「え？」

ノゾムが驚いた表情を浮かべ、改めてクラスメート達に視線を向けた。

ここに来た十階級の生徒は、男子三人、女子二人の合計五人。

彼らはノゾムに対して手は出さないが、庇いもしなかった者達。数多くいる不干渉な生徒達だ。

長剣使いのジンとトミー、槍《やり》使いのデック。それから、後衛を担当する弓使いのキャミと、魔法使いのハムリア。そして五人のリーダーである長剣使いのジンが、一歩前に出る。

「ノゾム君、一日目の演習で、僕達を君のパーティーに加えて欲しい」

ジンの言葉に、ノゾムはちらりと隣にいる相方に視線を向けた。マルスは十階級にいるとは思えないほどの実力者。気難しい彼と組むために、自分に話しかけてきたと考えたのだ。

しかし、ジンの目はマルスではなく、ノゾムに向いていた。

まっすぐな視線に、ノゾムは気圧《けお》されるように息を飲む。

そんな彼を無視して、ジンはなぜ声をかけたのを語り始める。

「去年末から、君がいつの間にか、マルス君と互角に打ち合えるほどの力をつけていたのを見て思ったんだ。このままじゃダメだって……」

焦燥を漂わせた声色。よく見れば、他の四人も余裕のない表情を浮かべている。

しかし、それも当然だった。そもそも彼らは、この最高学府の中で心を折られた者達。

成長しない自分への不信感と不満を抱えながらも、日常の惰性に身をゆだね、そして、自分よりも劣った者、立場が低いと思える者を見出《みいだ》して、自身を慰めてきた。

しかし、そんな彼らの固定観念は覆った。自分達より下だと思っていたノゾムが、実力だけなら学年上位と認められているマルスと、何度も互角に打ち合う姿を見せられて。

直視できない現実を突きつけられた時、蔑んでいた者たちの反応は三つ。

無視し続けるか、否定するか、それとも、自分自身を省みるか。

ジン達は、省みることを選んだ。そしてこれまでのことに頭を下げ、協力を願い出たのだ。

「今さら都合のいいことを言っているのは分かる。でも、まだこの学園を去りたくないんだ！　この

演習の結果次第では成績に大きくプラスになる。身勝手な頼みであることは十分承知しているけど

……お願いだ、力を貸してくれ！」

ジンがノゾムに深々と頭を下げ、他のメンバー達も続く。

一方、予想外の状況に、ノゾムの困惑は深まるばかり。そんな中、マルスが口を開く。

「いいんじゃねえか。勝ちに行くつもりみたいだし、戦力は多い方がいいだろ」

「……分かった。俺達でよければ組もう」

「っ！　ありがとう」

ジン達が顔を上げ、ほっとした表情を見せる、フェオはめでたいとばかりに手を叩く。

「よっしゃ、それじゃ決まりやな。ワイはパーティーメンバーを学園の方に申請してくるわ！」

「待て狐。なんでお前が申請に行くんだ？」

「……え？　ワイ、もうパーティーメンバーやろ？」

フェオのその言葉に、一瞬静寂が流れる。

「ちょ、ワイ二階級やで？　上位階級やで？　さっきも二日目に組もう言うたやん」

そこでようやく、ノゾムは彼が二日目にパーティーを組むことを願い出ていたことを思い出した。

「あ、ああ。そ、そういえば、そうだった、ような……」

「ノゾム、お前完全に忘れてたな？」

「ちょ、酷《ひど》い！」

どこか緊張していた空気が、一気に弛緩する。

「ま、まあ、二日目ならいいよ」

「よっしゃ！　言質取った！」

ファオがヨシッとガッツポーズを取っている中、横合いから風の音によく似た声が響いてくる。

『見つけたぜ、ノゾム。ちょっと来てくれ』

向けられた声にノゾムが振り向くと、長い尾が特徴的な瑠璃色の小鳥が、見下ろしていた。

予想外の存在の登場に全員が驚く中、パタパタと空中で羽ばたいていたラズワードはスッとノゾムに近づき、自分の尾を器用に彼の腕に巻きつかせる。

「ラズワード？　一体何の用……って、ちょ、おい！」

『まあまあ、ちょっと付き合ってくれ』

見た目からは想像もできないほど強い力でノゾムを引っ張り始めるラズワード。彼は呆然《ぼうぜん》としているマルス達を無視すると、そのままノゾムをどこかへ連れて行った。

✝

午前中の合同授業が終わった後、シーナは一人で昼食を取ろうと、学食を訪れていた。

ミムルはトムの付き添いで、グローアウルム機関へと行っている。

元々、アルカザムの中でも最も重要な施設なだけに普通の学生は入れないのだが、研究員の助手をしているトムについて回っていた結果、すっかり顔なじみになってしまっているのだ。

そこまでしてミムルがトムについて回る理由は、恋人への想いから。

ある意味、恋狂いなミムルらしいことではあるのだが、そのおかげで最近は特に色々とうるさくなってきていた。それは主に、最近お世話になった同級生のことについてで……。

「いない、わね……」

昼食の乗ったトレイを手に食堂を見渡すが、彼の姿は見当たらない。

どうやら、ここにはいないらしい。もしかしたら、学食で昼食は食べないのかもしれない。

『チチチチ……（残念だったシー嬢。ノゾムの奴、どうやらいないみたいだ）』

「そう、みたいね。はぁ……」

小さく落胆の溜息を漏らすと、彼女は空いていたテーブルに腰を下ろして食事を始めた。

どこか愁いを帯びたその表情に、近くで昼食を取っていた学生達が思わず息を飲む。

エルフとしても整ったシーナの美貌は、ただそこにいるだけで、本人の自覚なしに周囲の目を惹きつけてしまっていた。

『チュイチュイ！（お～い、シー嬢。俺にも味わわせてくれ！）』

「またなの？　最近ちょっと感覚共有しすぎじゃない？」

シーナと契約しているラズワードは、彼女の感覚を共有することができる。周囲の源素を取り込んで生きている精霊にはない感覚も共有できることから、彼はシーナの味覚を借りて、人間達の食事などを味わうことを楽しみにしているのだ。

『ヂ、ヂ、チ――！　チュイチュイ（いいじゃねえかよ――！　減るもんじゃないんだし）』

「いいえ、最近ちょっと多すぎるからダメ。本来精霊にはない感覚なんだから、自重するくらいがちょうどいいのよ」

『チュイ～（ちぇ～～）』

感覚共有を求めてトントンとシーナの肩やら頭やらを跳び回っていたラズワードだが、やがて諦めたのか、不満そうな鳴き声を漏らしてテーブルに戻る。

『チュチュイ、チュンチュン（そういえばシー嬢、さっきのノゾム、ついにやったな）』

「ええ、まあ、そうね……」

『チ、チュチュイ。（なんだ、歯切れ悪いな）』

身の潔白の証明。そのために動き始めたノゾムの行動理由をシーナは、ある意味この学園の誰よりもよく理解していた。

彼女の脳裏に、過去の光景が蘇る。

それはアビスグリーフとの戦いを終え、学園への報告を終わらせた後のこと。

自分の身を顧みずに助け、さらには消えたと思っていたラズワードと再会するきっかけをくれた人。

そんな彼に対して、お礼がしたい。その一心から、シーナはノゾムにある真実を伝えた。

†

「話って何？」

「私が貴方《あなた》を嫌うきっかけ。酷い言葉でリサさんを傷つけていた貴方を見た時のこと」

以前シーナは、ノゾムがリサを手酷く振る現場を見ていた。それが、彼女がノゾムを他の生徒達よりも嫌悪することに繋《つな》がっていたのだが、実のところ、それは誤りだった。

「ええ、あれは貴方じゃなかった。貴方以外の誰かが、貴方の姿と声を模しているものだった」

「魔法？　でも魔法なら、魔力で気づきそうなものだけど……」

魔力は元々不定形かつ曖昧な力で、魔法を使えば、当然残滓の魔力が放出される。それ故にどんなに気をつけていたとしても、魔法を使えば感じ取れるのではないか。

そんなノゾムの言葉を、シーナは首を振って否定する。

「いいえ、あれは魔力じゃない。精霊の力、源素を使ったものだった」

「源素って……」

「精霊との契約能力を失っていた時、私はエルフとしての感覚もかなり鈍っていたの。だから気づかなかったけど、間違いないわ」

源素。気でも魔力でもない、魂の力そのもの。しかし、その力を使える存在は極めて少なく、独力で扱えるとなると、精霊などの極一部の存在のみ。

「まさか、君の友人と同じ精霊？」

「分からないわ。精霊の気配はしなかった。だからなおのこと不自然なの」

源素を直接行使するとなると、後は大規模な儀式魔法、もしくは……。

「アビリティ……か」

「ええ……」

個人個人が持つ特殊能力。発現する人はほとんどいないが、それ以外には考えられない。

「あと、言いづらいのだけど、貴方がリサさんと別れて、誰が一番利を得たのかと考えると……」

シーナの言葉に、ノゾムは押し黙った。

自分が必死になっていた時、誰が自分とリサの傍にいた？　誰が後のリサと親しくなった？

パチパチと、頭の中でピースが組み上がっていく。同時にズクンと胸が痛み、視界が狭まってくる。見ようとしなかったこと、無意識に考えることを避けてきたこと。それらが一斉に、ノゾムの心にのしかかってきていた。

「ありがとう、伝えてくれて……」

疼《うず》く痛みを堪《こら》えるようにぐっと唇を噛み締めながらも、ノゾムはシーナに礼を言う。

一方、シーナは力なく視線を落とし、どこか申し訳なさそうな表情を浮かべていた。

どうしてそんな顔をしているのか首を傾げたノゾムだが、すぐに彼女が自分を慮《おもんばか》ってくれていることを察し、笑みを返す。

無理やり浮かべようとした笑顔は無様で、滑稽なほど歪んでしまっていた。

「貴方は、どうするの？」

「……分からない、けど。このままじゃいけないとも思うんだ」

だからどうする、とは答えられず、ノゾムは押し黙ってしまう。

その沈黙が、彼が受けた衝撃を物語っていた。

「改めて、教えてくれてありがとう。後は自分でなんとかしてみるよ」

しばしの沈黙の後、不器用に微笑んだまま、ノゾムは顔を上げた。

浮かんでいた動揺は幾分か落ち着き、代わりに何かを決意したような光が覗いている。

「わかったわ。手が必要なら言って。貴方には、とてもお世話になったから」

シーナもそれ以上何も言えず、そのまま二人は別れた。

†

それが、二週間ほど前のこと。その時のことを思い出し、ラズワードは大きく溜息を吐いた。

『チチ。チュチチ……（あ～あ。なんで引いたかね。本当は別のことを伝えたかったんだろ……）』

「それは、そうだけど……。でも、その……あれ以上何も言えなくて」

ラズワードに指摘され、シーナは両手の指を絡めながら、下を向いてイジイジし始める。

本当は言いたかった。「大丈夫？」と。そして、自分からもっと積極的に協力を申し出たかった。

でも、あの深く傷つきながらも拒絶の色を滲ませた彼を前に、思わず戸惑ってしまった。

そんな自分が情けなく、同時に彼女の胸をかき乱す。

「大丈夫、かな……」

シーナは顔を上げ、ここにいない彼を探すように、愁いを帯びた瞳で窓の外を見つめる。

『チュチチュチュ、チチチ？（気になるなら、今からでも会いに行けばいいだろ。ちょっくら行って探してこようか？）』

「…………」

『チュ～、チュチュ……。（聞こえてねえや。また変な方向で悩み始めたな。まあ、初めてなんだ。無理もねえけど……）』

ラズワードの声も、今のシーナには届いていない様子。

思いに耽《ふけ》る幼馴染を放っておき、ラズワードは午前中のことを思い出す。

（しかし、あのケンとかいう奴。見た感じ、なんか普通の人間とは違うんだよな～。それが何なのかと言われると上手《うま》く言えねえんだけど……)

精霊であるラズワードが見る世界というのは、普通の人間の持つ視界とはまた違う。

彼らは源素から生まれるため、源素を元とした気や魔力にも敏感だ。

見える力の質だけで、個人を特定することもできるだろう。

特にアビリティを持つ奴の源素は、ラズワードから見れば一目瞭然だ。明らかに他の人間と力の質が違い、そこから想起されるイメージもまったく違う。

(ノゾムの周りにいる奴らは、特に分かりやすい)

シーナなら、そよ風で奏でられる竪琴《たてごと》。アイリスディーナなら闇夜を照らす銀の月。ティマなら螺旋を描く四色の光。マルスなら荒れ狂う竜巻。

そしてノゾムは何かを縛りつける無数の鎖。それこそ、縛りつけられた対象が見えないほどの、強力で堅固な鎖の群れだ。

それが、ラズワードが想起した、彼らの魂の形。

(でも、ケン・ノーティスは違うんだよな。どう見ても普通の人間。だからこそおかしい……)

ラズワードがケンを見たイメージは水。それ以上の明確なイメージは湧かなかった。

特別でもなく、ありふれた魂。だからこそ、違和感がぬぐえない。

(かなり長く生きてきたが、ノゾムの周りの奴らは見たことがない類《たぐい》の人間ばかりだ。まあ、俺自身人間と関わりが深かったわけじゃないが……)

ラズワードはネブラの森で生まれた精霊だ。元々エルフの聖域であり、人間が訪れることはほとんどなかった場所。だからこそ、ラズワード自身も人間とそれほど接点があったわけではない。

（厄介なことになるかもしれないな。まあ、シー嬢を助けてくれたんだ。気にはかけておくか……）

精霊が人間に助力することは極めて稀《まれ》である。それこそ、歴史や伝説の中に出てくる英雄や王など、一部の特別な人間だけであろう。

しかし、ラズワードにとってノゾムは、大切な契約者を助けてくれた恩人であり、自分の復活に寄与してくれた者である。故に、必要ならば力を貸すことに躊躇《ためら》いはなかった。

（ふわぁぁ〜。それにしてもシーナ、早く感覚共有戻してくれないかな〜）

とはいえ、精霊故か、それとも本人の性格か、ラズワードの真面目な思考は長続きしなかった。

未だに、ぼう……っとイジらしく外を見つめながら、無自覚に周囲の生徒達を魅了している幼馴染のエルフに溜息を吐く。

ついでに彼女の昼食をツンツンとつつき始める。よほど食事を味わいたいのだろう。

（よし……）

何かを思い立ったのか、ラズワードはシーナを放置して、パタパタとどこかへ飛び去ってしまう。

「はあ……あら？　ラズ、どこ行ったの？」

ラズワードが飛び去ってからしばらくの間呆けていたシーナだが、ようやく瑠璃色の小鳥が傍にいないことに気づく。

幼馴染の精霊を探してキョロキョロしていたが、すぐに彼は食堂に戻ってきた。

しかし、帰ってきたラズワードの様子を見て、シーナは思わず絶句する。

「はぁはぁはぁ……い、いきなり引っ張って、いったいなんだよ……」

「ノゾム君……」

幼馴染の精霊が、つい今しがた思いを巡らせていた恩人を連れてきた。しかも、明らかに無理やり引っ張ってきた様子。息も絶え絶えといったノゾムを見て、シーナの顔が青ざめる。

『どうだシー嬢。ご注文の人間、連れてきてやったぞ……ぐえ！』

得意げに胸を張るラズワードに爆速で駆け寄り、即座に締め上げ、制裁を下す。

食堂に響くダミ声に似た悲鳴。周囲の生徒はドン引きし、ノゾムは乾いた笑いを浮かべる。

「ご、ごめんなさい！　ラズが悪いことを……」

「そっちは別にいいけど……。シーナさん、何か悩みでもあったの？」

「な、なんで？」

「いや、なんか様子が変だったから」

「だ、大丈夫よ、大丈夫。それで、用というか、その……」

トクン、トクン、トクン……。向かい合っただけで静かに、熱く拍動する心臓。

混乱している頭では名案が出るはずもなく……。

「よ、良かったら、一緒に昼食、どうかしら？」

気がつけば、彼女は思わず食事の誘いをしていた。

(ああぁ！　私何を言ってるの!?　絶対にまた変だって思われた！)

「えっと。分かったよ。ちょっと待ってくれ」

表情を固めたまま混乱状態に陥っているシーナ。ノゾムも彼女のおかしい様子に首をかしげていたが、実際、昼食はまだだったことを思い出し、ちょうどいいだろうと了承する。

彼は一度彼女の元を離れ、食堂のカウンターで注文を済ませると、直《す》ぐにパンとスープ、そして豆と肉の炒め物と付け合わせのサラダを乗せたトレイを持ってきた。

先ほどまでシーナが座っていた席に、今度は二人で向かい合うように座る。

「ノ、ノゾム君は、学食を使わないの？」

「今はそうでもないけど、普段はあまり懐に余裕がないからね」

苦笑するノゾムにシーナもようやく落ち着き、小さく笑みを返す。

周囲からは無遠慮な視線が向けられるも、二人はしばらくの間、静かに食事を進める。

最初に沈黙を破ったのは、シーナの方だった。

「午前の授業……」

「うん？」

「リサさん達に詰め寄っていたのは……」

遠慮しがちに、ぼそぼそと言葉を詰まらせる彼女に、ノゾムは食事の手を止めてはっきりと答える。

「確かめようと思ったんだ。本当のことを。今までずっと逃げてたから。いい加減、向き合わないといけない」

「逃げていた？」

「うん、いろんなことから、ね……」

そう言いながら、ノゾムは豆と肉の炒め物を口に運ぶ。僅かな間が、二人の間に流れる。

「どうして、今動こうと思ったの？」

「あの時のシーナさんを見たから、かな」

「私……？」

「うん。折れそうになって、自棄《やけ》になって。それでもきちんと最後は『現在《いま》』に向き合っていた。なら、俺もいい加減『現在《いま》』を見て、前に進まないと……」

シーナの脳裏に、あの時のことが鮮明に蘇る。己のトラウマに苦しみ、荒れて罵詈雑言をぶつけてしまったにもかかわらず、助けに来てくれたノゾムの後ろ姿が。

「あ、ありがとう……」

気がつけば、シーナはお礼の言葉を口にしていた。

「ん？　なんでシーナさんがお礼を？」

「気にしないで、言いたかっただけだから……」

感謝してもしきれない。先ほどまで胸の奥で疼いていたしこりが、スッと消えていく。

「前にも言ったけど、もし、力が必要なら言って。貴方は私を、ラズを助けてくれた。エルフとして、その恩に報いないわけにはいかないもの」

「別に気にしなくていいと思うけどなぁ。というか、あのことを教えてくれただけでも十分なんだけど……」

「ダメ。まだまだこの程度じゃ返しきれていないわ」

「君、頑固って言われない？」

「散々罵った私を助けに来た貴方ほどじゃないわよ。ふふ……」

小気味よい含み笑いを漏らす少女に、ノゾムも自然と笑みを返す。

しばしの間、穏やかな風が、静かに二人の間を流れていた。

食堂でノゾムとシーナが食事をしている頃、アイリスディーナとティマはソミアと合流して、中央公園の芝生エリアにて昼食を広げていた。

しかし、食事自体はなかなか進む様子がない。

「ティマ、マルス君と何かあったのか？」

親友から唐突に向けられた質問に、ティマは一瞬だけ目を見開くものの、親友は人の機微を察するのが上手かったことを思い出す。

「ええっと、何かあったわけじゃないの。ただ、マルス君、最近調子が悪いみたいで……」

食べていたパンを下ろし、小さく肩を窄《すぼ》めながら、ボソボソと近況を話し始める。

ティマはここ最近、よくマルスと一緒に魔法の勉強をするようになっていた。

元々人見知りな上、男性に対して苦手意識の強い彼女であるが、ウアジャルト家襲撃の際に助けられて以来、マルスに対しては多少普通に話せるようになっていた。

また、彼女はエクロスと呼ばれるソルミナティ学園の付属学校の第一期生であり、大陸でも先進的な技術を長く学んでいたことも、彼と魔法の鍛練をする大きな理由となっていた。

しかし、どうも最近、二人の鍛練は壁に当たっているらしい。

「最近は何をしているんだい？」

「中級魔法までの基礎、戦闘への応用方法の確認と二つの魔法の同時行使による制御力の向上訓練かな。風属性だけだけど」

「それは……。かなり早いな」

今までマルスは戦いにおいて、気術のみを使っていた。これは本人の性格によるところが大きい。

しかし、ウアジャルト家の執事であるルガトがフランシルト家を襲撃してきた際に、彼はなす術《すべ》なく敗北。以降、自らの未熟を悟り、新たに魔法の分野に活路を見出そうとしていた。

「マルス君、気術だけじゃなくって、魔法の素養も高かったみたいだから。でも、本人はもっと先に進みたいみたいで……」

マルスは魔法も気術もかなり高位のレベルで扱える、極めて稀な存在である。

さらには風属性限定とはいえ、魔法、気術、双方の効果と制御力を高めるアビリティも持っている。

しかし、ティマ曰《いわ》く、彼は今以上の力を欲しているらしい。

「先？」

「気術と魔法の融合。魔気併用術……」

「それは……無謀じゃないか？　最高難度の技法だぞ」

「私もそう思うんだけど、マルス君、聞いてくれなくて……」

魔法と気、双方に高い適性を持つマルスなら、確かに素養自体は十分かもしれない。しかし、彼は感覚的に魔法を使うところがあり、気術に比べて、魔法の制御が甘いところがある。

当然、魔気併用術を使うにはまだまだ無理。それがティマの考えだった。

「ノゾム君のあの力のこともあって、かな。多分、昼休みの今も、どこかで訓練しているんだと思うけど……」

「あれ、か……」

アイリスディーナの脳裏に、一か月ほど前の出来事が蘇る。

フランシルト家の過去の因縁《いんねん》から、ソミアの魂を奪い取ろうとした吸血鬼。

ランクにしてSランクに相当する極めて強大な存在を前に、アイリスディーナは最も愛している妹を奪われる寸前まで追い詰められた。

そんな危機に陥った彼女達を救ったのが、能力抑圧を解放したノゾムである。

彼は普段の姿からは想像もできないほどの強力な力で件《くだん》の吸血鬼を圧倒し、ソミアを助け出した。

「大陸でも突出した力を持つ吸血鬼。それを圧倒できるだけの気量。能力抑圧の解除……だけではないのだろうが……」

アイリスディーナは白い指先で、自身の黒髪を飾る、淡い色の髪飾りをそっとなでる。

それは、彼女がノゾムにねだって買ってもらったプレゼント。

どこかにいるはずのノゾムを思いながら、彼女の表情は愁いを帯びていく。

「彼に、何があったんだろう……」

なぜ、まだこの学園に残り続けているのだろう。

なぜ、それほどまでの刀術を身につけられたのだろう。

なぜ、あのような強大な力を手に入れられたのだろう。

なぜ、突然リサ君達に詰め寄っていったのだろう。

なぜ……いつもそんなに、苦しそうな表情を浮かべているのだろう。

無数の『なぜ』が、脳裏に浮かんでくる。

胸の奥に灯《とも》り続ける彼への好奇心。しかしここ最近、その気持ちに少し変化が表れていた。

これまでは一日に一度か二度、思い返すくらいだった。でもその頻度が、どんどん増えている。

今もそうだ。一度彼の顔を思い浮かべれば、知りたい気持ちは瞬く間に加速していく。

押し止めるのも、難しいほどに……。

「姉様、ノゾムさんに何かあったんですか？」

「あ、ああ、実は……」

アイリスディーナは、ソミアに午前中の合同授業であったことを話す。

ソミア自身も、ノゾムの行動を聞くと驚きを露わにした。

「ノゾムさん、どうしたんでしょう」

「あの噂について、なにか重要なことが分かったんだと思うけど……」

一度言葉にしてしまうと、言い表せない焦燥は堰《せき》を切ったように漏れ出してしまう。

今すぐ、ノゾムに会いたい。でも……聞いていいのだろうかという迷いも生まれる。

(考えてみれば、私は彼についてよく知らない。そんな人間が、これ以上首を突っ込んでいいのだろうか……)

それに、朝から上手く思考がまとまらない。

グルグルと表現できない感情が渦を巻き、手足が痺《しび》れたような感覚すら覚える。

ついには、あからさまに彼を避けるような行動すらとってしまった。

(シーナ・ユリエル。もしかして、彼女はノゾムについて、何か知っているのか？)

この街唯一のエルフにして、精霊の加護を失った少女。しかし、今ではその力を取り戻し、アイリスディーナと同じAランクへと至った。

彼女がノゾムに向ける信頼を考えれば、シーナが精霊を再び契約できるようになったことに、彼が深く関わっていることは簡単に察せられる。

でも、実際に何があったのか、肝心なことは何も知らない。

蚊帳の外にいる感覚と相まって、もどかしさと切なさが彼女の胸をかき乱す。

気がつけば、アイリスディーナは唇を噛み締め、ギュッとスカートの端を握り締めていた。

「おや、皆様、ご昼食の途中でしたか」

アイリスディーナが己の感情を持て余している中、聞き知った声が耳に響いてくる。

声をかけてきたのは、薄紫色の髪を小綺麗に結った、アイリスディーナのよく知るメイド。

「メーナ、どうしてここに？」

「学園にいる旧友のところに用事がありましたので。ところでお嬢様、そのような顔をして、何かあったのですか？」

「そのようなって……」

「まるで、父親に構ってもらえない幼子のようでしたよ？」

メーナは一応、フランシルト家に仕えているメイドであるが、同時にフランシルト家当主の友人でもあり、他の家臣達と比べ、アイリスディーナ達とも砕けた態度をとることが多い。

「む、そんな顔はしていない。ただ、気になることがあるだけだ」

「ノゾム様のことですか？　学園で何かありましたか？」

「ああ、まあ、な」

歯切れの悪い返答をすると、アイリスディーナはぼそぼそと、午前中の出来事をメーナに語る。

ノゾムが元恋人であるリサ・ハウンズに声をかけ、さらに現在の恋人であり、幼馴染であるケン・ノーティスと対峙《たいじ》し、緊迫した空気になったと。

もちろん、授業中についノゾムを避けてしまったことには触れていない。

「なるほど、そうですか。それでお嬢様は気を揉んでいらっしゃると」

「む、ま、まあ、そう、だな……」

「であるなら、正直に何かあったのか聞いてみるのが一番では？」

「だ、だが……」

「話すか話さないかは、ノゾム様がお決めになること。しかし、尋ねるくらいなら問題ないのではありませんか？」

「そ、そうなのだが……」

「なるほど、元恋人のことだけでなく、他にも何かありましたね？」

メーナの鋭い指摘に、アイリスディーナは思わず言葉を失くしてしまう。

早くに母親を亡くした彼女にとって、実母の親友であったメーナはよき理解者である。そのためか、この従徒は普段とは違うアイリスディーナの様子から、彼女が心乱す理由を即座に看破していた。

「そういえば、ノゾム様の愛刀『無銘《むめい》』についてはお話ししたのですか？」

「い、いや、まだだが……」

無銘。

名前を刻む価値のない数打ちの刀の代名詞であるが、ノゾムの愛刀については全く意味が違う。

東方の名のある鍛冶師によって作られた特別な刀。持ち主によって様々な特殊性を獲得する、万華鏡のような刀の総称だ。ノゾムが持つ刀もこの『無銘』である。

まだ未覚醒状態なのか、今は特に目立つような特性は見受けられないが、間違いなく大陸では聖剣や魔剣と呼称されるものと同質の存在である。

「ノゾム様もお師匠様に関わることなら知りたがるでしょうし、お話しするにはちょうどいい話題になるでしょう。その時に一緒に尋ねてみては？」

「う、う〜ん……」

刀の話題ついでに、ノゾムが悩んでいることを聞いてみたらと提案するメーナだが、肝心のアイリスディーナの反応は芳しくない。

気まずそうに視線を逸らし、沈黙が主《あるじ》と従徒の間に流れる。

「姉様が話しづらいなら、私が聞きましょうか？」

「え？」

「私、今度の休みにノゾムさんとデートする予定だったので、ちょうどいいと思います」

そんな沈黙をやぶったのは、それまで聞きに徹していたソミアだった。

同時に、強烈な衝撃がアイリスディーナを襲う。

彼女は耳に入った言葉が理解できず、数秒間静寂が流れた。

「で、デート⁉」

「は、はあああ⁉　待てソミア！　私は聞いていないぞ！」

直後、芝生エリア全体に届くのではと思えるほどの大声が、ティマとアイリスディーナの口から響き渡る。ちなみに、アイリスディーナの声の方が数倍大きかった。

一方、肝心のソミアはシレっとした様子で、嬉《うれ》しそうにノゾムとの約束について語る。

「話していませんから。それに、できるだけ秘密にしておきたかったんです」

「あらあら、どうやら色恋については、ソミリアーナお嬢様の方が積極的なご様子。どちらからお誘いを？」

「私の方から！　男性の方とデートなんてしたことないからよくわからないし、ちょっとはしたないかなって思ったけど、初めてするならノゾムさんかな〜って！」

デート？　ソミアが？　ノゾムと？

先ほどとは比較にならない動揺がアイリスディーナを襲い、思考がぐちゃぐちゃにかき乱される。

「だ、ダメ……」

「あ、姉様がダメって言っても行きますから、隠れてついてきたり、邪魔したりしないでくださいね」

反射的に漏らした言葉すら妹に封じられ、アイリスディーナは口を開いたまま固まってしまう。

一方、元凶である妹様は、パクパクと手早く昼食を終えてランチボックスを片づけると、硬直した姉を放置してエクロスの校舎に戻ってしまった。

「あ、アイ、アイ！　大丈夫!?」

「これは、ダメですね。完全に気絶しています」

「え、え？　えええええ!?」

「まったく、妹様の成長を喜ぶべきなのに、こんなところは旦那様に似てしまわれて……。アイリスディーナお嬢様、しっかりなさってください」

メーナがペチペチと、主のはずの少女の頬を引っぱたく。その姿は妙に手馴《てな》れていた。

(まさかこのメイドさん、普段からこんなことしていないよね？)

ティマがそんな疑問を抱いている中、頬を腫らしたアイリスディーナがようやく気がつく。

「はっ⁉ 今ソミアがノゾムとデートをしている夢を見ていたみたいなんだが……」

「残念ながら、夢ではございません。いえ、まだ現実ではありませんが、既に手遅れのご様子。さ、もう午後の授業が始まります。お早く教室にお戻りください」

「ま、待て。ソミアの真意を聞かねばならん。ちょ、放せメーナ！」

ちょうどタイミングよく、カランカラン！ と学園の鐘が鳴り始めた。始業の鐘が鳴る中、メーナはエクロスへ向かって走り出そうとしているアイリスディーナを後ろから羽交い絞めにする。

「放しません。大人しくなさってください。幸い、今日は私も学園に用事がありますので、このまま向かうと致しましょう」

「は？ そういえば、なぜメーナが学園に用が……。い、いや、そんなことよりソミアだ。ソミア！お姉ちゃんはまだ異性とのデートは早いと思うぞ！」

「はいはい、静かにしなさい、みっともない。それではティマ様、参りましょう」

「い、いいのかな……？」

拘束したアイリスディーナをズルズルと引きずるメーナに促されながら、ティマは学園へと戻っていく。

ちなみに、ティマは悪目立ちしていた親友のせいで教師から詰問を受け、アイリスディーナは授業中、終始不機嫌だったが、それはまた別の話である。

CHAPTER 2

第二章 くすぶる埋火

ソルミナティ学園の長、ジハードは多忙である。

仕事の大半は簡略化されるが、それでも目を通さなければならない情報は多い。

「なるほど、銀虹騎士団がスパシムの森の南東に入ると……」

「はい、定期的な魔獣の討伐が目的かと思われます。一応、こちらにも通知が来ておりましたので」

用意されたサンドイッチで遅めの食事を取りつつ、腹心であるインダから渡された書類に目を通す。

「入るのは、どの部隊だ？」

「第五部隊だそうです。それで、ノゾム・バウンティスに関してですが……」

「ああ、星影の末端が接触したようだな。しかし、接触してすぐで申し訳ないんだが、彼の方は警戒度を下げても問題なさそうだ」

「何か、新しい情報が？」

「彼を知っている古い知り合いから、もう少し詳しい話が聞けた」

「前もおっしゃっていましたね。どなたなのでしょうか？」

「メーナ・マナートだ」

メーナの名前を聞いたインダが、少し驚いたような表情を浮かべる。

Ryuusa no Ori
Kokoro no
Naka no Kokoro

「磔刑《たっけい》の騎士、ですか。彼女が今、このアルカザムに？」

磔刑の騎士。それは、二十年前のメーナ・マナートの二つ名だった。

当時、大侵攻の中で彼女はフォルスィーナ王国から派遣された魔獣討伐軍に属し、その卓越した剣で数多くの魔獣を討ち取った。

ジハードと知り合いになったのもその頃であり、二人は数多くの戦場で共闘した経験がある。

「ああ、彼女が仕えているフランシルト家の当主から、娘の護衛のために送られたそうだ。例の一件もあり、この街に滞在している」

当時は色々な意味で混沌《こんとん》とした時代であり、当然ながら、様々な苦難に襲われた。

そんな時を共に乗り越えてきたためか、ジハード自身、メーナの目には一目置いている。

「それで、彼女がノゾム・バウンティスと交流を持っている。話を聞けば、少なくとも謀《はか》り事ができる性格ではないとのことだ」

「私もアビスグリーフの一件から調べました。しかし、彼には少し……よくない噂《うわさ》があるようですが」

「ふむ、それも知っている。しかし、生徒間の交友関係に関しては、こちらの管轄する範囲ではないし、真偽のほども定かではない」

この大陸では、十五歳で成人として扱われる。故に、学園側も成績に関してはともかく、生徒間の関係には口出ししないのが基本である。対人関係をそつなくこなせるかどうかも、生徒の力量と判断されるからだ。学園秩序を乱すようなものでない限り、基本的には放置する。

「それともう一つ。能力抑圧持ちではあるそうだが、刀と剣の違いこそあれ、その剣腕は少なく見積もって……」

コン、コン、コン。話の途中で、執務室のドアがノックされる。

ジハードが入るように促すと扉が開き、仕立てのいい服に身を包んだ長身瘦躯《そうく》の男性が姿を現した。

男性の胸元には、六芒星《ろくぼうせい》を模《かたど》ったバッジが輝いている。

「ジハード殿、少しよろしいか？」

「カールヴィス殿。よくぞ来られました」

ジハードと瘦躯の男性は、互いに笑みを浮かべて握手を交わす。

カールヴィス・スパルティム・プルーマ。

彼は元クレマツォーネ帝国の貴族であり、現在はこのアルカザムの運営を主導する議員の一人。

また、冒険者ギルド、アルカザム支部の支部長も務めるなど、とにかく多才で多忙な人物。

そして、議会と学園を繋《つな》ぐ役目を担う、この街を代表する有力者でもあった。

元々は帝国の宮廷で皇帝に仕え、助言などを行う宮廷魔術師の筆頭。そして、大侵攻時に魔獣の侵攻に対抗するため、軍の派遣を皇帝に進言した人物である。

皇帝も魔獣討伐軍の派遣には賛成したものの、潜在的な対立を抱えている帝国は結局、討伐軍の編成に手間取り、自国の領土を魔獣に侵攻されてしまう。

結果、討伐軍編成を統括していた彼は責任を取らされる形で宮廷魔術師を辞することになり、その後はアルカザムに派遣された。

「例のアビスグリーフの件です」

「何か分かったのですか？」

「詳しくはこちらに」

カールヴィスは手に持つ鞄《かばん》から書類の束を取り出し、ジハードに手渡す。

それは、先のアビスグリーフの死亡場所を調査した報告書だった。

「調査した結果ですが、崩壊した死体はありましたが、土の下に黒い染みと、骨などの一部を残すだけになっていました。魔力、気、源素。どれにも反応はなしです」

「ということは、残ったのはアビスグリーフの魔石のみ……」

「そちらの方も、グローアウルム機関で現在調査中です。所長であるマルゼン氏の主導で行っているとのこと」

マルゼンもカールヴィスと同じくクレマツォーネ帝国の人間。現在はグローアウルム機関の所長であり、大陸各地に散らばっていた魔法技術を編纂《へんさん》した人物でもある。

アルカザムで教えられている詠唱式、陣式の魔法は彼が作り上げたものであり、その功績から各国が最重要視している人物の一人だった。

「それから、銀虹騎士団に関しては……」

「たった今、インダ先生から報告を受けたところです」

銀虹騎士団は、大侵攻後に各国の実力者を集めて作られた騎士団。かつてはジハードも所属していたところであり、現状最も多くのSランクが所属する単一組織であった。

部隊員の総数は五十名前後。第一から第五部隊までが存在し、規模としては小さいが、構成員の練度だけを見れば事実上、アークミル大陸の最強の騎士団である。

「そちらの方ですが、情報の修正があります。魔獣の間引きだけではありません。いるかもしれない、他のアビスグリーフの探索も含まれているそうです」

「なるほど……確かに、急務でしょうからな」

「探索に当たるのは第五部隊。第一から第三までは、スマヒャ連合と魔獣支配地域に展開中です」

「第四部隊は？」

「デルタ地帯にいる六凶を警戒しています。なんでも、虹餓《こうが》の彩蜘蛛《あやぐも》が目撃されたとのこと」

『六凶』

大侵攻において特に被害をもたらした魔獣の中で、現在討伐を免れている六体の魔獣である。

どれもが強大な力を持ち、たとえSランクに至った者でも、単独での討伐は不可能と言われている存在。討伐の手を逃れた彼らは独自に人類圏で潜伏し、その大半はデルタ地帯と呼ばれる紛争地域と、人が入ることが厳しい中央山脈に潜んでいると言われている。

「分かりました。カールヴィス殿、わざわざありがとうございます」

「いえいえ、久しぶりにお顔を拝見したかったですから。それで、近々特総演習が行われるそうですね。ジハード殿から見て、今年はどうですか？」

「そうですね。かなり期待できる生徒が多いかと思います。アイリスディーナ・フランシルト。ティマ・ライム。ケヴィン・アーディナル……」

「リサ・ハウンズに、ケン・ノーティス。私としては、この二人も気になるところです」

「それに、精霊との契約能力を取り戻したシーナ・ユリエルもいます」

ジハードとカールヴィスが指を折りながら注目しているAランクの生徒の名前を挙げていく中、インダもまた補足を入れる。

「ああ、話は聞きましたよ。あのアビスグリーフと戦ったエルフの少女。故郷であるネブラの森のことを考えれば、思いも一入《ひとしお》かと……ごほごほ！」

蒼白《そうはく》な顔色に反する朗らかな笑みを浮かべていたカールヴィスが、突然咳《せ》き込み始める。

「大丈夫ですかな？」

「ごほごほ、んんっ！　すみません、興奮しすぎました。元々体があまり強くないもので……。とにかく、用件は以上です。それでは特総演習の方、よろしくお願いいたしますね」

服の裾で口元を押さえながら屈《かが》み込んでいたカールヴィスだが、しばらくして落ち着いたのか、ゆっくりと体を起こす。

そして彼はジハード達に向かって綺麗《きれい》な礼とすると、静かに執務室を後にした。

†

小春日和の休日。ノゾムは約束の時間よりもやや早く、中央公園でソミアを待っていた。

ちょっとどころではない身分のご令嬢だが、アルカザムは故国の身分などは考慮されない自由都市であるし、ちょっとお出かけに付き合うくらいの感覚で問題ないと彼は考えていた。

しかし、彼はその予想が全く甘かったことをすぐに察する羽目になる。

(じろ〜〜〜)

離れた草むらから向けられる強烈な視線。

誰かは分かっていた。今回のデート相手の姉、アイリスディーナ・フランシルトである。

草むらの陰には彼女以外にも複数の気配がある。おそらくはティマ達で、アイリスディーナに無理やり付き合わされていることが窺《うかが》えた。

「……まあアイリスの気持ちも分かるけどね。たった一人の大事な妹が多少知っている相手とはいえ男とデートなんて聞いたら心配にもなるだろうし」

そういえば、このような形で遊びに行くのは、随分久しぶりだった。

リサと付き合っていた頃は優秀な幼馴染《おさななじみ》二人に追いつきたくて、ひたすら鍛錬の日々。

故郷にいた時はともかく、この学園に来てから、そのような機会はほとんどなかった。

ズキン……。

胸に走る痛みに、思わず遠くを眺める。謂《いわ》れのない悪評。信じてくれなかった恋人の姿が脳裏に蘇《よみがえ》り、力なく下ろしていた手が自然と固く握りしめられる。

自身の逃避に気づいてから、ノゾムは時折、やるせなさや空《むな》しさ、現実に対する怒りが湧き上がるようになっていた。

「ノゾムさ～ん！　お待たせしました！」

ノゾムが思いにふけっていると、行政区へと続く道から、大きな声と共にソミアが走ってきた。

フリルのついた小綺麗な白いワンピースと下ろしたばかりの靴。頭には日差しから守るための可愛《かわい》らしいリボンをあしらった帽子を被《かぶ》っており、艶やかな黒髪がぴょんぴょんと揺れている。

「ハアハア、ごめんなさい。お待たせしましたか？」

「いや、そうでもないよ。俺もついさっき来たばかりだし。随分急いで来たんだね。そんなに焦らなくてもいいと思うけど……」

取り出したハンカチで、ノゾムはそっと彼女の汗を拭う。

「あ、ありがとうございます。でも一緒に遊べる時間が短くなるじゃないですか」

「……うん、確かに。それじゃあ、行こうか」

「はい！」

ちょっと膨れた顔をにこやかな笑みに変え、ソミアはノゾムの腕に飛びつくと、ぐいぐいと引っ張り始めた。これからのデートが楽しみで仕方ないのだろう。

そんな彼女の様子に、先ほどまでの陰鬱な気分は掻《か》き消え、ノゾムは自然と頬を緩ませる。

背後の気配は気になるが、今はこの少女を思いっきり楽しませてあげたい。

そんなことを考えながら、ノゾムは向けられる針のような視線を無視し、ソミアと街へと向かった。

†

屋敷からソミアを尾行していたアイリスディーナは、商業区に向かう二人を食い入るように凝視していた。彼女の後ろでは巻き込まれたティマが、クイクイと親友の服を引っ張っている。

「ねえアイ、やめようよ……」

「…………」

「ダメだ。聞いちゃいないぜ」

「あう……」

ティマの隣にいたマルスが指摘すると、彼女はカクッと力なく肩を落とした。

二人の会話を他所《よそ》に、アイリスディーナは遠くにいるノゾムとソミアの様子を凝視し続ける。

「ソミア、異性と二人きりのデートなんて、お姉ちゃんまだ早いと思うんだ。いや、ノゾムが悪い人だと思っているわけじゃないし、間違いなんてないと思うけど、でも絶対じゃないし、あと二人とも近すぎだもっと離れなさい……」

ノゾムに汗を拭ってもらっている妹の様子に、アイリスディーナの機嫌が急降下していく。

「で、どうするんだよ。俺は訓練したいんだが……」

「こ、困るよ！　お願いだからアイを止めるの手伝って。私ひとりじゃどうにもできないよ！」

「止めるってったって……こいつ、俺達に止められるのか？」

マルスの疑問に、ティマは答えられなかった。今のアイリスディーナは色々と暴走している。

この『妹命！』のお姉ちゃんが実力行使に出た場合、止めることができるのだろうか？

正直、ティマには自信が全くない。

「あっ！」

ティマが懊悩《おうのう》している中、アイリスディーナが小さく悲鳴を上げる。

彼女の視線の先に目を向ければ、ソミアがノゾムの腕に抱きついている様子が見えた。

（うわ、ソミアちゃん大胆……）

ソミアはそのままノゾムの手を引いて、人ごみの中へと消えていく。

「追いかけるぞ！」

「え？　ちょっとアイ、待って！　マルス君、行こ！」

「ちょ、腕を引くんじぇねえ、お、おい！」

声荒くノゾム達を追いかけ始めたアイリスディーナに置いていかれまいと、ティマはマルスの手を引く。そして、珍妙な三人組による追跡劇が幕を開けた。

†

傍《はた》から見ると歳《とし》の離れた兄妹といった様子で、ノゾムとソミアは商業区の大通りを歩く。

「で、どこに行こうか？」

「あ、実は私ちょっと行ってみたいお店があるんです！」

ノゾムがソミアにどこに行こうかと尋ねると、既に彼女には何か予定があったらしい。

「へえ、どんなお店？」

「占い屋さんです。よく当たるって最近クラスで評判なんですよ」

「占い屋、か……どこにあるか分かるの？」

「はい、商業区にあるらしいです。場所もしっかり聞いてきました！」

ソミアの元気な声と笑顔に釣られ、ノゾムも自然と微笑《ほほえ》む。

(問題は後ろにいるアイリスか……)

ノゾムは内心溜息《ためいき》を吐《つ》きながら、ちらりと自分の後ろに目を向ける。店の看板の陰から、傍《そば》にいる少女とよく似た黒髪がはみ出ていた。

わざとらしく視線を強めると、はみ出ていた黒髪がシュッと物陰に戻る。

「どうかしたんですかノゾムさん？」

「いや、なんでもないよ。それより、先を急ごうか。あんまり遅くなってお店が閉まってしまったら元も子もないし」

「あっ、そうですね。それじゃあ行きましょう！」

ソミアが再びノゾムの腕を引っ張る。小さな手に引かれるまま、彼は少し足早に歩き始めた。

しばらく道を進み、二人は目的地に辿《たど》り着く。ノゾムは眼前の店を確かめ、思わず眉を顰《ひそ》める。

「……ソミアちゃん、本当にこの店なの？」

「はい！　お店の外観が友達の話と一致していますから間違いありません」

「でも、このお店って……」

店自体の大きさはさほどでもない。店舗ではなく露店と言った方がいいだろう。

机に並べられたカードと水晶。壁に隙間なく掛けられたお札や魔除《まよ》けのアクセサリー。そして店の中央に鎮座する山羊《やぎ》の髑髏《どくろ》。

店主が何を目的にして集めたのかも分からない数々の品がごった返し、正しく混沌を体現した店内。

一度見たら忘れられない店構えにノゾムは見覚えがあった。そしてこの店の店主についても。

「おや、お客さんかの」

「……やっぱり」

店の奥から現れたのは、以前アイリスディーナにセクハラしようとした老人、ゾンネだった。

「なんじゃお前か小僧。ワシは見ての通り忙しいんじゃや。さっさと帰った、帰った」

「いきなり随分な挨拶だな、エロ爺《じじい》。どう見ても暇にしか見えないぞ」

ノゾムを見るなりぞんざいな態度を取るゾンネに、ノゾムもまた不躾《ぶしつけ》な言葉を返す。

普段のノゾムらしくない態度だが、下手に遠慮するとこの老人はつけ上がると知っているが故の態度だった。

「ふん！　最近の若者は年長者に対する礼儀を知らんの。とても先達に対する態度ではないわ」

「アンタが尊敬に値するところを見せればちゃんとするよ。もっともこの前の醜態を見る限り、まずありえないけど」

「か〜！　これだから若者というのは。口さがなく、文句しか言わん。無駄に自意識だけが高いから、ぞんざいな態度を平気で取る。まったく嘆かわしい」

「恋愛強者とか言いながら、セクハラナンパしかできない年長者に言われたくないよ。口が滑りすぎるから当人も軽く見られるんだ」

「小僧……いい度胸じゃな」

「そっちこそ……」

突然睨《にら》み合いを始めるノゾムとゾンネ。火花を散らす二人にソミアはおろおろしながらも、勇気をもって口を開く。

「あ、あの。私、占いをしてほしいんです！」

「おお、すまないのお嬢ちゃん。小生意気なコ・ゾ・ウに気を取られてしもうて。将来有望な美少女の頼みじゃ、もちろん占って進ぜよう」

「あ、ありがとうございます！」

「どれ、ではまず手の平を」

「それはなしだぞ」

「なんじゃい小僧。邪魔するでな」

「やったら分かるよな……」

「さあお嬢ちゃん！　この水晶に触っておくれ！」

アイリスディーナの時のように占いにかこつけて触れようとしたゾンネをノゾムが牽制《けんせい》する。もちろん実力行使を匂わせるために刀を抜く仕草をするおまけ付きで。

ソミアが水晶の置かれた机を挟んでゾンネの向かいに座ると、遠くから様子を覗《のぞ》いているアイリスディーナの視線も強まる。

もしノゾムが目の前の老人を牽制しなかったら、姉様が突撃してきたかもしれない。

ソミアが水晶に触れると、透明な球体が淡い光を放ち始めた。

柔らかい白色から赤、紫、灰色と変化し、やがて消えていく。

「ふむ、お嬢ちゃんは今悩んでおるようじゃ。灰色という曖昧な色がその証拠じゃ」

「……はい。そうですね。占って欲しいのは、そのことなんですけど……」

「初めの白はお嬢ちゃん自身、赤は目標、紫の色は不安を意味する。お嬢ちゃんが悩んでいるのはその辺りにありそうじゃ」

ゾンネの言葉を肯定するように、ソミアは黙って頷《うなず》いた。

ノゾムはそんな彼女の言動に、驚いた表情を浮かべる。彼が見る限り、この少女はいつも元気一杯で、悩んでいるような様子を見せたことはなかったからだ。

「おそらく悩んでいるのは赤に関してのことじゃろう。赤は気力や活力を意味するが、お嬢ちゃんの場合は自身の目標についてかのう？」

そんな彼の胸中を他所に、ソミアは再びゾンネの言葉に頷く。

「ふむ。じゃが、その不安と迷いはどちらもお嬢ちゃんにとっては大切なものであり、君はまだ幼い。目標に向かって走り続けるのも良いが、時には後ろを振り返ることも必要じゃないかのう」

「振り返ること、ですか？」

「迷いがあるなら、今はその大切なものを見失わないようにすること。不安があるなら一人で抱え込みすぎないことが肝要ではないじゃろうか。人間、一人で生きるには弱すぎる生き物じゃからの」

「……はい」

「なに、お嬢ちゃんには大切な人がおるのじゃろう？　なら大丈夫じゃ。お嬢ちゃん自身の色は白。明るく、優しい色を持つ君は、大切にしてくれた人と同じく、誰かを大切にできる優しい娘じゃからのう……」

まるで祖父が孫に対するように、ゾンネは穏やかな笑顔でソミアに語りかける。

ノゾムは今まで見てきた好色爺ではない姿に驚くと同時に、僅かの間にソミアの悩みを見抜き、解決の糸口を提示した彼に感心していた。

同時に、少し悔しそうな表情を浮かべる。自分が彼女の悩みを聞いたとしても、ここまでキチンとかみ砕いて説明し、少しでも心の重りを軽くしてあげることができたであろうか？　と。

「あ、ありがとうございます！　えっと、お代は……」

「気にせんでいいんじゃよ。お嬢ちゃんは初めてみたいじゃから今回はサービスじゃ。あ、でもお嬢ちゃんが良いなら、十年後くらいにワシとデートなんてどうじゃ⁉？」

「え、ええっと……」

「お嬢ちゃんは将来がとても有望じゃから、もしデートしてくれるならお爺ちゃん何でもしちゃう」

「いい話をしたと思ったらこれか！」

意外にも深い話をしたゾンネに感心していたノゾムだが、その評価を一気に下方修正。ゾンネの頭に手加減なしの手刀を叩《たた》き込む。

「げふぅ！　なにをするんじゃ、会う度にワシの頭を叩きおって！」

「だから、それはこっちのセリフだ！　アンタ女性に会う度にナンパしなきゃ気がすまないのかよ！」

「そんなわけあるか！　ワシにだって分別くらいあるわい！　声をかける女性は選んでおる！」

「どんな分別だよ、それは！」

「もちろん始めに見目麗しい女性じゃ、この間の黒髪の麗人などはマジでワシ好みじゃの！　なんでお主のような小僧と一緒におったのかはわからんが。全く、彼女のような素晴らしい女性ならワシのようにもっといい男もおるじゃろうに……」

「こ、このエロ爺……」

「ま、まあまあ、ノゾムさん」

再び刀の柄《つか》に手を伸ばすノゾムをソミアが必死になだめる。

ノゾム自身、自分がアイリスディーナとは釣り合わないというのは分かっている。

アイリスディーナは非常に魅力的な女性だ。非の打ちどころのない容姿、高潔な思想、それを貫ける意志。ハッキリ言って高嶺《たかね》の花すぎる。

過去の夢に逃げ、目の前の現実を知ろうとしなかった自分と比べること自体おこがましいのは理解しているが、それでもこのエロ爺に言われると腹が立った。

「次はこのお嬢ちゃんのように将来有望な女の子じゃの。あ、お嬢ちゃん、勘違いせんで欲しいでじゃが、ワシは幼い花を手折る外道ではないぞ。幼子は手折るものではなく、愛《め》でるものじゃ。未《いま》だ咲かぬ花が将来どのような色を見せてくれるのかを辛抱強く待つのも、男の甲斐性《かいしょう》というものじゃ！」

「……やっぱり斬った方が良いな、この爺さん。どうせ師匠と同じで死なないだろうし」

「ノゾムさん！　抑えて、抑えて！」

「そして、最後は散ってなお美しさを保つ花達じゃ。確かに彼女達には往年の美しさはもうない。歳月は彼女達から白き肌と美しい髪を奪い取ってしまった。花を花たらしめる花弁を失った彼女達の絶望はいかほどだろうか……」

両手を天高く掲げ、ゾンネはまるで世紀の大演説をするかのようなテンションで叫び続ける。

周囲の通行人からは怪しむ視線を向けられているのだが、老人は自分の世界にのめり込んでしまっているのか全く意に介していない。

「しかし、それにもかかわらず人の目を引き付ける彼女達。かつての美しさを失ってなお輝ける彼女達は既に時の流れですら簡単に奪えぬ花を手に入れたことの証左！　ならば、その犯せぬ花を手に入れた彼女達には、もはや畏敬の念しか浮かばん！」

話の内容自体は素晴らしいのかもしれない。だがその名言も、直前の発言と行動によって底すら突き抜けた老人の評価を覆すことはできなかった。

「良いことを言っているはずなのに、その前の話を聞いているせいで全部台無しになっている……」

「あ、あははは……」

「なんじゃい、人がせっかくいい話をしとったのに。お主、あんな目が覚めるような美女はまずお目にかかることは稀《まれ》じゃぞ。ワシがお主じゃったら即座に求婚しとるわ」

「相変わらず見境ないな、アンタ！　もうちょっと自重したらどうだよ！」

「相手になにも伝えないよりはマシじゃよ。隠しごとが時に自分も相手も一番傷つけるからの」

その言葉が、ぐさりとノゾムの心臓を貫く。これまで口にしていた罵詈雑言を一瞬忘れ、思わず身を震わせた。

「ならワシは隠すより伝えることを選ぶ。そっちの方がまだ希望があるからの。そしてもし隠すなら、相手に毛ほども気づかれぬように徹底的に隠すわい。中途半端が一番残酷なんじゃよ。相手にとっても自分にとっても。以前ばあさんに隠していた春画が見つかってえらい目にあったからのう……素直に持っていると言っとけばよかったわい。あの春画、ワシのお気に入りじゃったのに……」

ゾンネがなにやら遠い目をして物思いにふけり始める。なんとなく、眼が潤んでいるように見えた。

一方、そんな過去に思いを馳《は》せるゾンネを他所にノゾムは眉を震わせ、下唇を浅く噛み締める。

「ん、お嬢ちゃんそろそろ店じまいの時間じゃ、また来ておくれ。可愛い娘は大歓迎じゃ」

「あ、はい。ありがとうございました！」

ソミアが笑顔でゾンネに挨拶をしている時も、ノゾムはただ黙って彼らを見つめていた。

自分の中に渦巻くどうしようもない感情を、押し込めながら。

占い屋を離れたノゾム達は、再び商業区の大通りを歩く。

彼の頭に思い浮かぶのは、先ほどのゾンネの言葉。

龍殺しを含め、様々なことをひた隠しにしているこの状況。

この大きな秘密を、誰かに知ってもらいたい。そんな欲求は、常にこみ上げてくる。

(でも、もし話したら……)

拒絶されるんじゃないだろうか？

不安は消えない。火種は燻《くすぶ》り続け、徐々に大きくなっていく。

「ノゾムさん？　どうかしたんですか？」

「え？　い、いやなんでもないよ」

一緒に歩いていたソミアがノゾムの顔を覗き込むように話しかけてくる。

自分の考えに沈んでいた彼は先のゾンネの言葉を思い出し、咄嗟《とっさ》に何でもないように振る舞う。

しかし、その声は彼の動揺を示すように、僅かに震えていた。

「そ、それよりソミアちゃん。これからどうする？　まだ時間はあるし……」

「う～ん。どうしましょうか？　あれ？　なにか甘い匂いがします」

「これは……」

その時、道を歩いていた二人の鼻を甘い香りが撫《な》でた。ノゾムとソミアが香りのする方に目を向けるとそこには小さな露店があり、なにやら子供達が集まっている。

「ねえお姉さん！　僕にもその飴《あめ》ちょうだい！」

「あ、ずるい！　それ私が貰《もら》おうとしていたのに！」

「ほらほら、喧嘩《けんか》しない。ちゃんとみんなの分を作ってあげるから」

涼やかな声が響く。長蛇の列の先にある露店では、蒼《あお》色の髪をなびかせながら、一人の少女が器用に飴細工を作っていた。

「シーナさん？」

「ノゾム君？　どうしてここに？」

「いや、ちょっと……」

シーナの視線が、隣にいるソミアに向けられる。

「……デート？」

「いや、まあ、うん。そうかな……。ところで、君はどうしてここで飴売りを？　しかも一人で」

「冒険者ギルドの雑依頼に入っていたの。本当はミムルも一緒のはずだったんだけど来なくて、仕方ないから私一人でやっているのだけど……」

多く客が並ぶ露店。よく見ると子供だけでなく、若い男性も多い。

彼らの視線の先にあるのは、見目麗しいエルフの少女。ノゾムの方に目を向けている男性もいるが、その視線は例外なく疑念と威圧に満ちている。彼らが何を目的に並んでいるのかは明白だった。

「本当、ミムルったらどうしたのかしら……」

相当忙しいのか、シーナは疲れたように溜息を漏らしている。

そんな中、口元に手を当てて考え込んでいたソミアが、彼女に向かっておもむろに口を開いた。

「あ、あの。もしよければ、お店のお手伝いをさせてもらえませんか？」

「え？」

意外な申し出に、シーナが目を白黒させる。

「私、こういうお仕事したことがないんです。お金はいりませんので、やらせてもらえませんか？」

そりゃそうだと、ノゾムは心の中でつぶやく。

彼女は貴族。それも大国フォルスィーナ王国の名門貴族のご令嬢だ。こんな露店で商売などした経験があるはずない。

とはいえ、そんな立場であるからこそ、ソミアはやってみたいのだろう。

「いいの？　彼とデート中だったんじゃないの？」

「ま、まあそうなんですけど……」

窺うような二人の視線がノゾムに向けられる。

「ノゾムさん、いいですか？」

「……いいんじゃないかな。俺からも頼むよ。シーナさん、手伝わせてもらえないか？」

「分かったわ。私はシーナ・ユリエル。よろしくね」

「私はソミリアーナ・フランシルトです。よろしくお願いしますね！」

「よろしく……え、フランシルト？」

ソミアがフランシルト家の令嬢であることを知らなかったシーナが、彼女の名字を聞いて目をぱちくりさせる。続いて、ギギギ……と濁音が響くように震えながら、ノゾムに顔を向けた。

彼女の視線がノゾムに問いかけている。本当なのかと。

「まあ、そういうことかな。驚くよね。俺もそうだったから」

「はぁ……。貴方《あなた》、本当に変わっているわね」

ノゾムの交友関係に驚くシーナだが、彼自身もどうしてこんな超高位貴族と知り合いになれたのか、今でも不思議でしょうがないのだ。

ウアジャルト家との一件がなければ、そもそもこんなに話をすることはなかっただろう。

「あのシーナさん！　この飴ってどうやって作ればいいんですか⁉」

「ええっと。そっちは私が作るから、包装をお願いできるかしら。ノゾム君、貴方も手伝ってくれる？」

「いいよ。俺は客の対応をすればいいのかな？」

「ええ、お願い」

シーナに頼まれ、ノゾムは客の対応を行う。

「お兄ちゃんありがとう！」

「ち、男かよ……」

「お前じゃないんだよ。そこの美麗エルフか黒髪美幼女から渡して欲しかったんだ……」

「というか、なんでお前みたいなパッとしない奴があんな美少女達とお知り合いなんだよ。死ね」

純粋に飴が欲しかった子供からはお礼を言われるが、シーナ目当てで店に来た男達からの罵詈雑言はすさまじい。しかも、シーナと並んでも遜色ない美貌を持つソミアまで加わったせいか、殺気まで混じり始めている。

だからこそ、こんな本能丸出しの男達の前にシーナやソミアを立たせるのは忍びなく、ノゾムは仮面のような笑顔を張り付けながら接客をしていた。

(相手はカラス、俺は案山子《かかし》、相手はカラス……痛てっ！)

殺気を漂わせた男性客の中には、飴を受け取る際に台の陰越しに脛《すね》を蹴ってくる者もいた。

この露店は移動をしやすくするため、木で骨組みを作り、布をかぶせているだけだった。つまり、客側からはノゾムの足を蹴り放題。

しかし、それでもノゾムは表情をピクリとも変えずに対応を続ける。この程度、学園での仕打ちに比べれば、屁《へ》でもない。変な経験が役に立ったなと、ノゾムは脛に走る痛みに耐えながら考えていた。

そんなこんなで行列も減り、客のピークが過ぎた頃。とても怪しい人物が露店を訪れた。

「いらっしゃい、ま、せ？」

外套《がいとう》で体を覆い、深く被った帽子で顔を隠した人物。

明らかに不審者と断言できる風体だが、ノゾムにはその人物の気配に非常に覚えがあった。

「……アイリス、なにしてんの？」

「わ、私はアイリスディーナなんて名前ではない。ただのお客だ」

(声もそのまま……というか、自分で名前名乗っちゃ意味ないじゃん……)

普段の凛《りん》とした姿を全部投げ捨てて残念臭を漂わせる美少女に、ノゾムは思わず肩を落とす。

「それで、アイリスは何の用？　ソミアちゃんが知ったら彼女、怒るよ？」

「だ、だから私はアイリスディーナでは……」

「いや、声で分かるから。早くした方がいいよ。怪しすぎて余計に注目浴びてるから」

相当動揺しているのか、ノゾムが指摘する度にアイリスディーナの肩がビクビクっと不自然に震え、帽子の奥の瞳が揺れる。そこに、様子がおかしいノゾムを心配したソミアが声をかけてきた。

「ノゾムさん、どうかしましたか？」

「あっ、いや、なんでも、むぎゅ！」

アイリスディーナはものすごい力でノゾムの襟を掴《つか》むと、彼の耳元に顔を寄せ、小声でささやく。

「いいなノゾム、くれぐれも、く・れ・ぐ・れ・も、間違いのないようにな！」

「いや、間違いって、十一歳の少女相手に何を……」

至近距離から向けられる強烈な眼光と呪詛《じゅそ》のような声色の言葉。

しかし、理由が理由なだけに、ノゾムとしては恐怖よりも脱力感を覚えてしまう。

「ノゾムさん？」

テクテクとソミアが近づいてくるのを見て、アイリスディーナは慌てて飴袋をひっつかむと、代金を無理やりノゾムの手に押し付けて逃げ去っていった。

「変な客に絡まれていたみたいだけど、大丈夫？」

「ああ、うん、大丈夫。はあ……」

シーナの心配する声に軽く手を振り、手の中の押し付けられた代金に目を落とす。

「……いや、共通銀貨五枚は多すぎるよ」

ちなみに、飴の代金は共通銅貨三枚。ざっと十七倍の代金である。

お釣りどうしよう。

代金箱に銀貨を放り込みながら、ノゾムはアイリスディーナの暴走に改めて溜息を吐いていた。

アイリスディーナが露店で飴販売に勤《いそ》しむノゾム達に突撃する少し前、ティマは物陰から彼らの様子を覗き見る親友を、今一度諌《いさ》めていた。

「ねえアイ、そんなに心配しなくても大丈夫だよ」

「でもさっき、ソミアはあの老人に触られそうになっていた。あの汚物……！」

「で、でもノゾム君がどうにかしてくれたじゃない……」

先の占い屋での出来事を思い出しながら、アイリスディーナは全身から気炎を立ち上らせる。

ノゾムがしっかりソミアを守ってくれたために彼女には気づかれることはなかったが、それでもティマとマルスは必死になって占い屋に突撃しそうになるシスコンお姉ちゃんを止めていた。

「でもよ、そろそろマズくねぇか。ノゾムも俺達のことを察知しているし、あまりしつこいと娘っ子にも気づかれちまうぜ？」

「そ、そうだよ、アイ。これ以上はダメだよ。ソミアちゃんに嫌われてもいいの？」

「うっ⁉」

ソミアに嫌われる。その一言が、暴走状態のアイリスディーナの心に楔《くさび》を打つ。

暴走状態の心に葛藤が生まれ、その場にうずくまるシスコン姉。チラチラと露店の方に目を向けては、下を向いて首を振ったり、唸《うな》ったりを繰り返している。

「う、ううう、うう〜〜」

（はぁ、やっぱりアイはソミアちゃんも心配だけど、一緒にデートするノゾム君の方も気になっているみたい……）

ティマはアイリスディーナが露店に目を向ける時、ソミアだけでなくノゾムも凝視していることに気づいていた。そしてその度に、無意識に彼から貰った髪飾りに手を伸ばしていることも。

ティマは大きく息を吐くと、現在進行形で頭を抱えている親友を眺める。

彼女にとってアイリスディーナはこの学園に来て初めてできた友人であり親友だが、こんな子供のように拗《す》ねた彼女を見たことはない。

(それだけノゾム君が気になっているってことなのかな？　シーナさんのこともあるし……)

シーナ・ユリエル。ノゾムと突然仲良くなった、エルフの少女。

彼女とノゾムの関係を察し、アイリスディーナは初めて妬心を露《あら》わにした。

それは、ティマの知らない親友の姿。それが驚きでもあり、彼女の別の一面を知れたことが、ほんの少し嬉《うれ》しくもある。

「なぁ、もう良いんじゃないか？　少なくとも大事にはならなそうだし」

「……マルス君はエナ君が知らない男と歩いていたらどう思う？」

「はあ？　なんだっていきなり。べ、別にどうも思わねえよ……」

エナ・ディケンズはマルスの妹であり、彼の実家である宿屋兼酒場『牛頭亭』の看板娘。問題児の兄に対しても歯に衣着《きぬ》せぬ物言いをする、豪胆な少女だ。

彼にとっては色々な意味で頭の上がらない妹であるが、大切な家族であることは確かである。

実際、そっぽを向きながらも声を詰まらせるマルスの姿には、明らかにセリフとは正反対の感情が滲《にじ》み出ていた。

「私は心配だ。もしも、ソミアとノゾムが……」

一体なにを想像したのか、アイリスディーナは突然顔を真っ赤にして、下を向いて硬直する。そして、ブツブツとなにやら言葉にならない声を漏らし始めた。

「……どうするんだよ。こいつ完全に混乱しているぞ」

「どうするって……」

正直、目の前の親友をどうしたらいいのか、教えてほしいのはティマも同じだった。

その時、アイリスディーナの視線が、中央公園近くの服屋を捉える。

「そうだ、これなら……」

「ちょっと、アイ、どこ行くの！」

ティマの呼びかけに答えず、アイリスディーナはその店の中に駆け込んでいく。

彼女はそれほど時間をかけずに店から出てきたが、その恰好《かっこう》にマルスとティマは茫然《ぼうぜん》とした。

「なあ、あれなんだ？」

「ええっと、多分アイだよ。なんであんな恰好しているのか分からないけど……」

全身を包むほど丈の長い上着と外套。そして深い帽子を被り、完全に不審者の装いで出てきたアイリスディーナはそのまま、ノゾム達が働いている露店へと向かっていく。

「……まさか、あの恰好で様子を見に行くつもりか？」

頓珍漢な親友の行動に、ティマはもう言葉も出ない。

アイリスディーナに気づいたノゾムが呆《ほう》けた表情で彼女を凝視していた。完全にバレている。

現に一言二言会話しただけで不自然に体を震わせ、動揺を露にし始めた。

増していく不審度。そこに、首を傾《かし》げたソミアまでやってきた。

妹の登場にまずいと思ったのか、アイリスディーナはノゾムが持っている飴袋を鷲掴《わしづか》みにすると、一度顔を寄せ、そして逃げるように戻ってくる。

「……なんか、色々ダメダメだな」

「……うん」

隠れている物陰で、二人は溜息と共に肩を落とした。

✝

ちょっとしたお仕事体験を楽しんだノゾム達は、シーナにお礼を言うと、給金代わりの飴を手に露店を後にした。二人は商業区から中央公園へ移動すると、ベンチに座って一休み。日が傾いてきたのか、周囲は徐々に紅《あか》く染まり始めている。

「ああ、楽しかった！」

「ソミアちゃん、生き生きしてたね。最後は自分で飴作りもしていたし」

「はい！　ちょっと変な形になっちゃいましたけどね」

そう言いながら、ソミアは手に持つ袋から、飴を一つ取り出す。

丸い輪郭の顔に、妙に鋭い瞳。少し突き出した鼻。

動物を模して作ったのだというのは分かるのだが、どんな種類の動物なのかは見当がつかない。

「なに、これ。熊？」

「違います！　猫ちゃんです！」

猫。その言葉に、ノゾムは目をぱちくりさせる。確かに、言われれば猫に見えなくもない。

「ノゾムさんこそ、どんな飴を作ったんですか？」

ソミアに求められ、ノゾムも自分が作った飴を取り出す。

長い胴体に、細い手足。伸びた首の先にある顔も、これまた小ぶりだ。

「山羊、ですか？」

「馬……のつもりだった」

今度はソミアが目をぱちくりさせる。

互いに相手が作った不恰好な飴を見て、二人は思わず笑いを漏らした。

「ぷっ……」

「ふふふ！」

ひとしきり笑った後、二人は公園のベンチに並んで腰かけると、互いの飴を交換して食べてみる。

「ん〜、美味《おい》しい！」

「ほんのり果物の香りがする。それに甘くてもくどくない。うん、いいな」

程よい甘さと果実の香りが歩き回って疲れた体に染みわたり、労働の疲れを癒《いや》していく。

ソミアも同じなのか、ノゾムの隣で足をプラプラさせながら、飴の甘さに顔をほころばせていた。

「……ノゾムさん。今日はありがとうございました」

「お互い様だよ。こっちも楽しかったし、飴細工にも挑戦できたしね。結果は……まあアレだけど」

視線が交わり、ノゾムとソミアの間に優しい空気が流れる。

ノゾムにとってもソミアにとっても、このデートはとても楽しい思い出になっていた。

「ねえノゾムさん。聞いてくれますか？」

「ん、なんだい？」

「今日の占いでお爺さんに尋ねこと、なんですけど、その……」

「悩みごと、だったよね？　聞いてもいいけど、俺でいいの？　アイリスに相談した方が……」

「姉様はダメです。その……悩みって姉様のことなので……」

どうやら彼女は、アイリスディーナのことで悩んでいるらしい。ノゾムが了承するように頷くと、彼女はポツポツと自分の心の内を話し始めた。

「ノゾムさんは知っていましたよね。私が姉様みたいになりたいって……」

「ああ」

ソミアの目標は姉であるアイリスディーナのようになること。この公園で初めて彼女と出会った時に聞いたことだ。

「姉様って凄《すご》く素敵じゃないですか。綺麗だし、強いし、なんでもできて……」

ソミアの言葉にノゾムも頷く。確かに彼女はとても魅力的な女性だ。

眉目秀麗、文武両道。学園で彼女に憧れる人間は数多い。しかも、実家はフォルスィーナ王国の重鎮、彼女はその跡取りと来ている。ハッキリ言って欠点を探す方が難しい。

（まあ、ソミアちゃんのことに関しては別みたいだけど……）

ノゾムはソミアに気づかれないように、公園の一角に目を向ける。

未だに消えないアイリスディーナ達の気配。姿は見えないが、まだ尾行は続いていた。

「そんな姉様が私は大好きですし、自慢なんですけど……やっぱり時々嫌なこと考えちゃうんです。

羨ましいとか、いいなあ、とか。もちろん姉様も頑張って頑張って、たくさんのことができるようになったっていうのは分かるんですけど……それでもそう思っちゃうことがあって」

「……もしかして、そのことで悩んでいたの？」

ソミアはノゾムの言葉に、小さく頷く。大事な家族で、憧れであることに変わりはない。

でも、時に優秀すぎる姉に対して羨ましいと思ってしまう。同時にそんな考えを持ってしまう自分が、嫌になってしまう。

そんなソミアの気持ちに触れ、ノゾムは口元に手を当てて考え込む。どうすれば、少しでも彼女の心の重荷を軽くしてあげられるんだろうと。その時、ソミアがおもむろに口を開いた。

「私、昔は姉様のことが大嫌いだったんです」

「……え？」

ノゾムは一瞬、自分の耳を疑う。それは姉が大好きな今の彼女からは到底考えられない言葉だった。

「私は母様の顔を見たことがありません。私を産んですぐに亡くなってしまったので、母様がどんな人だったのかも分からないんです。あるのは家の父様の部屋にある肖像画だけ……」

ぽつりぽつりと語り始めたソミアに、ノゾムは静かに耳を傾ける。

「抱っこしてもらったことも、子守歌を歌ってくれたことも、一緒に眠ってくれたこともありません。姉様はそんな私に、よく母様の話をしてくれました。私達と同じ黒髪で、とても優しい人だったって」

そう語り続ける彼女の顔に浮かんでいるのは寂しさと……後悔であるように思えた。

「今思えば、姉様は私に少しでも母様のことを知ってほしかったんだと思います。でもその時の私は、母様を知らない私のことを馬鹿にしているって思っちゃったんです。あるいは母様を奪った私を恨んでいるんじゃないかなって……」

「それは」

「だから私は姉様にも父様にも、自分から話しかけることはしませんでした。向こうが嫌っているなら私だって大嫌い。そんなふうにしか考えていなかったんです」

ソミアが持っていた飴の袋がクシャリという音を立てて潰れた。

「誰も私を気にかけてくれる人なんていない。誰も私のことなんて心配しない。そう思っていたから辛《つら》くて、私は家を飛び出したんです」

「……え？　ええ!?」

ノゾムの口から驚きの声が漏れる。

彼女はフォルスィーナ王国有数の名家の令嬢。当然、屋敷には厳重な警備が敷かれているはず。しかも、当時のソミアの歳は一桁。外から入ることに比べれば出る方が容易なのかもしれないが、ものすごい行動力である。

「でも今まで私はずっと屋敷の中にいましたから、当然行く当てなんてありませんでした。日が暮れても、街の片隅でただ蹲《うずくま》っているしかありませんでした。寒くて、寒くてどうしようもなくて。それでも帰るなんてことは考えられなくて……。」

天真爛漫《らんまん》で、明るい少女が抱えていた孤独。

以前にアイリスディーナから少し聞かされてはいたが、改めて言葉を失う。

この小さな体で、どれだけ寂しさを押し殺していたのだろうかと。

「そして、とうとう雨まで降ってきてしまったんです。ずぶ濡《ぬ》れになってしまった服を必死に抱き込んで、どうにか寒さに耐えようとして。でも体はガタガタ震えるだけでちっとも暖かくなってくれなくて。やがて意識も朦朧《もうろう》としてきた時、誰かが呼んでいるような声が聞こえてきたんです」

いつの間にか彼女は、プラプラさせていた足をギュッと抱き込んでいた。

その姿に、ノゾムは雨に濡れながらどこにも行けずにいる少女の姿を垣間見《かいまみ》る。

「初めはそんなわけないって思いました。だって私は誰にも愛されていないし、そんな私を探している人なんていないいって思っていましたから」

膝を抱えたまま、ゆらゆらと少女の体が揺れる。

「顔を上げると、私と同じようにずぶ濡れになった姉様がいました。私を探すために、屋敷から一人で飛び出してきたんです」

二人だけしかいない当主の実子が二人とも消えたとなれば、フランシルト家本邸は間違いなく大わらわになっていただろう。

「でもその時私、こう言っちゃったんです。なにしに来たの！　って。今考えても酷いこと言っちゃいました」

その後は、連れて帰ろうとする姉と、頑として拒否する妹の意地の張り合いだったらしい。

当時の自分の醜態を思い出し、ソミアはアハハハ……苦笑を浮かべた。

結局、二人は同じように探しに来た父親とメーナに見つかり、屋敷に連れ戻され、お説教を受けることに。

「その時私、今まで思っていたことをみんなの前で思いっきりぶちまけちゃったんです。なんで母様がいないの！　なんでみんな私のことを嫌うの！　そんな嫌いなら放っておいてよ！　って、泣きながら怒鳴っていました。そうしたら横で一緒にお説教を受けていた姉様に思いっ切り叩かれました」

ソミアは、おもむろに自分の左頬を撫でる。そこがアイリスディーナに叩かれた場所なのだろう。

「怒って叩き返してやろうと思って、私が姉様の方を見ると、姉様も泣いていたんです。必死に溢《あふ》れてくる涙を我慢しようとして、それでも涙は止まってくれなかったみたいで……。私の前ではいつも笑っていた姉様ですけど、考えてみれば姉様も母様が死んでずっと悲しかったんだと思います。でも、それを表に出すわけにいかなくて、必死に隠そうとして、でも私の言葉に隠していたものが溢れちゃったんです」

考えてみれば、当時のアイリスディーナは十歳ほど。

いくら次期当主として気負おうが、肉親の死が堪《こた》えていたのは当然だろう。

「後は私も姉様も泣きながら大声で怒鳴り合って、気がついたら眠っちゃっていました。そして、大嫌いって気持ちも、いつの間にか消えていて……」

それから徐々に、ソミアはアイリスディーナのことが好きになっていった。

そして、この人みたいになりたいと思っていたのだと。

全てを語り終えたソミアは大きく息を吐き、硬くなった体をほぐすように背伸びをする。

「はぁ～～。スッキリしました！」

「ねえ、ソミアちゃん。なんで俺にその話をしたの？」

ノゾムは率直に感じた疑問を口にする。悩み相談も今の話も、ソミアにとって自分を形作る核といえるもの。少なくとも簡単に人に話せる話ではなかったからだ。

「う～ん。よく分かりません！　ただ私が話したかったんです」

「話したかった？」

「はい、ノゾムさんに私のことを知って欲しかったんです。そう思ったら自然と喋《しゃべ》っちゃってました！」

そう言いながら微笑む彼女。その顔にはつい先ほどまで浮かべていた硬い表情ではなく、いつもの太陽のような笑顔。

そして、ノゾムはこう思うのだ。やはり彼女は、姉と同じく強い娘だと……。

「……ソミアちゃん。俺には兄弟はいないからアイリスに対する君の悩みを本当の意味で感じ取ることはできない。でも……誰かを羨ましいって思ったことはたくさんあるよ」

ノゾム自身、嫉妬はある。

どんどん強くなっていくリサ達を内心羨んだし、置き去りにされている自分を情けなく思ってきた。

当時はリサとの約束とかいろんな理由をつけて蓋をしてきたけど、今にして思えばそういった暗い感情は確かにあったのだ。

(ソミアちゃんは、以前にその嫉妬で姉を傷つけたことがあるから、こんなに悩んだんだろうな)

「俺自身上手く言えないけど、君はそれでもやっぱりアイリスが大事なんだろう？」

「……はい」

「ならそれでいいんじゃないかな。だってソミアちゃん、それをアイリスに話したら彼女が傷つくんじゃないかなって思ったんだろ？　だから占いなんてしてたし、俺に話したんだと思う」

彼女は姉のことが大好きな優しい娘。だから昔、自分勝手な思い込みで姉を傷つけたことが深く記憶に残ってしまっていて、自分が姉に嫉妬していたんだって知られるのが怖かった。

「はい。母様が亡くなって、姉様は凄く無理して、悲しさを押し殺して笑って、私のことを大事にしてくれていました。そんな姉様を私が傷つけたことを思い出したら、話せなくなっちゃって……」

沈んだ声を漏らしながら、ソミアは下を向いてしまう。

「なら大丈夫。いくらアイリスが羨ましいって思ったとしても、ソミアちゃんの心の一番根っこにあるのは、姉様が大好きって感情なんだから」

「あ……」

彼女はアイリスディーナを傷つけたくないから話せなかった。ならそれは、彼女にとって姉が誰よりも大切な人だということの証左《しょうさ》だ。

ノゾムのその言葉に、ソミアが瞳を大きく揺らしながら、ハッと顔を上げる。

「はい！　私、姉様が大好きです！」

そしてソミアは改めて、姉が好きだと、はっきりと言葉にする。

夕暮れの光に照らされた彼女の顔は、まるで一番星のように輝いていた。

「よし！　そろそろ日も暮れてきたし、帰ろうか」

「あ、ちょっと待ってください。まだあるんです」

腰を上げようとしたノゾムを、ソミアが引き留めた。どうやら彼女はまだ話があるらしい。

「え、なに？」

彼女はノゾムに向き合うと大きく深呼吸。

まるでこれから人生における重大な決断をするような雰囲気に、ノゾムの背筋も自然と伸びる。

「……私が以前魂を奪われそうになった時、ノゾムさんに助けていただきましたよね。まだその時のお礼をちゃんとしていませんでした」

「え？　お礼ならキチンと言って貰ったけど……」

彼女が言っているのは間違いなくウアジャルト家のルガトとのことだろう。しかし、その後に屋敷に招待され、正式な感謝の言葉と謝礼を貰った。実際、アイリスディーナにいたってはフランシルト家の紋章という、ちょっと平民が持つには重すぎるものを渡してくるほど。

「はい。フランシルト家としてはそうです。でも、今度は私が個人的にお礼をしたいんです」

もう十分だとノゾムは思っていたのだが、ソミアとしてはまだ足りないらしい。

まっすぐ見つめてくる彼女の瞳に垣間見える、静かな、それでいて強い意志の光。なにをそこまで決心したのかは分からなかったが、ノゾムとしても彼女の決意を無駄にしたくなかった。

「……分かった。せっかくソミアちゃんが贈ってくれるっていうなら受け取るよ」

「あ……はい！」

ノゾムの了承にソミアは声を弾ませると、彼女はベンチの腰掛けに立ち上がる。

十一歳のソミアと十七歳のノゾム。二人の目線が同じ高さになった。

「ええっと、動かないでくださいね」

「ん？　いったいどうし……」

緊張気味のソミアに首を傾げそうになったところで、彼女の手がそっとノゾムの頬に添えられる。

そして、彼の視界いっぱいにソミアの顔が迫ってきた。

「ン……」

直後、ノゾムの唇に柔らかい感触が広がる。

突然の出来事にノゾムの思考は真っ白に染まり、ただ呆けてしまっていた。

「えへへ。キスしちゃいました」

「え、え？」

「お礼は、私のファーストキスです。唇にするのは初めてなんですよ、私」

柔らかい感触がなくなり、続いてソミアの悪戯《いたずら》っぽい笑みがノゾムの視界に映る。

夕日に照らされながらも、はっきりと朱に染まっているそれは彼女の姉によく似ていて、やはり二人は姉妹なのだと、ノゾムに強く実感させる。

「……やっぱり、アイリスとよく似ているね」

「そうですか！　そう言ってもらえると」

「あ――――っ！」

「ひう！」

突然響き渡った大声にソミアがビクリと肩を震わせる。反射的に声の方に振り向けば、物陰から立ち上がり、わなわなと震えながら指をさしてくるアイリスディーナの姿があった。

「な、な、ななな……ノ～ゾ～ム～～！」

「ちょ、ちょっと待って……ぐえ！」

ノゾムに向かって一直線に駆け寄った彼女は彼の肩を両手で鷲掴みにすると、ギリギリと締め付け始めた。爪が肩に食い込み、痛みに耐えかねたノゾムが暴れるが、強化魔法を使っているのか、アイリスディーナの手はびくともしない。

「私は言ったな。くれぐれも間違いがないように、と……」

「ハ、ハイ……」

「ならアレはどういうことだ……」

「え、っとその……ぎゃ～～！　痛い痛い！　アイリス、頼むから放してくれ！」

「ダメだ。離したら逃げる。さあ、きちんと説明してもらおうか……」

射殺すほどの眼光と奈落の底から響く怨嗟《えんさ》の声。あまりの力にミチミチと肉が締め上げられ、ノゾムの口から悲鳴が漏れる。しかし、そこで救世主が声を上げた。

「説明するのは姉様です。どういうことですか？　私はついてきちゃダメって言いましたよね？」

「あっ、いや、その……」

ソミアからジト目で睨みつけられ、アイリスディーナは突如としてオロオロし始める。

「おまけにマルスさんやティマちゃんまで巻き込んで……。姉様、ダメなのはどっちですか？」

「い、いや。だから私はソミアが心配で……」

「問答無用です」

そこから、ソミアの説教タイムが始まった。拘束から逃れたノゾムは少し離れたところで二人の様子を眺めながら、袋から飴を一つ出して口に放り込む。

アイリスディーナが救いを求めるような目を向けてくるが、ノゾムはわざと視線を逸《そ》らして知らないふり。今回の件は完全に彼女が悪いので、しっかりとお説教を受けてもらう。

「よう、ノゾム」

「こ、こんばんは」

そんな中、物陰に隠れていたティマとマルスも姿を現し、傍に歩み寄ってきた。

「こんばんは。そっちも大変そうだったね」

「ああ、アイリスディーナの奴、俺達の話なんて全然耳に入っていなくて……ってやっぱり気づいていたのかよ」

「うん、でもソミアちゃんは気づいていなかったみたいだし、バラしたらその時点でデートがダメになると思ったからね。アイリスの気持ちも分かるから、せめて遠巻きに見守るぐらいにしてほしかったんだけど……」

「アハハ……」

ティマの口から、今日何度目か分からない、乾いた笑いが零《こぼ》れる。

「まったく。姉様は何を考えているんですか！」

「うう……」

ノゾム達がそんな会話をしている中、ソミアの説教は徐々にヒートアップしていく。

いつの間にかアイリスディーナは妹の前に正座させられ、しょぼんと肩を落としていた。

普段の凛とした姿は欠片《かけら》も感じられないが、ノゾムはそんな二人に頬を緩ませる。ソミアが抱えていた悩みが、少しではあるけど吹っ切れた様子だったから。

「そうだ。こんなことをしたんですから、悪い子な姉様にはお仕置きが必要ですよね」

「お、お仕置き!?」

「はい。そもそも今回のデートは私の方から誘ったんです。そして姉様は私に誘われただけのノゾムさんに八つ当たりをしたんですから、ノゾムさんにお詫《わ》びをするのは当然です」

「な、なにをすればいいんだ？」

アイリスが緊張した様子でソミアの言葉を待つ。まるで処刑宣告を待つ罪人のようだった。

「簡単です。今度の特総演習でノゾムさんとパーティーを組んでください」

「……え？」

突然の話に、ノゾムとアイリスディーナは呆けた声を漏らす。

「確か、二日目からなら大丈夫ですよね。ノゾムさん、いいですか？　ちなみに、姉様に拒否権はありません」

「ええっと。俺はいいけど……」

ノゾムがアイリスディーナに視線を向ける。彼女はなぜか顔を紅くして顔を逸らしてしまった。

「姉様、いいですね」

「あ、ああ！　分かった！　そ、そういうことだから、ノゾム、よろしく頼む……」

「よ、よろしく……」

俺は言葉を詰まらせながら手を差し伸べてくるアイリスと握手を交わすが、彼女の顔はまだ紅く、握手をした手もなぜか震えていた。その光景をソミアだけがニコニコしながら眺めている。

（今日は最初から最後までこの娘に振り回されっぱなしだったな……）

もしかしたら彼女は初めからこうするつもりだったのかもしれない。

そんな考えがノゾムの頭によぎる。そこで彼は、太陽が西に傾き始めているのに気づいた。

「ソミアちゃん、ごめん。そろそろ日が落ちそうだから……」

「あ、そうですね。姉様が余計なことしちゃったので、今日はもうここまでですね。それじゃあノゾムさん、私は姉様を連れていきます。ほら姉様、行きますよ」

ソミアは改めてノゾムにお礼を言うと、呆けている姉の手を引き、屋敷の方へと帰っていった。

「それじゃあ、俺も家に帰るわ。今日は災難だったぜ……」

「あ、あははは……。ノゾム君もマルス君、今日はゴメンね」

「お前が謝ることじゃねえだろうが。元凶はあのシスコン貴族なんだからな」

「う、うん。それじゃあ、ね」

申し訳なさそうな表情で謝るティマだが、マルスのフォローに少し気持ちを持ち直し、手を振りながら帰路につく。

「ノゾム、これからどうする？ ウチで飯、食ってくか？」

「いや、俺も帰るよ。ちょっとスパシムの森に用があるんだ」

「用？ 今からか？ もう日が落ちるぞ？ まあ、あの森に慣れたお前なら大丈夫だと思うが……」

マルスの言葉にノゾムは曖昧な笑みを返すと、そのまま踵《きびす》を返す。

背中に視線を感じながらその場を離れたノゾムは寮には帰らず、街の外に出て街道から少し森に入った場所へと向かう。冒険者ギルドの依頼ではあまり来ることがない、穴場的な場所だ。

そこが、リサに宛てた手紙に記した場所。しかし、そこにいたのはノゾムが呼び出した彼女ではなかった。

「こんなところにリサを呼び出すなんて、随分といいご身分だね、ノゾム」

ノゾムの幼馴染にして、現在のリサの恋人、ケン・ノーティス。

彼はリサ宛の手紙をひらひらと手で弄びながら、ぞんざいな言葉を向けてくる。

呼んだはずの者とは違う人物の登場に、ノゾムは眉を顰めた。

CHAPTER 3

第三章 憎悪の発露

黄昏《たそがれ》時のスパシムの森で、ノゾムとケンは互いに向き合う。

木々の隙間から差し込む夕暮れの光が、二人を紅《あか》く照らし出していた。

「なんで、リサじゃなくてお前がここにいる？」

「彼女を傷つけた君の呼び出しに、わざわざ応じる必要はないだろう？　僕が代わりに話を聞いておくと言っておいたのさ」

ケンはノゾムがリサに渡した手紙を放り捨てながら、不機嫌さを隠そうともせずにそう言い切る。

「……まあ、お前にも聞きたいことがあったのは確かだ。理由をつけてここに来たってことは、確定、かな」

一方のノゾムも、睨《にら》みつけてくるケンの視線を正面から受け止めながら言い返す。

ノゾムが手紙に書いたのは「二年前のことで話がしたい」という一文だけ。普通に考えれば、ただ無視されて終わりのはず。わざわざ来たということは、ケン自身に、ここに来るだけの理由があったに他ならない。

「単刀直入に言うぞ。俺を嵌《は》めて卑劣な裏切者に仕立て上げたのは、お前だな」

Ryuusa no Ori
Kokoro no
Naka no Kokoro

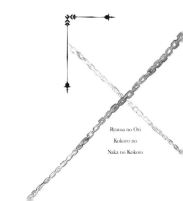

「……はあ？　いったい何を言っているのやら」

シラを切るケンに対して、ノゾムは言葉を続ける。

「あの頃のリサを信じ込ませるには、相応の理由が必要だ。だからお前は、俺の姿と声を使って、彼女に嘘《うそ》を信じ込ませた……」

「バカバカしい。それほどの魔法なら、リサだって気づく」

「ああ、だからおかしいんだ。お前、鍛練漬けだった俺が、浮気できる時間なんてないって知っていただろ？」

「いや？　四六時中一緒にいたわけじゃないからね。君の全ての行動を把握なんてしていないよ。僕がちょっと離れている間に魔が差して……なんてことは十分あり得る」

吐き捨てながら、ケンは口元を歪《ゆが》める。その瞳には、明らかにノゾムを蔑む色があった。

「まあ、どちらにしろ、君が裏切ったことには変わらな……」

「ああ、だからこそおかしいんだ」

「……何が言いたい？」

「リサは……彼女なら、確かめようとしたはずだ。でも、俺は一度も、彼女から問い詰められたことはなかった」

リサ・ハウンズの性格は、良くも悪くもまっすぐだ。真実がどうなのかは、自分の目で確かめる。そんな性格をしている。

しかし、ノゾムはリサから突然拒絶されるまで、一度も詰問されることはなかった。

「でも、実際に問い詰めている彼女を見た者がいる。その人は言っていたよ。その時、リサを拒絶していた俺は、俺じゃなかったって……」

「そんな証言が、なんの証拠になる。ただの見間違いかもしれないだろ?」

「それを見ていたのが、シーナ・ユリエルでもか?」

アルカザム唯一のエルフの名前に、ケンの表情が硬くなる。

「エルフの源素に対する感覚は、人間のそれよりもはるかに優れている。普通の人間は、源素を感じ取ることも難しいからな」

エルフの感覚から見出《みいだ》したシーナの結論。それは魔法ではなく、もっと特別な力が使われたということだった。

「ケン、お前が使ったのはアビリティだ。しかも、学園に申告していない、無申告の力……」

飄々とした空気が、徐々に張り詰めていく。

僅かに眉を顰《ひそ》めたケンの様子に、ノゾムは確信を抱いた。

「さらに言えば、お前には協力者がいる」

次の瞬間、ノゾムは足元に落ちていた石を拾い上げると、おもむろに後ろの木々の隙間に向かって放り投げる。

「……っ!」

ノゾムでもケンでもない、第三者の声が漏れた。

投げられた石は木々の陰に入ろうかというところで、カン! と甲高い音を上げて跳ね返される。

そして、解けるように景色に消えていた者が、ゆっくりと姿を現した。

「カミラ、やっぱり君か……」

それは、リサの親友であり、ノゾムにとっても友人だった女子生徒。カミラ・ヴェックノーズであった。彼女は投石を跳ね返した杖《つえ》を握りしめ、揺れる瞳でノゾムを見つめていた。

「どうして気づけたの。最底辺のアンタが……」

「姿は見えなくても、存在が消えたわけじゃない。獣じゃない人の視線も感じたし、僅かだが、草木の揺れ方に違和感がある。それに、肌に感じる空気の流れが微妙にズレていた」

「……アンタ、どういう感覚してんのよ」

カミラとしては、まさかノゾムに気づかれるとは思っていなかったのだろう。

動揺を隠せない様子の彼女を一瞥《いちべつ》すると、ノゾムはケンへと視線を戻す。

「二年前も、カミラに変装させたんだな」

「本当に気づいていたとはね。しかし、気づくのに二年もかかるなんて、どれだけ愚鈍なんだい？」

まあ今さら遅いし、何をしても無駄だけど、と付け加え、ケンはこれ見よがしに肩を竦《すく》めてみせる。

その挑発的な態度が、ノゾムの神経を逆なでした。

「二年前ならともかく、君の噂《うわさ》はもう真実として定着している。いくら声を上げたところで、証拠もないし、変えようとしても変えられないよ」

大衆は真実ではなく雰囲気で事実を認定する。そして第一印象が固定されれば、それを変えることはほとんどない。

おまけにノゾムの場合、大勢にリサに拒絶される瞬間を見られていたことも考えれば、絶望的だろう。だからこそ、ケンも真実を暴露することを躊躇《ためら》わなかった。

アイリスディーナ・フランシルトと親しいことは気になるが、証拠はないのだ。できることと、実際にやったと立証することの間には、天と地ほどの差がある。

得意満面なケンに、ノゾムは怒りからギリッと拳を握りしめた。

食い込んだ爪が手の平の皮を貫き、血がポタリとしたたり落ちる。

「……なんで、こんなことをした？」

「なんで？　決まっているさ。君じゃあ、リサを守り切るなんて不可能だからだ！」

怒りを押し殺したノゾムの言葉に、ケンはこれ以上ないほど甲高い声を上げる。

「彼女は優れた冒険者になる。それこそ、誰もが注目する存在に。そんな彼女を守るのに、君は相応《ふさわ》しくないだろう？　絶対に……不可能だ」

能力抑圧。ノゾムがこの地で転落することになったきっかけ。

蔑みの表情を浮かべながら、ケンはまくしたてる。

「彼女の父親は冒険者であり、そして冒険の中で死んだ。でもリサは、優しい。能力抑圧で何もできなくなった君でも、捨てたりはしなかっただろう。だからこそ……」

一拍を置いて、ケンは鬼のような形相を浮かべた。

「お前の存在を認めるわけにはいかない……！」

次の瞬間、突如としてケンが腰の長剣を抜き、ノゾムに斬りかかった。

明確な殺意が込められた袈裟《けさ》斬りを前に、ノゾムは反射的に愛刀を抜き放つ。

「ぐっ！」

斬撃を受け止めた腕に衝撃が走り、ノゾムの口からうめき声が漏れる。至近距離から睨みつけてくるケンの瞳はいつの間にか、蔑みではなく、ドロリとした憎悪の色に染まっていた。

「お前は、リサの足を引っ張る、リサの命を危険にさらす！」

「だからって、こんなことを！」

「必要なことだ！　お前という枷《かせ》から、彼女を解放するには！」

力を込めてノゾムを突き放しながら、ケンは長剣を振るう。さすがAランクと言うべきか。その剣《けん》閃《せん》は憎しみが満ちていながらも鋭く、体捌《さば》きは流れるようで無駄がない。

「何度も言った！　見放せと！　故郷のオイレ村に帰るように言えと！　でもリサは聞かなかった！」

圧《の》しかかる剣戟《けんげき》に、ノゾムはすり足で退きながら受け流すが、その様子を情けないと取ったのか、ケンはさらに圧力を詰めていく。

「夢？　憧れ？　そんなこと、命あってのものだ！　現実の見えていない、お花畑野郎が！」

ノゾムがかつて抱いていた願いも、リサの夢も纏《まと》めて吐き捨てながら、ケンは激情のままに剣を振るう。耳障りな鋼の音が、まるで彼の積年の恨みを現すようにまき散らされていた。

「だから見せてやったんだ！　現実を！　そしてリサは、分かってくれた！」

「っ！　騙《だま》したくせに、何を言ってやがる！」

自分の行いを正当化するケンに、ついにノゾムもキレた。

一瞬で刀身に気を巡らせ、ケンの長剣を一撃で両断する。

「ち……」

反射的に蹴りを繰り出し、ケンはノゾムに距離を取らせる。

「それなりに力をつけたのか。でも無駄だ！」

一撃で両断された愛剣を見て一瞬驚きはしたものの、ケンは冷静に、かつ素早く詠唱を終わらせる。

祝詞《のりと》が紡がれるのと同時に、半ばから断ち切られた長剣に、新たに半透明の剣身が形成された。

澄んだ水晶を思わせる刃《やいば》。アイリスディーナの魔法剣・月食夜に似ているが、物理的な実体を持つ、極めて高度な魔法剣だった。

さらにケンは、身体強化の魔法も発動させると、再びノゾムに襲いかかる。

魔法による強化が施されたためか、身のこなしも剣速も、今までとは比較にならないほど速い。それこそ、アイリスディーナに匹敵する速度だった。

「ふっ……！」

袈裟斬りから横薙《な》ぎ、そして突きへと繋《つな》がる三連撃が繰り出される。

一般生徒なら、一撃目で体勢を崩され、二撃目で確実に討ち取られるほどの力と速度の乗った斬撃。

能力抑圧下にあるノゾムでは、到底防げない。ケンは確信を抱いていた。

「っ、こいつ……！」

しかし、そんな確信はすぐさま覆される。

ノゾムは斜めに掲げた刃で迫る袈裟懸けと横薙《な》ぎを受け流し、体をひねって高速の突きを躱《かわ》す。

そしてケンの三連撃を問題なく捌き切ると、即座に反撃。回避の勢いを乗せた袈裟懸けを繰り出してきたのだ。

「っ！」

ケンは反射的に、魔法剣を迫る斬撃の軌道に割り込ませる。しかし、ノゾムの刃はただの一撃で、魔法剣の半ばまで深々と食い込んできた。ケンの顔が驚きに染まる。

（ありえない。先の合同授業の時といい、なんだこれは！）

ノゾムに組み敷かれそうになった時のことを思い出し、彼の胸に焦燥が湧き起こる。

信じられない、認められない、認めてたまるか！

焦りはすぐさま怒りへと転化。

湧き上がる憤怒に突き動かされるまま、ケンは一切の加減なく、全力で魔力を猛《たけ》らせる。

「こいつ、ウザいんだよ！」

次の瞬間、魔法剣が膨張し、無数の針に変化。その切っ先がノゾムに向けられる。

ノゾムはとっさに身を低くして気術・瞬脚を発動。ケンの側方へと逃れた瞬間、炸裂《さくれつ》音と共に無数の針が打ち出され、先ほどまで彼がいた空間を貫いた。

「くそ、逃がしたか。おいカミラ、何やっているんだよ！」

「…………別に。鬱憤を晴らすだけなら、自分やればいいでしょ」

ケンの不満を意に介さないカミラに舌打ちしたものの、ケンはすぐにノゾムへと向き直る。

「逃がさない……」

離脱したノゾムに向かって、ケンが再び刃を振るう。

すると、氷の剣身が幾つにも分割し、蛇のようにのたうちながらノゾムに向かって襲いかかる。

蛇腹剣。

細かく分割しすぎた剣身は剣としての用途には向かないが、魔法や気術など、他の力を組み合わせることで、変幻自在な斬撃を可能とする。

ノゾムは瞬脚・曲舞で木々の生い茂る森の中を縦横無尽に駆け回るも、魔力で制御されている蛇腹剣は瞬く間に逃げ道を塞ぎ、その鋸《のこぎり》のような刃で彼の体をズタズタに引き裂こうと迫っていた。

「ふっ！」

迫る蛇腹剣を前に、ノゾムは迎撃を選択。斬り上げと同時に気術・塵断《じんだん》を放つ。

鋭い一閃と共に付与されていた気刃が放たれ、ケンの蛇腹剣を切り裂くと同時に炸裂。斬線に沿って散った刃が、断ち切られた魔法剣を粉々に砕いた。

「ち、無駄なことを！」

しかし、砕かれた蛇腹剣は、ケンが魔力を込めると瞬時に再生。再度ノゾムを襲う。

繰り返される蛇腹剣と気刃の迎撃戦。しかし、ケンの表情には、先ほどまでの余裕は徐々に失われつつあった。

ノゾムが見せる冴《さ》えわたる技の数々。数百年生きた吸血鬼すらも感嘆《かんたん》させたそれを、目の前でまざまざと見せつけられているからだ。

軟弱だったはずだ。情けなかったはずだ。地べたに蹲《うずくま》るだけの、敗北者のはずだ。

実際に一年の時にはもう、立ち上がれないほどまでに叩《たた》きのめされていたのだから。

(なんだよ、なんだよこいつ！　なんでこんなに……)

しかし、今のノゾムに、その時のような弱さはまるで感じ取れない。

全力で攻勢をかけても、ケンは自分の攻撃がノゾムを捉える場面が想像できなかった。

こんなことは、今までほとんど経験したことはない。たとえ教官が相手だろうと、彼は全く届かないと思ったことはなかった。

例外は、アルカザムで唯一、Sランクに到達した英雄ジハード・ラウンデルくらい……。

その時、ケンの視線がノゾムと交差し、彼の背筋にゾクリと悪寒が走る。

(認められるか、認められるか！)

一瞬でも気圧《けお》された。その事実を無理やり押し殺し、ケンは蛇腹剣を振るう。

(そうさ、多少小器用になったところで、力の差は圧倒的なんだ。気の残りだって少ないはず……)

アビリティ『能力抑圧』により気量を制限されているノゾムは、ほとんど攻撃に気を使うことはできない。そして今のノゾムは、ケンの蛇腹剣によって近づくことすらできていない。

(だから、あいつの負けは確定だ！)

自分自身に言い聞かせるように心の中で叫びながら、ケンは最大の魔力を蛇腹剣に注ぐ。

燐光《りんこう》が剣身から溢《あふ》れるほどの魔力を注がれた蛇腹剣が、一気に加速。

そして地を這《は》う氷の蛇が地面をめくりあげ、ノゾムを近くに生えていた大木の傍まで追い詰めた。

「獲った！」

蛇腹剣が逃げ道を塞ぐように、渦を巻きながらノゾムを大木ごと包み込む。

それはさながら、竜巻の中に閉じ込められたような状況。完全に逃げ道を絶ったことに勝利を確信したケンはノゾムを轢殺《れきさつ》しようと、蛇腹剣の渦を一気に閉じ始める。

「しっ！」

しかし、ここでノゾムが動いた。背にした大木に向かって、振り向きながら刀を一閃。

幹を斜めに両断された大木は直立したまま地面に落ちたかと思うと、そのままケンに向かって倒れ込んできたのだ。

「なっ⁉」

倒れた大木はケンが生み出した轢殺の渦に接触。ガリガリとその身を削られながらも、渦の上部に僅かな隙間を作り上げる。

「ふっ！」

その隙間を、ノゾムは大木を駆け上がりながらすり抜けた。さらに地面に着地と同時に吶喊《とっかん》。

一方、ケンは魔力全開で蛇腹剣を操作していたために対処が遅れ、致命的な隙をさらすことになっていた。

「しま……」

ケンは轢殺の渦を解いて蛇腹剣を戻そうとするものの、明らかに間に合わない。

ノゾムが一気に迫り、刃を振り下ろす。

「メフィ！　こいつを止めろ！」

「なっ⁉」

しかし、直後に地面を割って飛び出した水が縄のようにうごめき、ノゾムを拘束。振り下ろされた刀は、ケンを捉える直前で止められてしまった。

『ケン、大丈夫？』

「ああ、すまない、メフィ。カミラの奴が協力してくれなくてな」

突然、空中に声が響き渡る。まるで清流のように涼やかでありながら、人が放つものとは違う声色。

続いて、空中に水の塊が浮かび上がる。

そしてコポリと泡の音を立てた水塊が割れ、手のひらほどの大きさの少女が姿を現した。

『別にいい。ケンには私がいるんだから』

「ああ、そうだな。すまない」

水色の肌を持つ、愛らしい幼子を思わせる容姿。

背中には虫のような半透明の翅《はね》が二対生え、パタパタと羽ばたいている。

明らかに人外である外見。なにより、その身に纏う荘厳な力が、ノゾムに少女の正体を想起させる。

精霊。このアークミル大陸で最も神秘的な種族。しかも、この水色の精霊は明確な意思を持っており、おそらくは精霊の中でも『小精霊』に属する存在だろう。

「彼女はメフィ。僕が契約している精霊さ。証拠に……」

ノゾムが混乱する中、ケンが左手を掲げると彼の魔力に反応して、青い神秘的な光が集まり始める。

それは間違いなく、気でも魔力でもない、この世界の始原の力。水の源素そのものだった。

「精霊との契約能力。これが僕の持つ力であり、選ばれた者の証明。そして、リサに相応しい人間である証《あかし》さ」

『そういうこと！　私たち精霊の力を使える人間なら、当然だよね！』

メフィと呼ばれた小精霊が、ケンの言葉に同意するように頷《うなず》いた。

「何らかのアビリティは持っていると思っていたけど……」

「アビリティ？　そんな程度の低いものと一緒にするなよ。僕は『精霊の落胤《らくいん》』だぞ？」

人間は精霊との契約はできない。しかし、何事にも例外というものが存在する。

それが精霊の落胤。

長いアークミル大陸の歴史の中に時折出てくる例外の一つ。人でありながら精霊と感応し、契約を交わせる人間。精霊の力を借りることで行使できる術の規模や種類は、もはや既存の魔法とは比較にならず、故にその者達は例外なく歴史を大きく動かしてきた。

それこそ『龍殺し』と同じように。

だが同時に、ノゾムの脳裏に疑問も浮かぶ。それほどの存在なら、いくら感覚が鈍っていたシーナでも、ケンの特異性を感知できるのではないか？

「エルフが僕の存在に気づかないはずないって？　ここはアルカザムだ。僕くらい特別になれば、彼らの眼を誤魔化す手段は幾らでも用意できる」

『それに、力を失っていたエルフなら、なおさら簡単！　そんな奴の言うことを信じるなんて、バッカだよね～。クスクス』

友人を嘲けられたことにノゾムが怒りを露《あら》わにする中、メフィは口元を歪めながら、ゆっくりと手を掲げる。

『ケンに比べれば、アンタなんてどうでもいい存在。ということで……』

メフィが指をパチンと鳴らした瞬間、ノゾムを拘束している水腕に衝撃が走った。

「ぐ、がっ……！」

反響し、増幅した衝撃波はノゾムの全身を打ちのめし、彼の抵抗力を一気に奪い取る。動けなくなったことを確かめたメフィは、拘束を解除。力を失った彼の体が、地面に倒れ込む。

「やれやれ。思ったよりしぶとかったな……」

『本当だね。クズなのに足掻《あが》いちゃって。ホント、見苦しい……。ところでアンタ、なんで協力しなかったのよ』

「……必要、なかったでしょ」

メフィが責めるような視線を、沈黙していたカミラに向ける。

一方のカミラは、問い詰めるメフィに対して目を逸《そ》らしたまま、淡々とした口調で突き放していた。

『ふ～ん。随分と生意気な口を利くじゃない』

「やめろメフィ。彼女は協力者だ。手荒なことをするんじゃない」

ケンにとってもカミラは無視できない存在なのか、彼は二人の間に割って入る。

そんな彼を前に、メフィは不満そうな表情を浮かべた。

『でも……』

「いいから、僕に任せて」

不満を隠しきれないメフィだが、ケンを前にしぶしぶといった様子で引き下がる。

「カミラ、君と僕らは二年前から協力関係にある。それはもちろん、互いに利用する関係。だから、意向が異なる時もある……」

ケンはそっぽを向くカミラの顎を掴《つか》み、グイっと力ずくで、自分の方を向かせる。

口元を歪めた彼女の額に、深い皺《しわ》が刻まれた。

「っ、放しなさいよ……！」

「それでも、契約は契約だ。協力者であるうちは、僕も協力を惜しまない。でも離れるというのなら仕方ない。その場合は……分かっているだろ？」

「……ええ、分かっているわよ」

「ならいい。くれぐれも、僕たちに誤解されないようにするんだね」

数秒の沈黙。やがてカミラは小さく頷き、そんな彼女をケンは釘を刺すように一瞥すると、地面に倒れ伏したノゾムに視線を戻した。

『それでケン、こいつ、どうするの？』

「捨て置けばいいさ。どうせもう何もできない。このまま、魔獣が処理してくれるよ。まあ、もしものために、精神と記憶はいじっておいてくれるかな？」

『おっけ～！　まかせといて。さてさて、ちゃっちゃと終わらせよっかな～』

メフィと呼ばれた精霊は嬉々《きき》とした様子で、地面に倒れたノゾムに向かって手を掲げる。

彼女の手のひらから水色の源素が染み出し、ノゾムを包む。彼の体がビクリと震えた。

精霊の持つ力は、魂の力だ。記憶や精神を自由にいじることすら不可能ではないのだろう。

『あ～あ～。可哀《かわい》そうに～。でも、仕方ないよね～。負けちゃったんだもんね～。少し悪い気もするから、その記憶、全部消してあげるね～。もちろん、一番大事だった彼女のことも～』

動けなくなったノゾムを前に、メフィはニンマリと口元を歪める。

『よかったね～。もう苦しくなるよ～。代わりに、廃人になっちゃうけどね～』

無邪気でありながら、どこまでも残酷なその笑みは、精霊という神秘的な存在が浮かべるにはあまりにも倒錯している。

そんな精霊を前に、沈黙していたカミラが小さくつぶやいた。

「……悪辣」

「その悪辣なことに君も加担したんだ。自覚はしてほしいな」

被せられたケンの言葉にカミラは黙り込み、どこか痛々しそうな表情でノゾムを見下ろす。

だが彼女はこれから起こることから目を背けるように、スッと視線を逸らした。

「この、クソ精霊……」

ノゾムが漏らした言葉にメフィは一瞬目を見開き、続いて嗜虐《しぎゃく》的な笑みを浮かべる。

『あ〜、そんなことを言うんだ〜。酷《ひど》いな〜』

「ぐぅ、ああああああ！」

メフィがパチンと指を鳴らすと、体を包んだ彼女の源素がノゾムの痛覚を蝕《むしば》み始めた。

全身の神経に無数の針を刺されたような痛みに、ノゾムの意識は真っ白に漂白されていく。

『きゃははは！　楽しいなぁ〜〜！』

もがくノゾムを楽しそうに眺めるその様は、虫を捕まえて戯れに殺す幼子と似通っていた。

やがて彼が動かなくなると、メフィは満足げに頷く。

『よし、じゃあまずはその記憶を全部消して……え？』

ノゾムの記憶を消そうと、自身の力をさらに彼の奥深くへと染み込ませようとしたその時、妙な感覚がメフィの全身を突き抜けた。

「メフィ、どうした？」

『なに、これ、え？』

今まで感じたことのない、冷たい感触。しかし、その奥から覗き込んでくる視線は、今まで彼女が感じたなによりも強く、そして途方もない熱を秘めていた。

それこそ、自分を一瞬で消し炭にしかねないほどの熱を。

次の瞬間、ノゾムの体から五色の源素が噴き出し、メフィの力を一方的に吹き飛ばした。

強烈な無力感と身を焼くような憎しみがこみ上げ、ノゾムは唇を噛《か》み締める。

今までさんざん蔑まれ、貶《おと》しめられたのは、全部こいつらのせいだった！

全身を走る痛みと口の中に広がる血の味が、怒りをさらに助長していく。

『ふふふ、お笑いだ。あの程度で選ばれただの、相応しいだの、なんと無知で傲慢なことだ。そう思わないか？』

五色六翼の龍。ティアマットがノゾムの心に、重く、誘うような声で語りかけてくる。

『知らしめてやれ。見せつけてやれ。いかにあの者達が無知で視野狭窄《きょうさく》か。そして、いかに無力で矮《わい》小《しょう》なのかを。思い出せ。お前にはその資格と、権利があるだろう？』

危険極まりない龍。しかし、その巨龍の声はじんわりと、ノゾムの胸に染みわたってきた。

(資格……。そうだ、アイツを、アイツらを……！)

『さあ、己を縛る枷を外せ。もう、耐える必要はない。そうだろう？』

(ああ、そうだ。我慢なんて、する必要ない！)

憎悪に震える手で、己を縛る鎖を掴み、引きちぎる。

陥れた者達の全てを、ここで壊してやるために！

突如として噴き出した力に吹き飛ばされ、ケン達は悲鳴を上げた。

「きゃあ！」

「く、メフィ、何が起きた！」

『わ、分からない！　なに、なんなのこれ！』

動揺を隠しきれないケン達の目の前で、倒れていたノゾムが立ち上がる。

その姿に、彼らは思わず息を飲んだ。

ノゾムの全身から噴き出す、膨大な気。およそ人に収まるものではない量の力が渦を巻き、まるで竜巻のように空へと昇っている。

鳶色《とび》だったノゾムの瞳は紅く染まり、瞳孔は縦に裂け、人とは思えない気配へと変貌。

なによりケン達を戦慄させたのは、膨大な気に混じった五色の源素。人の身では扱えないはずの、自分達しか使えないはずの始原の力が、噴き出す気に混じっていた。

『「殺してやる」』

ノゾムと誰か。聞き覚えのない、しかしながら強烈な怖気《おぞけ》が走る声が重なる。

次の瞬間、ノゾムが手にした刀に五色の源素を帯びた気が巻きつく。

『無銘《むめい》』は担い手の意思を汲《く》むように、貪欲に力を吸収。並の武器では絶対に受け止め切れないティアマットの源素を容易《たやす》く受け入れ、その刀身をどす黒い極彩色に染め上げる。

そして次の瞬間、巨大な大刀が姿を現した。

「っ、散れ！」

ケンがそう叫ぶと同時に、大刀が振り下ろされる。

叩きつけられた五色の大刀は地を割り、背後の森を両断しながら、地面に巨大な傷跡を刻み込む。

『ありえない、ありえないよ！　なんで人間があんな……』

「カミラ、手を貸せ！　こいつはやばい！」

「分かってるわよ！」

舞い散る木くずが五色の源素に焼かれる中、カミラが杖を構え、素早く詠唱を終わらせる。

彼女が得意としているのは補助魔法。発動した術の名は、キマイラの魔牙。

術式を介したカミラの魔力がケンへと注がれ、彼の身体能力と魔法剣の強度が一気に上昇。さらにケンの蛇腹剣が毒々しい色と共に、麻痺《まひ》効果を帯びる。

身体強化、魔力強化、魔法効果付与を同時に行う魔法であり、一つの詠唱で異なる三つの効果を発揮する、補助魔法の中でも高難度の魔法だ。

「メフィ、力を！」

『う、うん！』

この上、メフィがケンにさらなる力を譲渡する。

注がれる彼女の源素はケンの全身を包み込み、かけられた補助魔法の効果を引き上げるだけでなく、強力無比な鎧《よろい》と化してあらゆる攻撃を弾《はじ》き返す。

補助魔法だけでなく精霊の力も上乗せされたケンは、膨大な気を放出するノゾムに向かって踏み込んだ。その速度は、間違いなくSランクに届く速度。

「ふうううう！」

膨大な気が注ぎ込まれた大太刀が薙ぎ払われ、ケンに迫る。

（大振りすぎる！　さっきの振り下ろしといい、制御しきれてないな！）

身を低くして大太刀の横薙ぎを躱しながら、ケンはノゾムの足元めがけて滑り込む。

膨大な気量に反して、ノゾムの動きは雑になっている。

相手が大きな得物を振るうのに慣れていないことを、ケンは即座に見抜いていた。

初太刀を躱《かわ》せば、勝利は確定。ノゾムの渾身《こんしん》の一太刀を避けたケンはそれを確信し、反撃の刃を振り上げる。


源魔剣・流乱散露。

精霊であるメフィの力を彼の魔法剣を組み合わせた、必殺の刃。

ケンの思考に即座に反応してあらゆる形に変化し、相手の肉体だけでなく魂すらも斬り裂く強力無比な一太刀が、疾風《しっぷう》のようにノゾムに襲いかかる。

「もら……なっ⁉」

しかし、絶殺の刃はノゾムの体を捉えることはなかった。ノゾムの大太刀が一瞬で掻き消え、同時に彼の体が横に滑る。斬り上げるように放たれたケンの刃は完全に見切られ、空を切った。

（フェイント……⁉）

ケンが動揺する中、ノゾムは右手で相手の二の腕を引っ掴み、懐に潜り込む。そして左肩をケンの胸元に押し当てた直後、ズドン！　という腹に響く音と共に、強烈な衝撃が彼の胴体を貫いた。

「がっあッ――――⁉」

ミカグラ流・発振。

気を一切必要としない純粋な体術であり、全身のひねりを使って放たれる浸透勁。

魔獣ではなく対人を目的とした技であるが、能力抑圧を解放したノゾムの『発振』の威力はすさまじく、衝撃は精霊の鎧を纏っているはずのケンの胸部を貫通。肺と内臓に無数の傷を刻む。

「ご、ふ……」

『ケン⁉』

こみ上げる血に吐き気を催し、蹲るケン。その頭上から、先ほどとは比較にならない精緻な斬り下ろしが繰り出された。

メフィが慌てて力を使い、ノゾムを拘束しようと地面から無数の水蛇を生み出すも、彼は斬り下ろしの軌道を横薙ぎへと変え、塵断を発動。迫る水蛇を斬り飛ばしながら、再びケンの命を刈り取ろうと、その刃を落としてくる。

その時、横の草むらから、紅の髪をなびかせた少女が飛び出してきた。

「っ、ノゾム！」

それは、ここにいるはずのない者。リサ・ハウンズだった。

✝

「ケン、大丈夫かな？　今はカミラも用事でいないし……」

行きつけの茶店に腰を落ち着けながら、リサは不安を帯びた声を漏らす。テーブルにはすっかり冷めた紅茶が放置され、細い彼女の指がトントンと忙《せわ》しなく卓上を叩いている。

彼女がここまで悩む理由は、ノゾムから渡された手紙だ。

憎むべき相手からの呼び出しなど、受ける必要はない。しかし胸の奥では、そんな意見を咎《とが》めるかのような痛みが、ズキンズキンと走り続けている。

時間を置いても収まらない動悸《どうき》に業を煮やしていると、ケンが一言こう言ってきたのだ。

君が行く必要はない。僕が代わりに行くよ、と。

その言葉に一度は安堵《あんど》し、手紙を渡したものの、やがて動悸は再び彼女を苛《さいな》み始めている。

「ああ、もう！」

やがて我慢できなくなった彼女は早々に勘定を済ませ、手紙に記してあった場所、スパシムの森へ向かって歩き始める。しかし、その道中で彼女は予想外の光景を目にした。

「あれって、カミラ？　どうして、ケンと一緒に……」

別の用事があると言っていたはずのカミラが、ケンと合流したのだ。

脳裏に蘇《よみがえ》るのは、二年前に裏切られた時の光景。

こみ上げる不安を飲み込みながら、彼らの後を追ってスパシムの森を進む。

「ッ⁉　そんなはずない。ケンも、カミラも、あんな奴とは違う！　私に隠し事したりなんて……」

ノゾムが孤立した故のトラウマを抱えるように、彼女もまた大きな傷を心に負っていた。

信じていた彼に裏切られた。その思い込みは明朗快活だった彼女に、様々なネガティブな感情。他人に対する不信感、猜疑《さいぎ》心などを埋め込んだ。

結果、ふとした拍子にこみ上げる負の感情に飲まれ、恐怖を覚えるようになった。

対人恐怖症。それでも、ソルミナティ学園でアイリスディーナと並ぶほどの実力と評価を得られたのは、彼女の才覚と相応しい鍛練。なにより、『冒険者となり、外の世界を見てみたい』という、幼い頃から胸に抱いていた夢により一心になったからこそ。

そう、彼女はノゾムを憎むと同時に、壊れかけた夢に縋《すが》って、無理やり前を向いたのだ。

しかし、それは心の奥底に刻まれた傷から目を背ける行為でしかなかった。

だからこそ、心の内に生まれた猜疑心から、彼女は二人の後をこっそり追い始める。

ケン達を信じきれない自分を後ろめたく思っていると、森の奥から剣戟の音が流れてきた。

「これは……」

胸の奥に渦巻いていた嫌な予感が加速し、リサは僅かに耳に届く金属音を頼りに駆け足で森の中を進んでいく。そして彼女は茂みの奥。三十メルほど先に、探していた人達の姿を捉えた。

「ケン、カミラ？　それにあれは……精霊？」

しかし、目に飛び込んできたのは、予想もしなかった光景だった。

地面に倒れたノゾムと、佇《たたず》むケンとカミラ。二人の傍らには、見たこともない存在が浮いていた。

翅を持つ水色の人形。それは、明らかに人を超えた力を持つ小精霊。

しかも小精霊は、ケンの傍に寄り添い、深い繋がりを持つ様子を見せている。

そしてケンは拘束されているノゾムに向かって、これ以上ないほど歪んだ笑みを向けていた。

「知らない、こんな力をケンが持っているなんて……。それに、あんな顔するなんて……」

それは、リサの知らないケンの姿。しかし、彼らがノゾムと何を話しているのか、肝心なことが聞き取れない。今リサがいる場所はノゾム達がいる場所からかなり離れているのだ。

「何も、聞こえない。いったいどんな話を……っ！」

リサがこっそりと近づこうとしたその時、拘束されているノゾムから、信じられない量の気が噴き出し、拘束していた水縄を吹き飛ばす。

『「殺してやる！」』

殺意に満ちたノゾムの声。強大な力を放ちながら襲いかかるノゾムを前に、ケンもまた傍にいる精霊の力を借りて対抗しようとする。

ノゾムの斬撃を躱し、驚くほどの速度で攻撃を仕掛けるケン。その速度は間違いなくSランクに比肩するものだった。

「がっあッ――――!?」

だが、そのケンもノゾムに圧倒され、瞬く間に戦闘不能に追い込まれた。

返す刀で振り下ろされる刃が、ケンの命を刈り取ろうと迫る。

「っ、ノゾム！」

気がつけば、リサは全力で飛び出していた。腰の双刀を抜き、体ごと叩きつけるように突っ込む。

しかし、弾き飛ばすつもりの突進はノゾムに容易く受け止められた。

殺意でギラつくノゾムの瞳が、邪魔をしてきたリサに向けられる。

『「覗いていたのか……」』

不自然に重なる二種類の声に、強烈な違和感がリサを襲う。

「っ、あなた、誰？　ノゾムじゃ、ない？」

『「あれを聞いていたのに、それでもこいつらを庇《かば》うのか」』

「聞いてたって、何を？　私は……きゃあ！」

圧倒的な膂力《りょりょく》差に、リサはまるで子供のように跳ね飛ばされて尻餅をつく。

そんな彼女を、怒りに染まったノゾムの瞳が、冷たく見下ろしていた。

『碌《ろく》でもない奴、くだらない女。こんな奴を、俺はずっと想《おも》っていたのか……』

明確な殺意と共に、刃の切っ先が紅髪の少女に向けられた。

絶対零度の視線にリサが茫然とする中、ノゾムの瞳からハラリと滴が流れ落ちる。

「ノゾム……泣いている？」

激情の瞳の縁に流れる涙。それが、茫然とするリサの脳裏に一つの疑問を想起させる。

裏切ったのは、あなたの方じゃなかったの……？

声にならない問いかけ。その疑問に答えが返ってくるはずもなく、ノゾムは憤怒に染まった瞳で彼女を見下ろしながら、殺意の刀を突き出した。

✝

戦いに割り込んできたリサを突き飛ばし、刀の切っ先を向ける。

ああ、実にくだらない。今まで苦しんできた自分が、本当に滑稽で愚かだと思えてしまう。

消すべきだ。狡猾《こうかつ》に嵌めた元幼馴染《おさななじみ》も、加担した元友人も、そして邪魔をしてきた元恋人も。

（……本当に？）

地面に倒れ込んだリサが、茫然とした表情で見上げてくる。その表情に、胸がすく。

ドロドロと胸の中で澱《よど》み、溜《た》まっていた汚泥が流れ去っていく。

陶酔にも似た感覚に身を委ねながら、引き出した力を、師が残してくれた形見の刀に注ぎ込む。

膨大な気と、五色の輝きが刀身に注がれる。それは間違いなく、あの龍の力。

使うことを忌避していた感情は、数年間溜まっていた憤りと共にいつの間にか消え去っている。

代わりにこみ上げるのは、黒々とした優越感。

『ざまあみろ』という見下げた感情が、この上ない快楽となって脳を焼いている。

「リサ！」

視界の端からケンとカミラが顔面蒼白《そうはく》になりながら駆け寄ってくるが、間に合ったところで、今の俺の一撃は防げない。

精霊だか何だか知らないが、もろとも塵《ちり》にしてやる！

（それで、いいのか……？）

怒りで真っ赤になった頭の端に、理性が僅かに顔を覗かせた。

（それが、本当にやりたいことなのか？）

理性の破片は何度も自問自答を繰り返している。時間感覚すら置き去りにするほどの極限の集中力がもたらした弊害ともいえるが、こみ上げる復讐心《ふくしゅうしん》は、理性の呼びかけを真っ向から否定した。

そうさ。今ここで、全部消すんだ。

俺の苦しみも、憤りも、過去も、何もかも！

（リサは……自分が陥れられたことすら、知らなかった……）

だからなんだ。そんなことは知らない。知る必要すらない！　他人のことなんて知るか！　俺の痛みを、俺の苦しみを、ここでぶつけるんだ！

はらりと、瞼《まぶた》から熱い何かが流れ出す。

それは怒りの底に隠された悲しみが見せた、一滴の涙。

しかし、暴走する復讐心はそれに気づかず、刃を突き出す。

ミカグラ流・芯穿《うが》ち。

極圧縮された気刃で相手を貫き、炸裂させ、相手を内側から消し飛ばす極めて殺傷力の高い気術。

あのアビスグリーフすら抉《えぐ》り飛ばした技が、ティアマットの力を上乗せされて、かって守ると決めた少女へ向かって放たれようとしている。

その時、茫然と見上げてくるリサの瞳に、俺の顔が映った。

醜く口元を歪め、こみ上げる愉悦に爛々《らんらん》と瞳を輝かせている表情。それはつい先ほど、ケンが俺に向けていた顔と全く同じ……。


ダメだ……！


次の瞬間、俺は反射的に、能力抑圧をかけ直していた。

湧き出していた力が、急激にしぼんでいく。

しかし、発動した技は止められない。圧縮された気の刃が打ち出され、リサを貫こうとする。

止まれ！

虚空に手を伸ばすような感覚で懇願する。

すると、師の形見である刀の刀身が光ったかと思うと、白い鎖が打ち出された気刃に纏わりつく。

そして、膨張した気刃に巻き付いた鎖は、抱えた巨大なエネルギーを俺に向かって解放した。

†

「ガッ⁉」

炸裂した衝撃波が、ノゾムの体に無数の裂傷を刻みながら吹き飛ばす。

背後の木に叩きつけられた彼は、そのまま地面に倒れ込んだ。

「……あ」

突如として目の前で起こった出来事を前に、リサの口から呆《ほう》けた声が漏れる。

助けないと……。

今まで向けていた怒りをすっかり忘れ、リサは倒れたノゾムに駆け寄ろうと腰を上げる。

しかし、彼に向かって伸ばされた彼女の手を、横合いから誰かが掴んだ。

「リサ、何でここにいる！」

「あ、ケン。ノゾムが……きゃ！」

「カミラ、リサを連れていけ！」

「待って、話を……」

ノゾムに近づこうとしたリサをケンが制し、彼女の体をカミラに向かって押しやる。

リサの体を受け止めたカミラは彼女の手を取ると、そのまま無理やりここから連れ去っていった。

二人が茂みの奥へと消えていく姿を確かめたケンは、荒い息を吐きながら、倒れたノゾムに近づいていく。

「殺さないと、こいつはここで殺さないと……」

『ケン、早く！　何かがこっちに近づいてる！』

焦りと緊張に顔を強張《こわば》らせながら、ケンは半ばから断ち切られた刃を振り上げる。

しかし、振り下ろした剣は、突然上半身を起こしたノゾムに掴み止められた。

「なっ!?　わあああああ！」

『おおおおおおおお！』

雄叫《おたけ》びと共に、ケンは強烈な腕力で投げ飛ばされる。

『おのれ、この意気地なしが！　あと少しだというのに！』

怒りに満ちた怒号が、ノゾムの口から発せられる。その声は、彼自身のものではなかった。

どこか女性的でありながらも、憎悪と怨嗟しか感じ取れない声色。周囲に生きるもの全てを殺しつくさなければ気が済まないと思えるほどの怒り。

それは間違いなく、ノゾムの体に封じられているティアマットの肉声だった。

「う、わ……」

『この……！』

滅龍王の憎しみにあてられたケンが慌てふためく中、メフィがおもむろに水色の光球を天に向かって放った。光球は上空で弾けると、水色の源素を辺り一帯にばらまく。

「メフィ、何を……」

『この辺りにいる魔獣を手当たり次第に引き寄せたの』

「なっ……」

「グオオオオ！」

メフィの行動にケンが驚く中、茂みの奥からマッドベアーが姿を現し、ノゾムに向かって襲いかかった。危険度はB。普通の兵士や冒険者なら、即座に撤退を決めるほどの脅威である。

『邪魔をするな！』

しかし、そのマッドベアーを、ノゾムの形をした怪物は腕の一振りで肉片に変えた。

その間にも次々と魔獣が現れては襲い掛かるが、その悉《ことごと》くを惨殺していく。

『ほらケン、今のうちに早く逃げるの！』

恐怖に顔を引きつらせたケンは、口封じのことなどすっかり忘れ、慌てふためきながら逃げ出していく。

一方、一時的に現出したティアマットだが、襲いかかってくる魔獣全てを殺しつくしたところで、動けなくなってしまった。よく見れば、不可視の鎖が体に巻きついている。

『ええい、動けぬ！　あの小僧、まだ我を縛るのか！』

ティアマットが五色の源素を吐き出し、戒めを破ろうとする。

ピシ、パシ……。拘束する鎖に輝《ひび》が入り、ノゾムの体中から鮮血が溢れ出す。

しかし、それでもティアマットはその場から全く動くことができなかった。

『せっかく復讐を叶《かな》える機会を与えてやったというのに、おのれ、おのれぇぇぇえええ！』

やがて、能力抑圧の鎖が、ティアマットの意識をノゾムの体の奥底へと押し戻し始める。

怨嗟の絶叫を響かせたかと思うと、ノゾムの体はその場に倒れ伏した。

ビチャリと、地面に血の花が咲く。

滅龍王の力の反動、そして芯穿ちの暴発により、既にノゾムの体は限界だった。

『ちょ、知らない精霊の力を感じて来てみれば、どうなってんだよおい！』

そこに、一羽の瑠璃《るり》色の鳥が姿を現す。それはシーナの契約している小精霊、ラズワードだった。

彼は倒れ伏しているノゾムを目にすると、大慌てで傍に舞い降りる。

『この残滓《ざんし》……。精霊の力？　いや、でもこれって、俺なんかよりもはるかに上位の奴の力だぞ。それに……ってそれどころじゃない！』

一瞬、周囲に漂う滅龍王の力の残滓に当惑していたラズワードだが、ズタボロになってしまったノゾムの姿を前に、すぐさま自分の力を解放。傷ついた彼の治療を始める。

「こんなところにいたのか……」

そこに、さらにもう一人の第三者の声が響いた。

フードを深く被った人物。人相は分からず、声色から男性であることがかろうじて分かる程度。

しかし、フードの人物の姿を見たラズワードの瞳が、これ以上ないほど見開かれる。

『あ、あんたは……？』

「静かにするのだ、小さき精霊よ。今、この者の体に巣食う者の目を覚まさせるわけにはいかぬ」

治療を続けるラズワードを他所《よそ》に、フードの人物はうつぶせに倒れたノゾムの背に手を触れる。

「ふむ、封じられているな。まさか、人間がかの龍を封じるとは……」

ノゾムの背に添えられた手が、白い光を放つ。

しかし、不安定な明滅を繰り返した光は、すぐに弾けるように消えてしまった。

「干渉できぬ。なるほど。これでは気づかぬわけだ……」

得心がいった、というようにフードの人物は何度か頷く。

やがて、彼はノゾムの傷の様子を確かめると、治療を続けていたラズワードに再び視線を向けた。

「小さき精霊よ、もう十分だ。これ以上力を注ぐと、再び奴が覚醒しかねん」

『あ、あの……』

未《いま》だにフードの人物に驚きを隠せないラズワードを他所に、フードの人物は早口で話を続ける。

「そなた、この街に住む者と契約しておるようだな。悪いが、枷をさせてもらう。今は色々と知られるわけにいかぬのでな」

『ちょ……』

フードの人物がラズワードに手をかざすと、先ほどノゾムに向けていたものと同じ光が放たれる。

すると、ラズワードの右足に白い足環が出現し、彼の体に溶けるように消えていった。

「ここでのこと、そして儂《わし》のことを口外することを禁じる。もちろん、其方《そなた》の契約者にもな」

『ちょ、ちょっと!?』

「急がねばならん……」

ラズワードが困惑と悲嘆の叫びを上げる中、フードの人物は立ち上がると、右手を一閃。

次の瞬間、無数の魔法陣がフードの人物を包み込む。

やがて、光が収まった後、件《くだん》の人物の姿は影も形もなくなっていた。

『ど、どうしろってんだよ……』

残されたラズワードは一人、スパシムの森の中で当惑した声を漏らしていた。

†

怒りのまま、化け物に向かって刃を振るう。

目に映るのは、漆黒の人形達。手に携えた刃を容赦なく振るい、こちらを害しようとしてくる敵。

能力抑圧によって封じられた力を解放し、思うがままに振るい、蹂躙《じゅうりん》する。

一体、また一体と斬る度に、爽快感が胸を湧き立たせる。

もっと、もっと、もっとだ。血を流して、叫びを響かせ、そして後悔させてやれ。

すべてアイツらが悪いのだから、アイツらが……。

いつの間にか漆黒の人形は戦うことを放棄し、背を向けて慌てふためくように逃げ始める。

逃がすものか、全員、報いを受けるがいい。

復讐心に突き動かされるまま、俺は逃げ惑う影を次々に斬り殺していく。

その時、ひときわ速い二つの影が、逃げる影達と俺の間に割り込んできた。

一体は漆黒の翼を模した柄《つか》が特徴的な細剣を持つ、細身の影。もう一体は大柄で、身の丈を上回る大剣を構えている。

どこかで、見たことあるような影。だがそんな既視感は、こみ上げる激情と愉悦に押し流される。

そこをどけ！

苛立《いらだ》ちながら、俺は邪魔をしてきた影に襲いかかる。

確かに、二つの影はそれなりに強い。しかし、今の俺には到底及ばない。

振り下ろされる大剣を一刀の元に両断し、大柄な影を両断。

続いて、細剣を持つ影に斬りかかる。

それなりの剣技と得物を持つのか、この影は数太刀、俺の斬撃を防いでみせた。

しかし、それが限界。脇を締め、横薙ぎから斬り上げに変えるだけで、細身の影が持つ細剣は跳ね飛ばされる。そのまま、切っ先を返し、細身の影の胸を貫く。

ほら、この通り。簡単だ。

「ノ、ゾ……」

「ふん……」

胸を貫かれた影が手を伸ばしてくるが、そのまま貫いた刃を引き抜き、細身の影の首を切り落とす。

そこで、突如として周囲の視界が晴れた。

「え？」

目に飛び込んできたのは、紅く燃え上がる廃墟。

燃え盛る炎が周囲を照らし、人形を覆っていた影が晴れる。

そして俺は、自分が何を斬っていたのか理解した。

無数の人間が、真っ赤に染まった地面に倒れ伏している。それは今しがた、自分が愉悦のままに斬り殺した影の、本当の姿。

地面に倒れ伏す者たちの中には、ノゾムが知っている者たちもいた。

アンリが、ノルンが、ティマが、ソミアが、そしてマルスが、例外なく死体となって転がっていた。

脚から力が抜け、その場に膝をつく。そして眼前の光景を拒む、子供のように頭を抱えて下を向いた。

「あ、ああ……」

だけどいくら否定して目を固く閉ざしても、錆《さ》びた鉄のような血の匂いと、崩れ落ちる建物の轟音《ごうおん》が、自分が起こした惨劇を突きつけ続けてくる。

その時、うなだれた俺の足元に、先ほど自分が斬り飛ばした顔が転がってきた。

紅い炎に照らされ、浮かぶその顔は、よく知っている彼女のもの。

かつて向けてくれていた陽だまりのような微笑《ほほえ》みではなく、真っ白な死に顔を浮かべている。

当たり前だ、彼女はさっき、俺がこの手で斬り殺してしまったからだ。

「うあああああああああ！」

崩れていくアルカザムに俺の絶叫が木霊《こだま》する中、伸びた俺の影がグニャリと変化して、六翼の巨龍を形作る。

『怒りに身を任せておれば、復讐だけは果たせたものを……。しかし、お前は我の手を払った。これが、その代償だ』

伸びた影が脈動を始める。やがて全身の骨が軋《きし》み、奴が体の内側から俺を食い破り始めた。

皮膚が弾け、肉が裂け、そして果実が潰れるような音が響く。

そして俺の意識は、絶望に染まった闇の中へと消えていった。

✝

「うあ！」

反射的に飛び起き、直後に全身に走った激痛に体を縮こませる。

痛みで揺れる視界の端に、土に汚れた愛刀が映った。涙が漏れたのか、それとも夜になったためか、目の焦点が合わず、景色は灰色で、上手《うま》くものを認識できない。

「これは、いったい……ぐっ⁉」

傍に落ちていた愛刀に手を伸ばす。それだけで全身が悲鳴を上げる。まるで、体中の筋肉が断裂しているようだった。

パリパリと皮が罅割れるような感触が全身に走り、鉄くさい異臭が鼻を突く。

腰のポーチに手を伸ばし、常備しているポーションを頭から被る。薬が何故か塞がりかけていた傷を完全に癒《いや》してくれるが、全身を包み込む倦怠感と鈍い痛みは消えない。

なんとか体を動かし、刀を掴んで引き寄せる。そこでノゾムは妙な違和感を抱いた。

「これは、なんだ？」

何かに濡《ぬ》れた刀身。そこに描かれていた清流を思わせる刃紋が、なぜか鎖状に変化している。先ほどまで、こんな形にはなっていなかった。

いったい何が起きたのか。

朦朧《もうろう》とした意識の中、愛刀についている水分をふき取り、鞘《さや》に納めて立ち上がろうとする。異臭が、さらに増したような気がした。

「俺は、確か……っ！」

次の瞬間、鮮烈な光景が脳裏に蘇る。

こみ上げる怒りに突き動かされ、ティアマットと同調。

復讐の熱と陶酔感に酔いしれたまま、嬉々《きき》として力を使い、刃を振るった。

彼女達を……殺すつもりで。

続いて襲いかかってきたのは、強烈な自己嫌悪。そして、自身がここまで残酷になれるのだという事実を突きつけられた恐怖だった。

「うっぷ……」

こみ上げる嘔吐《おうと》感に、思わずえずきながら腰を屈《かが》める。

そこで、ようやく視界に色彩が戻ってきた。同時にノゾムは、異臭の正体に気づく。

何かの破片が、周囲一帯に散らばっている。それは、まき散らされた魔獣の肉片だった。

周囲は真っ赤に染まり、血の海と化している。

その凄惨な光景が先ほど見ていた夢と重なり、彼の心を押しつぶす。

「うぐ……げえ……」

重すぎる負の感情に耐えきれず、思わず胃の中のものを吐き出してしまう。

酸っぱい臭気が鼻を突き、胃酸が喉を焼く。

だが、脳裏に刻まれた惨状を考えれば、その不快感すらまだマシだった。自身の行動と悪夢の光景が重なり、確信となる。あれを自身が起こしてしまう可能性は十分にあるのだと。

ギチギチギチギチ……。言いようのない恐怖が、胸の奥で渦巻く。

「俺は……」

目を逸らしても、頭にこびりついた光景は消えない。

彼は汚物と土に汚れたまま足を引きずり、逃げるようにその場を後にした。

✝

暴走したノゾムから逃げ切ったケン達は、アルカザムの西門近くまで戻ってきていた。

既に周囲は暗くなっており、門の周辺には見張りのための明かりが焚《た》かれている。

「はあ、はあ……ここまでくれば大丈夫ね」

茂みの奥に見える西門の灯火に安堵し、息を整えていると、リサがおもむろにケンに振り返る。

「……ケン教えて。何があったの？」

「アイツが、突然襲ってきた……」

淡々とした返答の中で、僅かに上がった言葉尻に、リサはケンの言葉が嘘であると直感する。

「……じゃあ、この精霊は何？」

二人からスッと距離を取り、疑惑に満ちた目で、リサはケンの傍で浮遊している小精霊を見つめた。

彼女にとっては、全く知らない存在。しかも、ケンはこの精霊と明らかに親しい様子。

「僕の契約している精霊だよ。特別で、異質な力だから、誰にも話さないようにしていたんだ」

穏やかな笑みを浮かべるケンは、間違いなくリサの知る彼のもの。

しかし、拘束したノゾムを見下ろした時の笑み。怖気が走るような嗜虐的な表情に、足元が崩れる感覚をどうしても拭えない。

「じゃあ、どうしてカミラはこの小精霊について知っているの？」

リサはカミラに目を移す。向けられる猜疑の視線に、彼女の肩がビクリと震えた。

変わっていなかったノゾムの瞳。知らなかったケンとカミラの一面。

まるでコインの裏表がひっくり返るように、リサの心に疑念が湧き上がり続ける。

「それは……」

「一年の時に、偶然知られちゃってね。僕が頼んで、黙ってもらっていたんだ」

カミラの代わりにケンが答えるが、リサの表情は硬いまま。

「自分の所業を誤魔化そうとしたノゾムが逆切れして襲ってきたけど、大丈夫。リサには指一本触れさせないよ」

ケンの言っていることが、リサには理解できなかった。

そんなことを聞きたいんじゃない。一体何を隠しているのか、どうして話さないのか。

それはつまり、聞かれては困ることがあるということ……。

先ほどの歪んだケンの顔が浮かぶ。その顔が、二年前に彼女に別れを告げた時のノゾムと重なった。

「リサ、もう大丈夫だから……」

ケンがスッと、リサの頬に手を伸ばしてくる。

気がつけば、リサはパン……とケンの手を払っていた。

「あっ……」

「リ、サ？」

手を払われたケンが信じられないといった表情を浮かべる。

リサもまた、自分の行動に驚いた様子で固まっていた。

そんな彼女の眼前に、今まで黙っていたメフィがスッと近づく。

『ふ～ん。疑ってるんだ。ケンと私達を……』

「それは……」

至近距離からリサの瞳を覗き込む水色の小精霊。まるでリサの心を見透かすかのように怪しく微笑みながら、冷たい手の平を彼女に向ける。

『これはもう、仕方ないかな。えい！』

「あっ……」

次の瞬間、メフィの手の平から放たれた光がリサの頭を包み込むと、彼女は力なくその場に倒れ込んでしまった。メフィの突然の行動にカミラが声を荒らげる。

「っ、何をしたの！」

『そんなに怒らないでよ。ちょっとここ数時間の記憶を思い出さないようにしただけだから』

「っ！」

人一人の記憶を操作したにしては、メフィは罪悪感を欠片《かけら》ほども覚えていない様子。

カミラの顔が、怒りから真っ赤に染まる。

そのままメフィに掴みかかろうとするも、水色の小精霊はするりと彼女の手を躱す。

『仕方ないでしょ。この子、ほぼ確信しちゃってるもん。大丈夫、記憶って繰り返すことで強くなるから、思い出さなければ、今日のこともいずれ消えるよ』

「そういう問題じゃない！　これじゃあ本末転倒でしょう！　私たちは元々、リサのために……」

「……いや、必要だ」

「っ、アンタ！」

賛同の意思を示したケンに、カミラが信じられないといった表情を浮かべ、突っかかる。

しかし、肝心の本人は額に汗を浮かべ、カミラと視線を合わせようとしなかった。

「ノゾムは……アイツは危険だ。現にリサを殺そうとしていた。近づけるべきじゃない」

爪を噛みながらブツブツとノゾムは危険だと繰り返すケンは、傍《はた》から見ても普通ではなかった。

「……アンタは、リサが大切なんじゃない。自分が大事なだけよ」

「口を慎めよ。保身に走っているのはお前も同じだろうが」

「ぐ……」

カミラの一言にケンはその美麗な表情を醜く歪めると、片手でカミラの喉を鷲掴《わしづか》みにした。

「お前の血について、然《しか》るべきところに伝えてもいいんだぞ。間違いなく、本国に連れ戻されるだろうな。そうなったら、芋づる式にお前の母親も……」

『ケン、そろそろお姫様が起きるよ』

「いいな。裏切ればお前も破滅だ……」

ギリギリと首を締め上げながら、至近距離から威圧していると、リサが覚醒し始める。

メフィが姿を消し、ケンはカミラを突き飛ばすように解放。彼女に歩み寄る。

「リサ、大丈夫？」

「あっ……。私、どうしてここに……」

「特総演習が近いから、少し演習場所を見ておきたいって言ってたじゃないか」

「そう、だったかな……。あれ、でも演習場所って確か……」

「疲れているみたいだね。今日はもう寝た方がいいよ。最近ずっと根を詰めてたから。カミラ、リサを……」

「……リサ、行きましょ」

ケンが言葉を言い切る前に、カミラは立ち上がってリサの手を取ると、そのまま足早に西門へと向かっていった。まるで、ケン達の傍から、少しでも早く離れたがっているように。

去っていく二人の背中を見つめながら、ケンは先ほどのノゾムの姿を思い出し、奥歯を噛み締める。

『ケン、どうするの？』

メフィの一言に、ケンは考え込む。

一番の問題はノゾムだ。今さら彼一人が叫んだところで、二年も前のことを覆すことは不可能だろう。だが、今では純粋な脅威であり、恐怖の対象だった。

「メフィ、ノゾムの中に何を見た？」

『わ、分かんない。だけど、恐ろしいものがいた……ような気がする』

「あれは、危険だ。僕だけじゃない、リサのためになんとかしないと……」

焦燥《しょうそう》に苛《さいな》まれながらも、ケンは必死に頭を働かせる。どうすればノゾムを排除できるか。どうすればあの顔を二度と見なくて済むのか。どうすれば、リサの前からあの怪物を消し去れるのか。

強大な眼前の危機に、歪んだ認識がさらに歪んでいく。しかし、ケン本人はそのことに気づかない。莫大《ばくだい》な力を殺すためにリサに向けた。その事実を、彼女を守るという理由に重ね、これからやろうとしている行為を正当化する。

『な、何？』

やがて、何かを思いついたのか、ケンの視線が傍にいたメフィへと向けられる。

その瞳にはタガの外れた、危険な光が宿っていた。

CHAPTER 4

第四章

戒めの波紋

特総演習一日目。

晴れ渡る晩春の空。照らされるアルカザム西門には、演習を統括するための指揮所や簡易診療所など必要な施設が建てられ、参加する三学年の生徒達が手続きを行っていた。

手続きを終えた生徒達は白く濁った石がはめ込まれたペンダントを渡されると、指揮所の前に集められる。その中にはノゾムやマルス、ジン達の姿もあった。

この演習は今後の成績に直結するが、同時に生徒達にとって大きなチャンスでもあり、それ故に彼らの表情には緊張感と共にある種の期待も滲《にじ》ませている。

「フフフ。面白そうじゃねえか……」

張り詰めた空気を感じ、マルスは不敵な笑みを浮かべる。

純粋に強くなりたいと思っている彼にとって、特総演習は自分の力を試す良い機会でもあった。

「それにしても、お前どうしたんだよ……」

マルスは眉を顰《ひそ》めながら、隣に視線を向ける。そこでは、ジッと下を向いたままのノゾムがいた。

「……え？　な、何？」

「おい、しっかりしろよ。今から演習が始まるんだぞ」

Ryuusa no Ori
Kokoro no
Naka no Kokoro

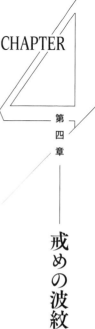

「あ、うん……」

どこか集中力を欠いている様子のノゾムに、マルスはさらに厳しい視線を向ける。

一方、ノゾムは顔を上げたものの、マルスとは視線を合わせず、ただ虚《うつ》ろな様子で行きかう生徒達の流れを見つめていた。

「お、おはよう……ノゾム君、マルス君」

その時、遠慮がちな声がかけられた。

マルスが声のする方に目を向ければ、ティマとアイリスディーナが歩み寄ってきている。

「おう、二人とも来たのか」

マルスがティマに声を返す中、アイリスディーナは昨日の痴態が尾を引いているのか、ノゾムを前にして手を後ろに組み、恥ずかしそうな様子を見せている。

「ノ、ノゾム、おはよう……」

窺《うかが》うような声色の挨拶。しかし、ノゾムは心ここにあらずといった様子で、アイリスディーナの登場にも気づく様子がない。

「……ノゾム?」

「え？　あ、ああ、おはよう……アイリス」

二度目でようやくアイリスディーナ達の存在に気づいたノゾムが、慌てた様子で挨拶を返す。

その歯切れの悪い声色に、アイリスディーナは眉を顰めた。

「あ、いたいた。お～い、ノゾム！」

そこに、別の声が響いてきた。フェオの声だ。

手を振りながら近づいてくる彼の傍にはシーナ、トム、ミムルの三人の姿がある。

少し意外な組み合わせだった。

「お、おはよう。シーナさん、フェオと一緒だったのか？」

ノゾムが挨拶を返しシーナ達に視線を向けると、彼女は小さく微笑《ほほえ》みながら頷《うなず》く。

「ええ。元々同じクラスってこともあったし、一日目だけでも組むことにしたの。ね、ミムル？」

「は、はい！　まったくもってその通りでございます！」

そう言ってシーナはにこやかな笑顔を浮かべる。清涼な乙女の笑みは傍《はた》から見ればとても魅力的なのだが、言葉にできない威圧感を全身から漂わせている。隣にいるミムルは恐怖でがくがくと全身を震わせていた。

おそらく、依頼を放り出したことで折檻《せっかん》されたのだろう。結局ミムルは親友から向けられる無言の圧力に耐えられず、恋人の胸に逃げるように飛び込んだ。

「あははは……」

尻尾を丸めて震える彼女の背中を、トムは苦笑を漏らしながらポンポンと叩《たた》いている。

一方、事情を知らないマルス達は、その張り付いた笑みを前に思わず口を閉ざしてしまう。

「まあ、そういうことや。正式にワイはシーナ達のパーティーになったから、明日はともかく、今日は敵同士や。手加減せんで」

「へえ、いいじゃねえか。お前の実力も少し気になってたんだ」

フェオの宣言に、マルスが好戦的な視線を返す。

そんな中、シーナだけは心配そうな表情で、ノゾムをジッと見つめていた。

「よう、ノゾム、シーナ」

「ケヴィン……」

そこに、ケヴィン達も交じってきた。銀色の髪と尻尾をなびかせながら近づいてきた。彼は、ノゾムとその後ろにいるジン達を一瞥《いちべつ》すると、ニヤリと口の端を吊り上げた。

「パーティーを組めたみたいだな。これでようやく、お前に挑戦できる。すぐに脱落するなよ」

「挑戦……」

戦意を猛《たけ》らせるケヴィンだが、声に力のないノゾムに一瞬眉を顰めると、無遠慮に肩を組んでくる。

そして耳元で小さく囁《ささや》く。

「ああ、だから……さっさと気合い入れ直せ」

「……え？」

「落ち込んでいた時のシーナみたいな顔しているからな。お前も今は群れの長《おさ》なんだぞ」

お前がこのパーティーのリーダーだ。ケヴィンのその言葉に、ノゾムは思わず息を飲む。

つい先ほどまで、昨日のことが頭でいっぱいで気づかなかった。そう、今日ノゾムは、きちんと彼らを統率しなければならないのだ。

「覚えておけ、長の役目は群れの仲間の不安を取り除くこと。その長が不安に怯《おび》えれば、群れ全てに伝わる。仲間のためを思うなら、後ろ暗い感情は全部置き去りにして絶対に顔に出すな」

そうでなければ、最悪群れが全滅する。ケヴィンはそう言い含め、スッと身を離す。

ノゾムはちらりと横目で、今回組むことになったジン達の様子を覗《のぞ》き見る。彼らはケヴィンがノゾムに好意的に接している姿に驚いている様子だった。

冷たく冷え切っていた心に、じんわりと熱が戻ってくる。

そんな中、先の合同授業で火花を散らしたマルスが、ケヴィンに怪訝《けげん》な顔を向けていた。

「なんの話をしてやがる」

「少し長の心構えを説いていただけだ。一匹狼《おおかみ》気取りのお前にゃ関係ねえよ」

「あ？」

「マルス、ダメだ」

ケヴィンのちょっとした軽口に挑発されていると感じたのか、マルスが過剰に反応する。

今ここで騒動を起こすのはまずい。今にも突っかかりそうなマルスに、若干気を持ち直したノゾムは反射的に制止の声をかけていた。

「ちっ……」

「じゃあな、ノゾム。俺と戦うまで、誰にも負けんなよ」

マルスがノゾムの制止に逡巡《しゅんじゅん》している間に、ケヴィンはさっさと仲間たちを連れて一階級のところまで行ってしまう。

「それじゃあノゾム、またね～！」

「頑張ってね」

トムとミムルも、フェオを連れて集合場所へと向かっていく。

残ったのはシーナだけだが、彼女は未《いま》だに窺うような視線をノゾムに向けている。

「ど、どうかした？」

意味深なシーナの視線にノゾムが思わず尋ねると、彼女はどこか愁《うれ》いを帯びた表情で口を開いた。

「ノゾム君、大丈夫？」

「な、何が？」

「ケヴィンが言っていたけど、かなり顔色が悪いわ。あのことについて、何かあったの？」

ドクンと、ノゾムの心臓が跳ねる。

「……なんのことだ」

事情を知らないマルスが尋ねてくるが、ノゾムは言葉に窮してしまう。

後ろにいるアイリスディーナも話が気になるのか、目を細めて二人の様子を見守っていた。

案じてくれているはずの瞳。その奥に映る己の姿に、ノゾムは怒りに我を忘れた己の姿を思い出す。

同時に蘇《よみがえ》る悪夢。

痛みと恐怖、怒りと不安。次々に負の感情がこみ上げては入れ替わり、血の気が引いていく。

「な、なんでもないよ。それより、そろそろ時間だ。早く行こう……」

知られたくない。ノゾムは耐えるように唇を噛《か》み締め、視線を逸《そ》らして集合場所へ向かう。

『不安は伝わる。仲間のためを思うなら、後ろ暗い感情は全部置き去りにして絶対に顔に出すな』

ケヴィンの忠告を思い出しながらも、ノゾムは何もかも中途半端な自分に苛立《いらだ》ちを募らせていた。

運営本部のテント前には、既に三学年の生徒達のほとんどが集まっている。

全ての生徒が集合したことが確認されると、本部前に設置された演壇の上にジハードが上がった。

「さて諸君。今日から特別総合演習授業が始まるが、その前にこの授業のルールを説明しておく」

ジハードは懐から一つのペンダントを取り出す。それは先ほど、運営本部で渡されたものだった。

「まず、このペンダントはパーティー登録時に各生徒に配布されたものだが、これがこの授業における諸君の命となる。持ち主が受けたダメージを感知する魔法具だ」

この魔法具は『縁石』と呼ばれる特殊な石に術式を刻み、魔力を注ぐことで作成できる。

縁石自体が希少であり、術式も特別なものが必要。かつ、作成に時間がかかる上に使い捨てであることから、一般には普及していない。

「このペンダントは一定量のダメージを感知すると赤く光るようになっている。その時点でその者は失格となり、ペンダントは相手パーティーのものとなる。もちろんペンダントを失っても失格だ」

また各生徒のこれまでの成績を考慮し、ペンダントごとに点数が設定されているらしい。つまり高い階級や高ランクの者ほど、高得点となっているのだ。

その分、他のパーティーから狙われやすいことを意味している。おそらく低い階級と高い階級の者のバランスを保つため。特にアイリスディーナ達のような高ランクに達した者と他の生徒を戦わせるにはそれ相応の旨《うま》みが必要なのだ。

「また、パーティーが全滅した場合、それ以前にそのパーティーが獲得していたポイントも相手パーティーのものとなる。獲得したポイントは本日の授業終了と同時に集計され、明日にはまた全員が0からのスタートとなる」

「ポイントの略奪もありか。あちこちで通り魔が横行しそうだぜ……」

ポイントを獲得したからといって安心はできない。全滅してしまえば元の木阿弥《もくあみ》。

一日目と二日目のポイントは別計算とはいえ、いかにして生き残るかが重要になってくる。

「また、課題についてはペンダント配布時に渡した用紙に書かれている。この課題はこなす必要はないが、達成すればその課題に則したポイントをパーティーに配分する。また護衛の課題は、護衛対象を我々教師が担い、その成否を判断する」

「どうする。課題をこなせばより多くポイントを稼げるけど……」

「……正直、他のパーティーがどう動くか分からないから何とも言えないけど、ポイント稼ぎの候補には入れておこう」

ジンがノゾムにどうするか判断を聞いてくるが、ノゾムはそれについては保留した。

課題をこなしてポイントを稼げればいいが、他のパーティーは当然横取りを考えてくる。

積極的にポイントを稼ぐか、それとも身を隠してポイントと戦力の温存を考えるか。そのあたりの駆け引きも重要になってくるだろう。

「また、運営本部の周辺は非戦闘区域になっている。この区域内で戦闘を行ったパーティーは減点処分となるので留意すること」

これはある意味当然だろう。運営に必要な場所の近くで戦闘をして、運営が滞ってしまっては堪《たま》らない。

「なお、演習区域内に特別目標を設置する。これは我々教師陣がターゲットとなり、この特別目標を倒したパーティーにはどの課題よりも高いポイントが与えられる。ただ、この特別目標は自分から諸君達に襲い掛かり、君達が獲得したポイントを強奪する。だが、もし勝てれば、特別目標が強奪したポイントも手に入れることができるだろう」

「教師も参加するの……」

「多分、強力な魔獣の役目をしているんだと思う」

ノゾムの後ろにいたキャミが頭を抱え、ジンが口元に手を当てて唸《うな》っている。

もしくは周囲をかき回して演習が滞らないようにするためか。どちらにしろ、大きな障害である。

「これで本演習のルール説明は終了だ。諸君の健闘を期待する……以上だ」

ジハードの説明が終わり、壇上に鐘が運ばれてくる。この鐘が鳴った時が演習開始だ。

「ノゾム、どうするんだい？」

ジンがノゾムに意見を求めてくる。ノゾムは鐘の準備が整えられていくのを横目で見ながら周囲に聞こえないように小さな声で呟《つぶや》いた。

「……まずはできるだけこの場から離れて、作戦を練る。素早く移動しないと他のパーティーに襲いかかられるか、戦闘に巻き込まれるかしてしまうし、そうなったら先に消耗するのはこちらだ」

ノゾムの言葉に頷く他のメンバー達。彼らはゆっくりと会場の端に移動していく。開始の合図と共にスタートダッシュを決めて、できるだけ速くこの場から離れるためだ。

「開始の合図で全力疾走。演習区域の西側に向かう。いい？」

ノゾムが改めて今後の行動を確認し、全員が頷いたところで鐘の準備が完了した。

「ん？」

演習開始の合図に備えて身構えていたノゾムだが、ふと自分に向けられる視線を感じた。

視線の主を探して生徒達がごった返している場所の一画に目を向ければ、なぜかリサがじっと見つめてきている。

こみ上げる激情が、痛みを伴って再び心臓を激しく拍動させた。反射的に視線を逸らす。

「ノゾム、どうした？」

「……なんでもない」

怒りを唾と一緒に飲み込み、ノゾムは体を両足に力を込める。

「それでは。本年度の特別総合演習を開始する！」

次の瞬間、ジハードの宣言と共に鐘が鳴らされ、ノゾム達は全力で地を蹴った。

その場にいた生徒全員が弾《はじ》かれたように四方に散らばっていく。

やがて会場から人影がなくなると同時にあちこちから轟音《ごうおん》と怒声、悲鳴が聞こえ始める。どうやら非戦闘区域を抜けた瞬間に、あちこちで戦闘が始まったようだ。

「なあノゾム！　いったいどこに向かってるんだ⁉」

「とりあえず演習区域の西側！　あそこなら草木が深く生い茂っているから身を隠しやすい！」

他パーティーの戦闘に巻き込まれないように、ノゾム達は全力で駆ける。

彼はシノとの修行中に何度もスパシムの森の中を走らされていたため、この周辺の植生も十分知っている。

西側の森。特にアルカザムに近い方は背が低い木が密集しており、身を隠す場所は比較的多かった。

その分、視界が悪く、不意の遭遇戦に気をつける必要があるのだが……。

「っ、十階級の奴らがいたぞ、カモだ！」

「まずい、前に……」

「止まるな、走れ！」

運の悪いことに、ノゾム達は互いに進路を横切る形で他パーティーと遭遇してしまった。

相手は八階級の生徒五名。前衛三名、後衛二名だ。恐らくノゾム達と同じように逃げる過程で進路を変えたために、互いに進行方向が交差したのだろう。

「ちょうどいい、肩慣らしだ！」

ジン達が慌てる一方、マルスは嬉々《きき》として突撃を開始した。

「っ、こいつ、十階級のマルスじゃねえか！」

「足止めだけしろ！　最底辺をさっさと片づけて……がっ⁉」

マルスの存在に相手が一瞬動揺した隙に、ノゾムもまた瞬脚を発動。先にいた前衛の一人の顎を掌底で打ち抜き、ペンダントをもぎ取る。

「こいつ！」

仲間を倒され、激高したもう一人が、剣を抜いて袈裟懸《けさが》けに斬りかかってきた。

咄嗟《とっさ》の反撃のためか、単調な斬撃。ノゾムは流れるように抜刀し、迫る剣を横方向へ容易《たやす》く受け流しながら背後に回る。そしてがら空きの背中に、峰打ちを叩き込んだ。

「なっ……がっ⁉」

無防備な状態で斬撃を受け、一撃でペンダントが真っ赤になる。これで二人。

相手が動揺する間にも、マルスはさらに前衛一人と後衛一人を沈める。

「うわああ！」

いきなりパーティーのほとんどが戦闘不能になり、追い詰められた最後の一人は悲鳴に似た叫び声を上げながら、手に持った杖《つえ》を掲げた。魔力が注がれ、杖の先が光を帯びていく。

おそらく、杖自体に魔法陣が仕込まれているのだろう。詠唱もなく魔力を注がれただけで魔法が発動。ノゾムに向かって光弾が放たれた。

ノゾムは反射的に気術『幻無・纏《まとい》』で迫る魔力弾を斬り裂こうとして……両腕に返ってくる負担に、

思わず顔を顰《しか》めた。

「くっ⁉」

普段なら簡単に両断できる程度の魔力弾が斬れない。

思わぬ事態に反射的に体を捻《ひね》り、全身の力で魔力弾を受け流す。

「なっ⁉」

「ふっ！」

体を入れ替えてそのまま踏み込み、左の拳で相手の顎を打ち抜く。気を失い、崩れ落ちる相手のペンダントを奪い取り、そのまま再び駆け出す。

ノゾムに続いてマルスも息を乱さず、ぴったりと後をついてくる。

「すげえ……」

「五人を数秒で沈めたぞ、あの二人……」

後ろに続くデック達が驚きの声を漏らす中、ノゾムは抜身の愛刀に目を落とす。

(気が、通らなかった。どうして……)

ノゾムは走りながら皆に気づかれないように、もう一度刀に気を注ごうと試みる。

しかし、刀身にはなんの変化もなかった。

刃紋が突然変わった愛刀。何か異常がある可能性はあったが、予想以上にまずい事態だった。

気刃が作れない。それは能力抑圧の影響を受けているノゾムの唯一と言っていい武器が失われたことを意味している。

(こんなことって、ありかよ……)

なくなっていく。積み上げてきたものが。

「っ……」

ガラガラと足元が崩れていく喪失感を誤魔化すように、ノゾムは必死に足を動かす。

そうして走り続けてしばらく。一同はようやく足を止めた。

「はあ、はあ、はあ……ねえ、もう大丈夫じゃない？」

「そうだな。もう周りに誰もいねえみたいだ」

「ふう、ふう……そうか。よかった」

マルスの言葉に、ジン達がようやく安堵《あんど》の息を漏らす。

魔法使いのハムリアにいたっては、その場にへたり込んでしまっていた。

疲れた様子の彼らを見て、マルスは鼻を鳴らしながら、水筒の水を一口だけ飲む。

「ノゾム、これからだが……ノゾム？」

「……あ。すまない、ぼーっとしてた。なんだって？」

「おい、しっかりしろよ。これからどうするかって話だろ」

「そうだった。とりあえずこの辺りを拠点に、課題を行う班と防衛を行う班に分けようと思うんだけど……」

ノゾムの提案は、課題をこなしてポイントを稼ぐ班と、防衛拠点を設営する班に分けることだった。

課題班は戦闘力のあるマルス、機動力のある剣士のトミー、短剣使いのキャミ。防衛班は残りのノゾム、ジン、デック、ハムリアの四人だ。

「僕としては、このまま全員で一緒に行動した方がいいかなって思うけど……」

「いや。むしろ集まっていた方が危険だ。俺達は広域の魔法攻撃に対して有効な防御方法が少ない。森を移動している間に先制攻撃を受けて後手に回ったら、一気に全滅させられる可能性もある」

示された行動指針にジンが不安げな声を漏らすが、その言葉にノゾムは首を振る。

彼らの中で魔法攻撃に対して有効な防御法を持っているのは気量の豊富なマルスと魔法使いのハムリアくらい。上位階級の相手と戦闘することを考慮すると数がどうしても少なく、正面戦闘は極力避けるべきだった。

「だから、パーティーを二つに分けて、課題と防衛を同時に行う」

「でも、防衛拠点って言ったって、時間がないから、大したものは作れないよ？」

「構わない。堅牢《けんろう》な要塞を作ろうってわけじゃないから。相手の意識を逸らす程度で十分。それにいざとなったら、拠点を放棄すればいい」

大切なのは、生き残ることだと、ノゾムは皆に念を押す。

「なら、これが役に立つかな？」

そう言いながら、ジンは懐から水晶のように透明感のある二つの石を取り出した。左右対称に作られたそれは、明らかに何らかの魔法具であることを匂わせる。

「これって、悲運の双子石？」

ノゾムの言葉に、ジンは持っていた二つの石をノゾムとマルスに手渡しながら頷く。

互いの状態がリンクしている石で、片方が壊れたり変色したりすると、もう片方も同じ状態になる変わった魔法具だ。

「……なるほど、これで互いの状態を知るわけか」

「いい考えだと思う。ここから北に大木があって、その傍《そば》に大きな岩があるから、非常時はそこで合流しよう。一時間経《た》っても合流できなかったら脱落したと思ってくれ。その時はマルスが指揮を……」

自分がやられた時のことも考えてノゾムが指示を出している中、マルスは手に持った悲運の双子石を弄びながら、じっと彼を見つめる。

「マルス、どうした？　何か納得できないことでもあるのか？」

「いや、大丈夫だ。行くぞ」

含むところがあるような表情を一瞬浮かべたマルスだが、すぐに何事もなかったように悲運の双子石を懐にしまうと、トミーとキャミの二人を引き連れ、茂みの奥へと消えていく。

マルスの態度が少し気になったものの、ノゾムの意識は直《す》ぐに腰の刀へと向いていた。

鞘に納めた刀に、もう一度気を送る。やはり、気が流れ込む感覚がない。

「ノゾム君、何からやる？」

「あ、ああ。とりあえず、括《くく》り罠《わな》とか、簡単で数を仕掛けられるものを仕掛けていこう」

体を動かしている方が、気が紛れるかもしれない。ノゾムはこみ上げてくる焦燥を飲み込み、残ったジン達と共に、罠を作る作業へと没頭していった。

✝

魔獣が跋扈《ばっこ》するスパシムの森。その奥へと、一体の精霊が向かっていた。

水色の妖精を思わせる姿を持つ小精霊・メフィは契約者から頼まれたことを思い出し、一人溜息《ためいき》を吐《つ》く。

今度の特総演習で、ノゾムを排除する。力を貸してほしい。

それが、ケンからの頼みだった。

『まずいな〜。あれ絶対やばい奴だよ』

目の当たりにした異質な力を思い出し、彼女は憂いを帯びた表情を浮かべる。

彼女がケンと契約をしたのは、六年ほど前のこと。まだ彼が幼い頃だ。

彼の故郷であるオイレ村に気まぐれで訪れた時に、木陰で遠くにいるリサを眺めるケンを見つけたのが出会いだ。

『出会ってから六年。短い命しか持たない人から見れば、そこそこ長い付き合いだけどねぇ……』

その頃から、ケンはリサに惹《ひ》かれていた。

振り向いてほしい、自分を見てほしい。そんな淡い気持ちで彼女を見つめていた。

しかし、リサには既に想《おも》い人がいた。

ノゾム・バウンティス。ケンの幼馴染《おさななじみ》にして、親友。

その時のケンはリサの幸せを考え、一歩引いた関係を続けていた。

『ま、だから気になったんだけどね〜。とても綺麗《きれい》な感情を持っていたから』

はふぅ……と、幼子の姿を思わせる小精霊は、その外観からは似つかわしくないほど、色っぽい吐息を漏らす。

精霊が人前に姿を現すことはほとんどない。契約を結ぶなど、それこそ空から星が降ってくるほどの確率だ。

しかし、メフィは自分の気持ちを飲み込んで、想い人の幸せを考えるケンの感情に惹かれた。

元々彼女は精霊としては年若く、生まれてから数十年しか経っていなかったことも、ケンとの契約の後押しになったかもしれない。考えが幼くて感情が極端に振れることも多いからだ。

しかし、それでもメフィは、自分はケンと契約をしただろうと確信していた。

それほどまでに、少年の感情はこの精霊にとって魅力的だったのだ。

『約束もしたしね。リサを幸せにするために力を貸すって……』

目的の場所に来たメフィは、すっとその体を地面の下へと潜り込ませていく。

やがて彼女は、巨大な地下空間に辿《たど》り着いた。

半球状に土をくりぬかれたそこは地下にもかかわらず、淡い光に照らされている。

それは、壁から滲み出る源素の光。そして空洞の底には、巨大な影が身を潜ませていた。

艶やかな黒の甲殻に身を包み、蛇のようにとぐろを巻いたそれは眠っているのか、微動だにしない。

『さて、寝ているところ悪いけど、その体を借りるね』

メフィは地下に存在したその巨体の頭部に近づくと、溶けるように同化していく。やがて彼女の体が完全に溶け切ると、地下空間の中にバチバチ……と紫色の閃光《せんこう》が走り、その頭部に王冠を思わせる影が浮かび上がる。

そして、四対の瞳に光が灯《とも》り、巨大な影はゆっくりとその身を起こした。

†

マルスはトミー、キャミの二人と共に、課題を達成するために森の中を進んでいた。

選んだ課題はレーギーナの花の採集。

春の季節に咲くこの花の蜜と花托《かたく》は、ポーションの効果をかなり引き上げる素材の一つだ。

花という持ち運びやすいものの課題を選ぶあたり、マルスはノゾムがいかに機動力に徹底しているのかを察している。しかし、後ろの二人はそうではなかった。

「……なあ、本当に彼で大丈夫なのかな？」

「まあ、私もそう思うけど仕方ないじゃん。ジンがこうするしかないって言ったんだから……」

「不満ならいなくなってもいいぜ。俺達はお前らに付き合う必要はないんだからな」

ボソリと漏らした不安をマルスが突き放す。鋭い視線で睨《にら》みつけてくる彼の様子に、トミーとキャミが気まずそうに目を逸らす。その態度がなおのこと、マルスを苛立たせた。

「大体、話を持ってきたのはテメエらだろうが。碌《ろく》に自分達の中で意思統一もできないのかよ、お前らのリーダーは」

自分達のリーダーを馬鹿にされた二人が、今度は逆に睨み返す。

キャミにいたってはよほど頭にきたのか、今にも腰の短剣を抜きそうな顔をしていた。

「ふ～ん。ビビるかと思っていたが、ちょっとはプライドが残ってるのか……」

「あんまりバカにしないでほしいな。俺達は君には及ばないけど、それでも今までこの学園に残ってきた自負はあるつもりだ……」

「そうよ！　大体、アンタの方はどうなのよ。ノゾムの奴を随分信じているみたいだけど、それなりのものを見せてくれるのかしら？　帰ってみたら全滅していました、じゃお話にならないんだけど」

負けじと突っかかってくる二人に、マルスは笑みを浮かべる。

そうこなくては意味がない。下を向くだけの奴、この程度で音を上げる奴など、マルスとしてはこちらからお断りだからだ。

「なに言ってんだ、さっきの戦闘を見ていただろうが。こっちは本気で勝ちにいくつもりなんだ。お前達こそ力を見せてくれるんだろうな？」

「上等よ。目ん玉ひん剥《む》いてよく見ていなさい！」

力強く宣言するキャミと、彼女に同意するように強い瞳で頷くトミー。二人の様子に満足すると、マルスは鼻を鳴らし、先へと進む。

（そういえばノゾムもついこの前までは、覇気のない奴だと思っていたな……）

脳裏に浮かんだ友人……と言える初めての人物。

だからだろうか。同時に、最近よく感じるようになった疑問が鎌首をもたげてくる。

（……アイツ、何を隠しているんだ？）

前々からノゾムが何かを隠していることは察していたが、今日は特に様子がおかしい。

戦いともなれば驚異的な集中力と戦闘技術を発揮する彼が精彩を欠いている。

先ほども、たかが八階級の魔力弾を斬り裂くことに失敗していたほどだ。

（なにやってやがんだよ、あいつ……！）

そんな彼の様子に、マルスは苛立ちを覚えてしまう。力を手にしたのだから、強いのだから、そのままでいろと。そこまで考えたところで、マルスは首を振った。

（ノゾムのことはいい。今は、あれを使いこなせるようにならねえと……）

魔気併用術。魔法の勉強を重ねていく中で見つけた技法。ルガトを圧倒したノゾムの姿を見たマルスが、彼の領域に辿り着ける可能性を見出《みいだ》した力。

しかし、その力を得る道は長く、未だに光明すら見えていない。

（くそ……）

精彩を欠くノゾムと足踏みしている自身。込み上げる焦りに、彼は無意識に拳を握りしめる。

「マルス、そろそろ着くぞ」

トミーの一言に、マルスは気を入れ直し、先へ進む。

視線の先では薄暗かった森が切れ、木漏れ日が差していた。少し開けた場所に、大きな倒木がある。その傍に、白い花弁の花が幾つも咲いている。そして、他のパーティーの姿も。

数は四人。マルス達と同じように、課題達成のために花を摘みに来たのだろう。

「……見つけたぜ。余計なおまけがついているが」

「で、どうするの？」

「決まっている。仕掛けるさ」

茂みに身を隠しながら、マルスは背中の大剣に手を伸ばす。

ノゾムへの不満、自身への苛立ち。それらを全て胸の中に押し込み、ただ剣を振るうことに集中する。

この演習に勝ち残り、強くなる。そのことだけを考え続けるために。

†

マルス達がレーギーナの花を見つけた頃、ノゾムは拠点の周囲に簡易的な罠を作り終えていた。

罠といっても、大したものではない。結んだ草で足を取るもの、しならせた木で相手をはたきつけるものなど、子供だましと言えるようなものだ。

だが、それでいい。

別に相手を戦闘不能にすることが目的ではない。足を止め、集中を乱すことができればいいのだ。

(思考を止めるな。顔を上げろ。周りを見渡し、己を顧みろ。そんなことを言っていましたね、師匠)

気が送れなくなった愛刀を眺めながら、ノゾムはシノから伝えられた言葉を思い出していた。

気刃が使えなくなったのなら、それ以外でどうにか渡り合っていくしかない。そのための技術も、彼はシノから学んでいる。

しかし、気持ちを切り替えようとするほど、喪失感がジリジリと胸の奥で蠢《うごめ》き、思考を妨げてくる。

そもそも、どうして学園に残っているのか。もう、答えは出てしまった。

結局、リサは碌でもない女で……。

(本当に?)

脳裏に、昨日の戸惑っていたリサの様子が蘇る。

認めないといけない。でも認めたくない……。

そもそも、なんでこんなに苦しまなきゃいけないんだ。

考えなければいい。捨て去ってしまえばいい。この学園に来た理由もろとも。

そんなもの、もうなかったのだから……。

(違うだろ?)

グルグルグルグル……。

考えるのが辛《つら》い。思考を放棄してしまいたくなる。でもそうすれば、また逃避の螺旋《らせん》へと戻るだろう。意味もなく逃げ、逃げたことにすら目を背けていた、あの頃に。

それだけは……絶対できない。

「それにしても、ノゾム君はどうしてこんなに手馴《てな》れているんだい?」

ジンの唐突な質問に、ノゾムの思考が中断される。

「あ、ああ。時々、一人でスパシムの森に入っていた」

「え? でも君のランクで森に入るような依頼は受けられないんじゃ……」

今度はハムリアが尋ねてくる。ずっと無視してきたことを気にしているのか、遠慮気味な口調。

「ああ、だから勝手に入っていた。最近はランクが上がったから、一応受けられるといえばそうなんだけど……」

ノゾムの言葉に、ジン達は一様に驚いた表情を浮かべる。彼らからしてみれば、成績が最下位だったノゾムがたった一人でスパシムの森に入っていたというのは想定していなかっただろう。

もっとも、ノゾムとしては理不尽な師匠に命じられて永遠とも思える危険地帯マラソンを経験しているので、森に入るくらいならそれほどでもない。

「やっぱり、君は凄《すご》いな……」

話を聞いたジンが感嘆の声を漏らす。その声色には、機嫌を取ろうとか、空気を読もうなどという不躾《ぶしつけ》な色はなく、純粋な畏敬の念が窺えた。

「嘘《うそ》だとは……思わないのか」

「ちょっと前なら、そう思ったかもしれない。でも、最近の実技授業でマルスと互角に打ち合う姿を見ていたら、本当のことだって納得できるよ」

そう言うとジンは一拍置き、少し悔しそうな表情を浮かべる。

「……僕たちには、もう後がない。だからかな。君の強さを知りたかった」

「強さ？」

「ああ、僕達も色々な理由でこのソルミナティ学園に来た。家族からは期待もされていたけど……上手《う ま》くはいかなかった」

故郷では天才、神童でも、ソルミナティ学園では底辺。そんな話は、この学園ではよく聞く。

「自分の弱さが、情けなく思う時がある。でも、それでも裏切りたくないいんだ。故郷の期待を」

彼らの事情の全ては分からなくとも、ある程度察することができる。

でも、聞く必要はないとノゾムは思った。

少なくとも、ジン達は頭を下げた。自分達の譲れないもののために。

己の過ちから目を背ける者が多い中、それはなかなかできることではない。

「この森では、魔獣の縄張りが常に変化する。特に東部の森の奥はそうで、時に思わぬ魔獣と遭遇することが多い」

「え？」

「俺自身、戦いでは持久力に欠ける。だから、あらゆる動きの無駄を削った。刀の振り方だけじゃなくて、歩き方、走り方そのものから」

「ノゾム君……」

「刀術に関しては……正直どう説明したらいいのか。ただ、単純な繰り返しには意味がない。一振り一振り、どんな状況を想定して振っているのか強く意識しろ。どんな時も、常に考えることはやめるな。少なくとも、師匠にはそう教えられたよ」

「師匠？　師匠がいるの？」

「少し前までは、いたよ」

だからだろうか。ノゾムもつい、自分のことを話したくなってしまう。少しでも、役に立てればいいかなと思ってしまう。それは多分、ジンの人柄故なんだろう。

「でも、俺にこの刀と技を残してくれた。他にも、大切なことを」

「大切なこと？」

「……ジン達にはわざわざ言う必要ないと思う。だって、もうできているから」

どういうこと？　と首を傾《かし》げるジンに、ノゾムは静かに笑みを返す。

彼の後ろにいるハムリア達も、目をパチクリさせていた。

「変な空気になっちゃったな。順調ならマルス達も戻ってくる頃だろうし、そろそろ……っ！」

背筋に冷たい風が流れる。

春の森には時折吹く風ではあるが、ノゾムの敏感な感覚が流れる空気に違和感を覚えさせた。

「ノゾム君？」

ジンの声を聞き流しながら、ノゾムはゆっくりと立ち上がると、自分から見て右側面の茂みに視線を向ける。するとガサガサと草木をかき分ける音と共に、一人の女性が姿を現した。

「あ～、ノゾム君だ～。やっほ～～！」

茶色のウェーブがかかった髪と間延びした声。それはノゾム達が良く知る人物だった。

アンリ・ヴァール。十階級の担任にして、ノゾム達の恩師ともいえる人物。

彼女はブンブンと無邪気に手を振りながら、一歩、二歩とノゾム達に近づいてくる。

しかし、彼女は胸にノゾム達と同じペンダントを下げていた。

それはつまり、彼女はこの特総演習の中で、強力な魔獣の役目を担っている人物ということ。

「アンリ先生。貴方《あなた》ですか……」

「うん。気づいていると思うけど、この特総演習の特別目標の一人よ～～」

笑みを浮かべているアンリだが、ノゾムは背筋に流れる冷や汗が止まらなかった。その笑顔の陰に隠れている戦意を、敏感に感じ取っていたからだ。

それはジン達も同じなのか、緊張から浅くなった彼らの呼吸が、ノゾムの耳に流れてくる。

（ノゾム君……）

（動くな。下手に動いたらやられる……）

ジン達に小声で警戒を促しつつも、ノゾムは一歩前に出る。

「アンリ先生は俺達がここにいるって分かっていて来たんですか？」

「ん～～、違うよ～～。私のお仕事はいろんなところをお散歩することだもの～～。もちろん、お散歩してもお仕事はちゃんとやっているわ～～」

そう言うと、彼女は懐から今まで倒してきた生徒たちのペンダントを取り出した。その数二十以上。

たった一人で二十人以上の生徒を退けている事実に、ノゾムは思わず唾をのんだ。

「……自分達もアンリ先生の討伐対象ってことですか？」

「……うん、そうなっちゃうね。できるだけ痛くないようにするけど……ゴメンね～」

その言葉を聞いた瞬間、ノゾムは動いた。

「ジン、デック、ハムリア、逃げるぞ！」

ノゾムはポーチから煙玉と『悲運の双子石』を取り出して地面に叩きつけた。

瞬く間に広がった煙がノゾム達の姿を隠し、同時に悲運の双子石が軽い音と共に砕け散る。

そしてジン達と共に踵《きびす》を返し、即座に逃走を開始した。

アンリはほとんど気配を感じさせないまま接近してきていた。つまり、せっかくの警報装置も罠も、全て通用しない相手。先に接近を許した以上、正面対決か逃走しか選択肢はない。

そして、今日一日を耐えるのなら、戦闘は極力避けるのは当然だった。

しかし、ノゾム達が一目散に距離を取ろうと駆け出したその時、彼の耳が、側面から何かが迫ってくる風切り音を捉えた。

「っ！」

反射的に地面に転がった瞬間、ヒュン！　と風の音が響き、続いて地面がパァン！　という炸裂《さくれつ》音と共に弾けた。

「あ……避《よ》けられちゃった。なら今度はこっち～」

「きゃああ！」「があ！」

狙われたデックとハムリアの悲鳴が木霊《こだま》した。

倒れた二人にジンが駆け寄るが、アンリの目が今度は彼を捉える。

「マズい！」

ノゾムはアンリの腕の振り方から反射的に攻撃方向を限定し、同時に全身の気を強化。

薄暗い森の中をしなりながら迫ってくる影を、抜いた刀で弾き返す。

「ぐっ、ジン、二人の様子は！」

「大丈夫、失格になっていない！」

デックとハムリアは幸いなことに失格にはなっていなかった。しかし、痛みに苛《さいな》まれているのか、二人とも得物を落として腕を押さえている。

ジンが二人をフォローしている間に、ノゾムはアンリの攻勢に晒《さら》される。

けた外れの集中力を持つノゾムの目が、切り返されて迫る影を捉えた。

「くっ、柔軟性の高い、長い紐《ひも》状のもの……鞭《むち》か」

蛇のようにしなりながら襲いかかってくるのは、黒く染められた鞭。

高速で動く鞭は薄暗い森の中であることも相まって、視認は困難。立て続けに襲ってくる悪寒と、影の中に僅かに映る光沢を頼りに、ノゾムは右へ左へと回避を続ける。

彼女の鞭は鋭く、重く、そして無駄な間がない。

もし一回でも攻撃を食らって体勢を崩せば、立て直す暇もなくやられるだろう。

（一、二、三……ここ！）

タイミングを見計らい、刀を鞭の軌道に乗せる。

ヒュンという風切り音と共に鞭が刀身に巻きついた瞬間、ノゾムはその鞭を掴《つか》み取った。

「凄～い！　ノゾム君、よく見切ったわね～。訓練場ならともかく、こんな暗い場所なんだから、私の鞭は相当見にくいはずなのに～」

「……うっすらと空中で動く鞭が見えていましたから。後はアンリ先生の腕の動きと影の動くタイミングぐらいですか。正直腕の振りがフェイクだったらどうしようかと思いましたよ」

綱引きのように拮抗しながらも、アンリは余裕の笑みを崩さない。

「ジン、二人を連れて合流地点へ行け！」

「え⁉」

「このままアンリ先生と戦っても負ける。先に合流地点に行って、マルス達を呼んできてくれ」

デックとハムリアは先の一撃が効いており、まともに戦えるか怪しい。

アンリ・ヴァールを相手にしながら合流地点へ向かうことは不可能。となると、時間稼ぎを行い、同時にマルス達を呼んでくる必要がある。

（なんか、最近同じようなことをやったな……）

アビスグリーフの一件を思い出し、ノゾムは内心苦笑を浮かべる。

僅かに逡巡していたジンだが、彼もノゾムと同じ考えに至ったのか、二人を連れて合流地点へと駆け出す。

「ノゾム君、いいの～。みんなで戦った方が勝てる可能性は上がるよ～」

「俺達の敵は先生だけじゃありませんからね。怪我《けが》人がいる以上、彼らの離脱を優先しますよ。鞭での痛みはかなり長引きますが、時間が経てば多少は和らぎます。先生こそ、先ほど離脱する三人を攻撃できたじゃないですか」

「う～ん。でもノゾム君、私がジン君達を攻撃しようとしたら、すぐに突っ込んでくる気だったでしょう～？　私の鞭じゃジン君達を倒す前にノゾム君が私のところに来ちゃうもの～」

そう、アンリの武器では一撃で相手を倒すことは難しい。

鞭とは本来痛みを与えて相手の精神を折る武器。この状況でアンリがジン達を攻撃すれば、彼らを倒すよりも先にノゾムの刀が彼女を捉える。

アンリはノゾムを過小評価していない。むしろ自分が受け持っている生徒の中では突出した実力を持っていると判断している。

そういう意味ではノゾムの狙いは成功していた。少なくとも、彼女の意識を自分に向けることはできているのだから。

ノゾムとアンリ、二人の体から気が揺らめく。次の瞬間、彼女は腕をしならせるように振った。固定していた鞭が高速で暴れ始め、ノゾムの体を振り回そうとしてくる。

女性の細腕とは思えないほどの力。能力抑圧の影響下にあるノゾムに押さえ込むことはできず、体を振り回される前に、彼は掴み取っていた鞭を放る。

「くっ！」

鞭が自由になったことで、アンリは攻撃を再開。ノゾムは、瞬脚・曲舞で生い茂る木々の間をすり抜けながら、アンリを中心に円を描くように駆け、回避に徹する。

移動先を見越して放たれる鞭撃《べんげき》を、歩幅を変えてタイミングをずらし、進行方向を変えて木を盾にして凌《しの》ぐ。それだけでなく、上半身だけを揺らしたり、突っ込むと見せかけて反対方向へ駆けるなど、様々フェイントも織り交ぜる。

「ふわ～。凄い凄い！　ちょっと瞬脚でやっていい動きじゃないよ、それ！」

変幻自在、縦横無尽。無数の障害物と足場の悪い森の中とは思えないほどの安定さを見せるノゾムに、アンリは何度も感嘆の声を漏らす。

しかし、のほほんとした口調とは裏腹に、攻勢は一切衰えない。むしろ彼女は自身の気を高め、より苛烈に、より素早く、そしてより巧みに、ノゾムの逃げ道を塞いでいく。

（くそ、躱《かわ》しきれなくなってきた……）

盾にした木の皮が弾け飛び、幹が抉《えぐ》れる様を視界の端に納めながら、ノゾムは毒づく。

間違いなく、アンリの実力はAランク。その中でも上位の方であろう。

鞭の威力も、もう無視できないほどになっている。対応能力も高く、彼女の鞭撃は徐々にノゾムの瞬脚・曲舞を捉えつつある。流れを、変える必要があった。

（やってみる、か……）

アンリの周囲を回っていたノゾムは突然進路を変更。正面からの突撃を敢行した。

「うん。やっぱりそう来るわよね～～」

しかし、アンリもきちんとノゾムの行動を読んでいた。彼女は元々、彼が活路を見出すことができるのは接近戦だけだと知っている。動揺せず、冷静に、相手の動きを完全に見切って鞭を振るう。

「せ～の！」

右から左へと方向転換しようとしたタイミングを狙って放たれた鞭は、完全に彼の動きを捉え、正確に頭部へと吸い込まれていく。

鞭を防ごうと、ノゾムの刀が掲げられる。

しかし、その瞬間、アンリは手をひねりながら腕を引く。打ち下ろしのようだった鞭の軌道が、顎をかち上げるような動きへと変わる。上と思ったら下。相手の意識の穴を突く攻撃だ。

「ぐっ！」

それでも、ノゾムは対応した。反射的に左手で腰の鞘を引き上げ、鞭の軌道に割り込ませて防ぐ。

しかし、衝撃で上体が浮いた。完全に無防備になったノゾムに、アンリの追撃が迫る。

「ノゾム君残念～。これでおわ……へ？」

彼女の鞭が無防備なノゾムの体を打ち据えるかと思われた瞬間、彼の背中から炸裂音が響いた。

浮いていたノゾムの上体が無理やり前傾姿勢に戻される。

そして、再度瞬脚が発動。彼は伸びきったアンリの鞭の下をくぐりながら吶喊《とっかん》してきた。

炸裂音の正体はノゾムの背中から噴射された気の奔流。彼は森の木を盾にアンリの鞭を捌《さば》いていた時、予《あらかじ》め彼女から見えないように背中に気を圧縮。鞭が当たる直前に解放し、無理やり回避したのだ。

「はあああぁ！」

確実にノゾムを捉えたと思ったアンリは、明らかに反応が遅れた。

鞭を引き戻すのは間に合わない。完全に間合いに捕らえたノゾムが、胴を薙《な》ぐ一刀を放つ。

「え、え～～い！」

だがノゾムの刃《やいば》がアンリの体を捉えるかと思われた瞬間、白いひらひらとした布が宙を舞った。

「え？」

目に飛び込んできた光景に、ノゾムは思わず呆《ほう》けた声を漏らす。

広がるスカートから覗く、白く眩《まぶ》しい肌。すらりとした無駄のない脚線。ピンク色の可愛《かわい》い布地。

そして適度に肉付きの良い太ももに括り付けられた、白い肌とは対照的な黒い鉄の塊。

それは、二の腕ほどの長さの黒鉄の棒だった。鍔《つば》と柄が施された、明らかに戦いで用いることを想定した武器。アンリはその柄を掴むと、一気に振り上げる。

「グっ⁉」

「あ、あぶなかった〜」

ノゾムの刃を黒鉄の棒がしっかりと受け止め、アンリは思わず安堵の声を漏らす。

片手にもかかわらず、彼女の黒棒はびくともしない。

「え〜い！」

気の抜けた声に反し、強烈な圧力が返ってくる。

ノゾムは反射的に刀身の反りを使って受け流し、返しの連撃を放つも、素早く戻されたアンリの黒棒に再び防がれる。

「くぅ……！」

ノゾムは斬撃を繰り出し続けるも、取り回しに優れ、さらに身体能力に隔絶した差があるためか、彼の刃はアンリにかすりもしなかった。

「てや〜！」

むしろアンリは反撃とばかりに、ノゾムの脇腹めがけて腰の入った回し蹴りを放ってきた。

ひらめくスカートから覗く白い足が、その外見からは想像もつかない勢いで襲いかかってくる。

「うわ！」

幸いノゾムはしゃがんでアンリの回し蹴りを躱すも、彼女は動きを止めず、体術を織り交ぜながら黒棒による打撃の連続で叩き込んでくる。

繰り出される打撃と蹴撃のロンド。

アンリはノゾムを防戦一方に追い込むと、一際強烈な蹴りを叩き込む。

反射的に刀の柄で受け止めることには成功したものの、ノゾムは大きく吹き飛ばされてしまう。

それでも彼は咄嗟に受け身を取り、後方に跳ね飛んだ。瞬間、追撃の鞭が地面を叩く。

「そこ～～」

アンリの攻勢は止まらない。跳ね飛び、未だ空中で無防備なノゾムを狙ってさらに鞭を振るう。

高速で伸びた鞭が迫る中、ノゾムは絶妙な体幹制御でバランスを保ち、迫る鞭を斬り払おうと構える。次の瞬間、突如として強風が吹き荒れた。

「ぶぶ！」

駆け抜けた突風が、横からノゾムの体を弾き飛ばし、アンリの鞭は空を切る。

「ぺっ、ぺっ！　い、いったいなん……だ」

ノゾムは突然の出来事にまともに受け身も取れずに地面に激突。

口一杯に広がる苦味にむせ返りながら、突風が吹いてきた方に目を向け……そして目を見開いた。

「よかった。無事みたい」

「タイミングばっちりだったな」

そこにいたのは、ジンと一緒に離脱したはずのデックとハムリアだった。

「逃げたんじゃなかったのか!?」

「途中で引き返して、茂みに隠れて様子を見ていたんだ。マルス達を呼びに行くなら、ジン一人で十分。それにノゾムが時間を稼いでくれたおかげで、痛みも引いたしな」

デックはノゾムを庇《かば》うように彼の前に立ち、得物である槍《やり》を構えながら笑みを浮かべる。

「ノゾム君。大丈夫？」

「あ、ああ」

デックがアンリと向き合っているうちに、ハムリアがノゾムの傍に来て手を貸す。

ノゾムは困惑しながらも立ち上がり、再び刀を構えた。

「なんで戻った？」

「このままじゃ、お前におんぶに抱っこで終わる。それは、パーティーとしては正しくないだろ」

「作戦立案、拠点の選択、それに殿《しんがり》。これ以上活躍されちゃったら、私達の立つ瀬ないもん」

思わず漏らしたノゾムの質問に、二人は格上であるアンリを前にしながらも迷いなく答える。

自分たちは底辺である。しかし、無力ではないと。

少しでも強くなりたい、成長したい。何より、後悔はしたくないのだと。

前をまっすぐ見据え、歩もうとするその姿勢は、やはりノゾムにはくるものがあった。

「う〜ん。デック君達が戻ってきちゃったか〜〜」

アンリが黒棒を持った手を頬に当てて可愛く首を傾げる。可憐《かれん》な容姿と雰囲気と相まって非常に絵になる光景だが、その実力を見せつけられた彼らとしては緊張感と違和感を抱かずにはいられない。

「デック……」

「今はジンがマルス達を呼びに行っている。その間、俺達はここで持ち堪《こた》える。いいよな？」

デックの口から出た『俺達』という言葉が、じんわりとノゾムの心に染み渡る。

そのざわめきを、上手く表現することはできなかった。体が震え、自然と心臓の鼓動が速くなる。

刀を構える手に力が戻る。両足で地面をしっかりと踏みしめ、今一度アンリと相対した。

その様子を見ていたアンリは、嬉《うれ》しそうな表情を花開かせる。

「……うん！　じゃあ、いくよ～」

アンリから感じる気が膨れ上がる。彼女の体が満たされた気で淡く光り、その光は彼女の得物にまで及ぶ。どうやら仲間が合流したことで、彼女は本気を出すことを決めたらしい。

アンリが鞭を振り上げるのと同時にノゾムとデックが飛び出し、ハムリア魔法の詠唱を開始する。

「デック！　アンリ先生は接近戦もできる！　間合いを詰めたからって油断するなよ！」

「ああ！」

風を切り裂く音が迫る中、彼らは変幻自在な鞭の網を掻《か》い潜らんと、全力で駆け出した。

✝

ノゾムがデック達と合流して戦闘を再開した頃、合流地点ではマルス達がノゾム達の到着を待っていた。マルスのペンダントには課題合格の証印が輝いている。

レーギーナの花を回収しに来ていた他のパーティーをマルスが一蹴した後、彼らは課題の花を本部に届けた。そこでマルスの持っていた悲運の双子石が砕けたことで拠点班が襲撃されたことを知り、打ち合わせ通り合流地点に向かうこととなったのだ。

「……ノゾムの奴、遅いな」

マルスの口からノゾム達を心配する声が漏れる。

彼らが合流地点に到着してしばらく経ったが、待ち人達が姿を見せる様子はなかった。

岩に座り、静かにノゾム達を待つマルスだが、一方のトミー達は不安そうな表情で体を揺らしたり、意味もなく歩き回ったりなど、落ち着きのない様子を見せていた。

「遅すぎる。もしかして、みんなやられたんじゃ……」

「ありえるよ。彼、元々能力抑圧持ちだし、もし上位階級が集団で拠点を奇襲してきたら……」

不安を押し殺しきれなかったトミーが漏らした言葉にキャミが同調する。マルスとしてはあのノゾムが奇襲を受けたとしても簡単にやられるとは思っていないが、それをあえて口にする気もない。

そうこうしているうちに不安が募り、トミー達がどんどんマイナス思考に陥っていく中、突然茂みの奥から誰かが走ってくる音が聞こえてきた。

敵かと思ってマルス達が得物を構えると、茂みの奥からノゾム達と一緒にいたはずのジンが飛び出してくる。

「ハア、ハア、ハア……よかった、みんないた」

「何があったの？　デックは？　ハムリアは？」

荒い息を吐きながらマルス達のところに駆け込んでくるジンをトミーが受け止め、キャミはこの場に来たのが彼一人と知り、他の仲間がどうなったのかを尋ねた。

「ハア、ハア……。ア、アンリ先生が……特別目標として……拠点を襲撃してきて……」

ジンの口から語られた経緯は、二人を驚愕《きょうがく》の渦に叩き込んだ。

「……分かった。とりあえずノゾム達と合流するぞ」

「ま、待てよ！　マルスはノゾム達がまだ失格していないって思っているのか？　相手は学園教師だぞ、アイツらが勝てるわけないだろ！」

マルスが冷静にノゾムと合流しようとするのを、トミーが引き留める。

隣にいるキャミもトミーと同じ意見なのか、彼の意見に頷いていた。

ノゾム達がアンリと接触してからかなり時間が経過している。脱落したと考えるのも無理はない。

「ならどうする？　ここに残るか？　俺は行くぜ。アイツが簡単にやられるとも思えねえしな。別にここにいてもいいぜ。口だけのお前らには期待してねえしな」

マルスがトミー達を挑発するように笑みを浮かべ、その態度に二人は顔を顰める。

険悪な雰囲気が漂う中、まだ息の荒いジンはおもむろに顔を上げると、元来た道へ戻り始めた。

「……ジン？」

「お、おい……」

「……大丈夫なのか？」

「ハア、ハア……。だ、大丈夫。それより行こう。早く合流しないとノゾム君達に負担かけちゃうから……」

困惑する二人を他所《よそ》に、マルスがまだ息が整っていないジンに声をかけるが、彼は問題ないと言ってマルスの隣に並ぶ。

「だから、もう失格になったかもしれないじゃないか！」

「大丈夫。多分、ノゾム君達は失格になっていないと思う……」

そんな彼の様子を見たトミーが焦《じ》れたように叫ぶが、ジンは苦しそうに息を吐きながらも、ノゾム達の生存を疑わない。確信を抱くジンに、トミー達は気圧《けお》されたように息を飲む。

「何を根拠にそんな……」

「マルス相手に互角に斬り結んでいる姿は、授業で何度も見ているじゃないか」

「だ、だけど、相手は教師だぜ？　俺達じゃ何もできないよ……」

「そ、それに、下手をしたら俺達までやられて、全滅しちまう。そうなったら……」

「どのみち、ノゾム君や他の二人を失った時点で戦力がガタ落ちするよ。そんな状態でこの演習を勝ち残れると思う？」

躊躇《ためら》うキャミと、これ以上の戦力低下を懸念するトミーだが、二人の言葉をジンは一蹴する。

「それに、彼の戦術眼は確かだ。それは分かるでしょ。このパーティーのリーダーはノゾム君なんだから、頭がなくなったらこのパーティーはまともに戦えないと思うよ？　バラバラにされて各個撃破がオチなんじゃないかな？」

「うっ……」

自分達のパーティーは個人個人の力量ではどうしても他のパーティーに劣る。それを覆すには数をそろえ、息の合った連携が必要となる。

そしてノゾム達三人が失格してしまえば、メンバーの半分近い人間がいなくなることになる。これでは到底この演習を戦っていくことはできない。

「……決まったなら、行くぞ」

マルスが駆け出し、ジンが続く。トミーとキャミは一瞬迷いを見せたものの、やがて覚悟を決めたように表情を引き締め、二人の後を追い始めた。

✝

本気になったアンリは、ノゾムとの戦いを終始優勢に進めていた。

彼が単独でアンリをあと一歩まで追い詰めたことも、彼女が全力を出すきっかけにもなっている。

全身だけでなく得物にも気を行き渡らせたことで、アンリの鞭はさらに鋭さを増していた。

岩に罅を入れるほどの威力と卓越した彼女の技量も相まって、猛烈な攻勢をかけていく。

だが、ノゾム達も黙ってやられてはいない。

ノゾムとデックが数の利を活かしてその鞭を掻い潜り、アンリに肉薄しようと試みる。

ハムリアもまた魔法を使って遠距離攻撃を仕掛けていた。

しかし、傷を負うことを無視してアンリに肉薄しても黒鉄棒で受け止められ、遠距離からの魔法は気を込めた鞭ではたき落とされるか避けられてしまう。

デック達が合流したことでかなり長時間持ち堪えてはいるが、既に余裕はないほど削られていた。

「はあ、はあ……やっぱり、劣勢だな」

「ふう、ふう。そうだな。アンリ先生メチャメチャ強い。普段の様子からは想像もできないぜ……」

いつもニッコリしながらほわほわしているアンリの姿を思い出しながら、デックは嘆息する。

「ふん、ふんふ〜〜ん……」

一方、アンリは普段より頬を緩ませながら鼻歌を歌っているが、その佇《たたず》まいに隙は全くない。

「あ、あの、先生。先生のランクってＡランクですよね？」

「ん～。私のランク～～？　そうだよ～～」

「な、なあ。Ａランクってこんなに強いのか？」

「アンリ先生のランクがＡランクなのは間違いないと思う。しかも、かなりの上位の方……」

ハムリアが恐る恐るといった様子でアンリに確かめ、デックがＡランクとの実力差に肩を落とす。

同じランクの中でも実力差というのは存在する。

特に、学園の成績からランク付けされている生徒達と、実績を元にＡランクに至った教師とでは、経験などの隠れた部分で、明確な差があることは容易に想像できた。

ノゾムが知る中で代表的なＡランクであるアイリスディーナ、ティマの二人でも、アンリを相手にしたら、苦戦することは間違いない。

（そういえば、メーナさんも凄腕だった。おそらく彼女もＡランク……）

フランシルト家のメイドを思い出しながら、ノゾムは思考を巡らせる。

（とにかく厄介なのがあの鞭だ。あれをどうにかしないとこのままじゃ押し切られる……）

「ノゾム君どうしたの～～？　来ないなら、こっちから行くよ～～」

型にはまった連携や戦術は読まれると考えた方が良い。ならその型から外れた方法を取るしかない。

ノゾムは先ほど、一対一でアンリと戦ってきた時のことを思い出す。

彼女が本気を出していなかったとはいえ、一度は肉薄できた。

要点は、アンリの予想を上回り、意表を突くことである。そうなると……。

「ノゾム。お前、何か手があるんだろう？」

「え？」

「そんな顔しているからな。俺もハムリアもこれ以上戦うのは難しそうだし、俺には打開策が思い付かねえ。ならその策に賭けるしかない」

碌に作戦を聞かないまま、実行を求めるデック。その迷いのない言葉に、ノゾムは一瞬気圧される。

「……いいのか？　トチったら間違いなく全滅だ」

「ああ、別にいい。俺達に必要なのは……覚悟だ」

決意を秘めた強い瞳で口元を吊《つ》り上げるデックの声に賛同するように、ハムリアもまた自分の杖を強く握り締めながら頷く。

「私達、いつも学園じゃ落ちこぼれだった。他のクラスの人達からはバカにされ続けていた。いつも負けてばかりで、下を向いているだけ……」

歯を食いしばりながら漏らした言葉。それは間違いなく、十階級の誰もが抱いていた気持ちだろう。

ノゾムは流れた噂《うわさ》と本人の能力抑圧で特に蔑視されていたが、他の十階級の生徒達も、同じ日に遭ったことはある。

廊下で、訓練場で、街中で、上位のクラスから蔑みの目で見られたり、あえて聞こえるような声量で心ない言葉をぶつけられたりしたこともあった。

「でも、ノゾム君が証明してくれた。絶対に勝てないなんて、ないってことを」

実技の授業の度に、マルスと互角に戦うノゾムを見て、彼らは思う。

自分達も、彼のようになれたのなら……。

だから、もう一度挑戦するために行動に移した。頭を下げ、無視という形で保っていたプライドを投げ捨てた。

「だから勝ちたい。他のクラスの人にも、アンリ先生にも。私達だって負けないんだって証明したい」

迷いなくまっすぐ、自分達よりも圧倒的な強者であるアンリを見据える二人。その瞳に宿る強い意思に、ノゾムは改めて感嘆の声を漏らす。

悩み続ける自分と違い、彼らは迷いなく前を目指している、と。

もがきながらも進もうとする彼らの姿に、アイリスディーナやシーナの姿が重なって見えた。

「……分かった」

彼らの意思に背中を押され、ノゾムは意を決して口を開く。勝利を欲する彼らに、自分達は負けていないんだと証明したい彼らに、活路を示すために。

「……え？」「……マジか？」

あまりにも突拍子のない作戦に、ハムリアとデックがそろって驚きの声を漏らす。

しかし、彼らの動揺は一瞬。すぐさま表情を引き締め、戦意を滾《たぎ》らせる。

「終わったの～？」

「ええ、これで先生に勝ちます」

挑発的な笑みを浮かべているアンリにノゾム達は早すぎる勝利宣言で答えた。

「……そっか。じゃあ～、先生に見せて～。貴方達の成長を！」

高速で鞭が振るわれる。気で強化された鞭が空気を切り裂き、ノゾム達に迫り来る。

ノゾムは一歩前に踏み込み、鞭の嵐に身を晒しながら、声を張り上げた。

「デック！」

「ああ、いくぞ！」

デックはノゾムの後ろで槍を構え穂先に気を集めていた。

やがて握り拳大ほどの気塊を作り上げると、槍を地面に深々と突き刺す。

炸裂した気が大量の土を巻き上げ、ノゾム達の姿を隠す。その土煙を、アンリの鞭が斬り裂いた。

(手応えなし。外れちゃったな～)

放った鞭が戻ってくるのと同時に、土煙の中から気弾が数発、アンリめがけて襲いかかった。

彼女がすぐさま鞭を振るって気弾を叩き落とす中、デックが土煙の中から突撃を敢行する。

「おおお！」

「分かっているよ～」

瞬脚で突っ込んでくるデックにアンリはすぐさま対応。速度重視の二連撃を彼の足に撃ち込み、突進の勢いを削ぐと、続けて本命の一撃を側頭部へと振るった。

デックは咄嗟に槍を掲げて急所を守ろうとするが、完全に防ぐことはできなかった。

鞭はデックの槍に当たると回り込みながら彼の肩を強く打つ。

同時に込められていた気が爆発。彼の体は大きく吹き飛ばされ、地面に倒れ込む。

(次はノゾム君かな～？　ハムリアさんの魔法かも～？　でも、それだけじゃ届かないわ～)

アンリが再び土煙の方に目をやると、いきなりズドンという炸裂音が響き、誰かが土煙を突っ切ってきた。迎撃のために、アンリは再び鞭を構える。

「次はノゾム君か～。でもこの程度じゃ……え？」

「え―――い！」

突っ込んできたのはノゾムではなく、なんとハムリアだった。

彼女は魔法使いとは思えない速度で、飛ぶようにアンリに向かって吶喊してくる。

「えっ、え～～！」

まさか最後尾にいるはずのハムリアが突っ込んでくるとは思わなかったアンリ。

咄嗟に鞭を振るって迎撃しようとするが、彼女の鞭はなぜか空中で弾かれた。

いったいなぜ？　動揺するアンリを他所に、突進したハムリアは彼女の腰に抱きつくと、そのまま彼女の体を後ろの木の幹に叩きつける。

「ちょ、ちょっと～。離して～～！」

アンリが黒鉄棒を振り下ろしてしがみついているハムリアを引きはがそうとするが、彼女の黒鉄棒は再び空中で弾かれた。よく見るとハムリアの体を薄い光の膜が包み、守っている。

魔法障壁。物理、魔法問わず防いでくれる万能の盾だ。

さらにハムリアは、予め詠唱していた魔法を発動。土色の鎖が二人の体に巻きつき、拘束した。

鎖はアンリの鞭にも絡みつき、気で操れないように彼女の体ごと木に縛りつける。

「これで、俺達の勝ちです」

アンリが混乱している中、いつの間にか間合いを詰めていたノゾムが、鞘に納めた刃を抜き放つ。

斬撃はアンリのペンダントを、真っ二つに切り裂いた。

この演習における命の証《あかし》が両断され、トサリと静かに地面に落ちる。

「……あ〜あ〜。やられちゃった〜。悔しいけど〜。みんなの成長が見られてよかったわ〜」

敗北を突きつけられたアンリは地面に落ちたペンダントの片割れに目を見開き、続いて教え子たちの成長に満足そうに微笑む。

この作戦の肝は、アンリの鞭では一撃で相手を戦闘不能に陥らせることが難しいことと、純粋な魔法使いが突撃してくるはずがないという意識の隙を突くこと。そのために魔法障壁で防御を固めたハムリアを、ノゾムの気術・震砲でアンリめがけて吹き飛ばしたのだ。

演習であることを逆手に取った上にかなり綱渡りだが、ノゾム達は作戦の成功にホッと胸をなで下ろす。

「おいノゾム、大丈夫か」

「嘘……勝っちゃってる……」

「……マジかよ」

その時、茂みの奥から、マルス達がやってきた。トミーとキャミがアンリ達に勝った仲間達に驚愕している中、ジンは地面に倒れているデックに駆け寄る。

「デック、大丈夫？」

「ああ、なんとか動ける。でも俺は失格になっちまった……」

最後にアンリの鞭をまともに受けた彼のペンダントは赤く光り、失格を告げていた。

それを知ったノゾムの顔が歪《ゆが》む。自分を助けに来てもらったにもかかわらず、彼を失格させてしまったことが悔しかったのだ。

「気にするなよ、ノゾム。むしろ感謝してるぜ。あのアンリ先生に俺達勝てたんだからな……」

しかし、デックは全く落ち込んだ様子はなく、晴れ晴れとした顔を浮かべていた。

彼としては、勝ちたくても勝てなかった自分達が、学生なんかよりももっと強い存在に全力で立ち向かい、勝利できたことで十分だった。

満足そうなデックの笑顔に、ノゾムの硬くなっていた表情が緩む。

「……ああ」

「みんな、おめでとう～。よく頑張ったわね～。特別目標の私に勝ったから、これをあげるわ～」

アンリが嬉しそうに懐から今まで勝ち取ってきたペンダントをノゾム達に渡す。

「……こ、これでどのくらいの順位かな？　俺達」

「さすがにトップとは言い難いだろうけど、そこそこいけるんじゃないか」

特別目標撃破のポイントとマルスが獲得してきたポイントを考えれば、上位争いに食い込めるほどの加点だろう。

「とりあえず、次の行動に移ろう。アンリ先生と派手にやり合っちゃったから移動しないと……」

ノゾムの言葉に、ジン達も頷く。まだ演習は終わっていない。

ここから戦うパーティーのレベルは一気に上がるだろう。演習が開始されてそれなりに時間が経ち、実力の低いパーティーは振るい落とされてきていることが予想されるからだ。

「俺はここでリタイヤだから本部に戻るよ。ノゾム、ありがとな」

デックから差し出された手。ノゾムは少し戸惑いながらも、しっかりと握り返す。

新しく結ばれる信頼。胸の奥がじんわりと温かくなっていく。

「ところでノゾム君。その……あの～」

「ん？　何ですかアンリ先生？」

別れようとしたノゾム達を、突然アンリが呼び止めた。心なしか顔が紅《あか》くなっているように見える。

おまけになぜか体をモジモジさせながらスカートを押さえていた。

「さっきのことなんだけど……見た？」

「見たって……あっ」

ノゾムの脳裏に鮮烈な光景が蘇る。

ふわりと空中にはためくスカートの奥に見える白く眩しい肌。すらりとした無駄のない脚線。そしてピンク色の可愛い布地。脳裏に過った光景にノゾムの顔が一気に紅くなる。

「み、見たのね～！　先生の、先生の！」

それだけでアンリは全てを察したのか、彼女はノゾム以上に顔を真っ赤にして狼狽《うろた》え始めた。

あまりに恥ずかしいのか両手を子供のようにぶんぶん振り回し、頭から湯気を立ち上らせている。

「ど、どど、どうしよう～！　まだ誰にも見せていないのに～！　見せるのは旦那様になる人だけって決めてるのに～～！」

「……ノゾム、お前いったい何をやって時間稼ぎしていたんだよ？」

「なんだよそのジト目は。勘違いするなよ、キチンと戦って時間稼ぎしていたよ！」

いきなりアンリの口から出たとんでもない言葉を真に受けて、マルスがノゾムを睨みつける。

ノゾム本人としては戦闘中の不慮の事故なのだが、なんだかとんでもない速度で鋭くなってくる周囲からの視線に、思わず声を荒らげてしまう。

「ど、どうしよう～！　こうなったらノゾム君に責任取ってもらうしか～～！」

「ちょっと先生！　なに変なこと口走ってるんですか！」

「ノゾム君……」

「な、なんてうらやま……い、いやけしからん奴め……何色だった？」

「お、俺なんて、夢の中でしか……」

だが、それがなおのこと、周囲の誤解を深めてしまった。ついにはアンリから『責任』なんて不穏な言葉まで出てきた上、ジン達からもノゾムに冷たい視線が向けられる始末。一部のメンバーからは多少、漏らしてはいけない本人の願望や妬みが混じっていたが。

「最低……」

「本当は凄い人だなって思ってたのに……」

一方、女子勢であるキャミやハムリアは、凍《こご》えるような瞳でノゾムを見つめていた。先ほどまで彼女達の中で爆上がりしていたノゾムの評価が、今度は恐ろしい速度で急降下していく。

「誤解だ――――！」

森に木霊するノゾムの絶叫。彼は仲間達に必死になって事故であることを説明したが、結局誤解を解くために相当な時間を費やすことになった。

†

東から昇った太陽が正中を迎える頃、ジハードは街の西門の上から演習区域を見渡していた。

演習区域は森で覆われているため直接状況を見ることはできないが、不穏な空気は感じ取れない。

下を見れば、運営本部で教師達が忙しそうに動き回っている。

本部の傍の簡易診療所では保健医のノルン・アルテイナを始めとした救護隊が怪我をした生徒達を治療しているが、死者や特に緊急を要する重傷者が出たという報告は入っていない。

「今のところ問題はなしか……」

ひとしきり周囲を見渡してそう呟く。

そこでようやく、ジハードは自分がらしくもなく緊張していることに気づき、口元を緩ませた。

アビスグリーフ。かの大侵攻に関わっているのではといわれている正体不明の魔獣の出現が、彼の脳裏によぎっていた。

(既に倒されているとはいえ、未だに警戒を怠れないのは確かだ……)

「ジハード先生。今日の演習時間の半分が終わりましたので、経過報告に参りました」

思考を遮るように、報告書を片手に持ったインダが声をかけてきた。

背中から聞こえた腹心の言葉に、ジハードは一度深呼吸をしてから、彼女に向き直る。

「そうですか……それで、演習の状況はいかがですかな？」

「現在、演習を継続しているパーティーは全体の五分の一になりました。また、特別目標を退けているパーティーも複数散見されます」

インダは切れ目の瞳を手に持った報告書に向け、キビキビと無駄のない口調で報告書を読み上げる。

彼女の持っている報告書を受け取り、ジハードも目を通す。

「なるほど……一階級の彼らは能力が高くとも経験が追い付いておらず、敗れてもおかしくはないと思っていたのだが……きちんと成長できているようだな」

純粋な賛辞の言葉。同じAランクとはいえ、教師と生徒の間には、明確な経験の差が存在する。いかに能力が高かろうと、その経験差は容易に覆せるものではなかったはずだ。

中には下位の階級だけのパーティーが、特別目標を撃破したという報告もある。

それだけで、生徒達の成長を確かめるには十分。そして、特別目標を撃破した下位階級のパーティーの中で一つ、特にジハードの目を惹きつける存在がいた。

「ノゾム・バウンティスに、マルス・ディケンズか……」

聞き覚えがある名前。マルス・ディケンズは、実力は高いが素行に問題ありとされた生徒。

もう一人のノゾム・バウンティスは、シーナ・ユリエル、そしてケヴィン・アーディナル達と一緒に、アビスグリーフに遭遇した生徒。

能力抑圧を解除できる初めての人間で、解放時の能力はあのアビスグリーフを圧倒するほどの戦闘能力を発揮できると報告されている存在。

「インダ先生。彼は、能力抑圧を解放したのか？」

「いいえ、解放せずにアンリ先生を撃退したようです。正直、信じられないことではありますが……」

「アンリ先生の性格は、彼女がこの学園の生徒だった頃から知っている。生徒を第一に考える人格者ではあるが、手を抜くということはないだろう……」

学園ではあまりいい噂は聞かない生徒であるようだが、そのような性格の歪んだ人間でないことは報告が上がってきている。

（実力も確かなものであることは予想できていた。しかしこの結果を見るに、個人戦闘だけでなく、パーティー戦でも十分な能力があるようだな……）

久しぶりに期待できそうな生徒にジハードは意味深な笑みを浮かべ、再び目の前の副官に目を移す。

よく見れば、彼女の瞳は揺れており、この報告に対して動揺の色が透けていた。

「インダ先生、ノゾム・バウンティス達が特別目標を撃破したこと。まだ信じられない様子ですね」

「は、はい……ああ、いえ……」

おそらく、ノゾム・バウンティスの実力を把握しきれなかった浅慮な自分を恥じているのだろう。

能力もあり、厳格な教師である彼女。そうでなければ、二十代後半で一階級の担任などなれない。

だが、同時に自分に対しても厳しすぎる人物だった。

「気にせずとも良い。つい先ほど、私も自分の未熟さを笑っていたところだ」

「は？」

「ふふ、では戻るか」

己を未熟と言い切るジハードの言葉にインダが呆ける。いつも眉間に皺《しわ》を寄せている彼女の珍しい表情に、彼は含み笑いを漏らしながら、本部へと戻っていく。

（ノゾム・バウンティス……か）

学園始まって以来の落ちこぼれと言われた生徒が立ち直り、強くなっていく。

その姿は、多くの人に影響を与えるだろう。生徒達にも、そして教師達にも。

それが、良い結果になってくれることを願わずにはいられなかった。

その時、ひときわ強い風が吹く。

「……む」

暖かな春の日差しの中を吹いた突風。その中に、何かが混じっているような気がしたが、その違和感はすぐさま演習場の空気に溶けて分からなくなってしまう。

（……何もなければよいが）

澄んだ水面《みなも》に落ちた絵の具のように、波紋を立てながら広がっていく異質な空気。

ジハードの胸中に、一抹の不安がよぎっていた。

✝

「せい！」

「つっ！」

漆黒の髪をなびかせながらアイリスディーナが放った一閃が、対峙《たいじ》していた男子生徒の得物を弾き飛ばし、至近距離から放たれた魔力弾が腹部に直撃する。

倒れた男子生徒のペンダントが赤くなったを確かめると、彼女は息を吐いて剣を鞘に納めた。

彼女達の周りには六人の生徒達が倒れ伏している。全員のペンダントは赤く光っており、彼らが失格したことを告げていた。

「……終わったみたいだね」

「ああ、正直、かなりてこずったが……君達、大丈夫か？」

「ハ、ハイ……なんとか……」

後ろで控えていたティマが声をかけてくると、アイリスディーナは倒した生徒達一人一人に声をかけていく。怪我をしている者には簡単な回復魔法を施していくあたりが彼女達らしい。

一通りの治療が終わった後、彼らは自分達のペンダントをアイリスディーナに渡すと、連れだって運営本部に戻っていった。

彼らを見送ると、アイリスディーナは大きく息を吐き、生い茂る木々を見上げる。

どことなく愁いを帯びたその表情。端正で芸術品のような彼女の容姿も相まって引き込まれるような光景だが、横目で親友を眺めていたティマは、その仕草の中に混じっていたアイリスディーナの迷いを敏感に感じ取っていた。

「アイ、やっぱりノゾム君のこと、気になるの?」

「……何のことだ?」

「隠しても分かるよ。ノゾム君がシーナさんと仲がいいところを見る度に、ずっと不機嫌だもん」

親友の指摘に、アイリスディーナは思わずムスッと不機嫌な表情を浮かべる。

「私のことはいいだろ。ティマはどうなんだ?」

「……うん。私も、なんだか、マルス君が考えてることがよく分からなくなっちゃった」

魔法の訓練をマルスと一緒にしてきたティマだが、最近彼は徐々に無謀な鍛練を繰り返し、互いにすれ違うようになっていた。

彼が無茶をするごとにティマはマルスに忠告するのだが、彼は分かったと言いながらも改める様子がない。ズキンと走る胸の痛みに、彼女は小さく溜息を漏らす。

「なんで、そんなに強くなりたいのかな……。強くなったって、いいことなんてないのに……」

「ティマ……」

「ごめん、ちょっと嫌なこと思い出しちゃって……」

ティマの家族は彼女が持つその強い魔力のために一所に居つけず、各地を転々とした挙句《あげく》にアルカザムに来た過去がある。

家族に迷惑をかけ続け、自身も苦しい思いをしてきたが故に、ティマは自分の力に対して誇りや優越感などは全くない。むしろ、嫌悪に近い感情を持っている。

アルカザムにいるのも、魔法を学ぶもの、これ以上自分の力で人を傷つけたくないからだ。

アイリスディーナもそんな親友の事情を理解している。だからこそ、彼女が力を執拗《しつよう》に求め続けるマルスと、そしてそれを止められない自分に憤っていることも。

「……なんだか、二人して情けないな」

友人達との間に生まれた溝。鬱積した感情が入り混じり、その距離は徐々に広がっていく。

アイリスディーナの脳裏に、ここ数日の光景が蘇る。

シーナ・ユリエル、そして彼女の契約精霊と親しげに話す姿、そして、妹と楽しそうにデートをしていた彼の表情。それがどうしようもなく、彼女の心をかき乱す。

(なんで、あんな態度をとってしまうんだろう……)

後悔が、アイリスディーナの心に影を落とす。

彼女は元々聡明な少女だ。シーナ・ユリエルが精霊との契約能力を失っていたことは知っていた。

そして、彼女が最近になってその力を取り戻したことを考えれば、力を失っていたシーナにノゾムが何らかの手助けをしたことは簡単に想像がつく。

間違いなく、彼は純粋な善意から、エルフの少女に手を貸したのだろう。

それこそ、命をかけるようなことすら厭《いと》わずに。

（思い返せば、彼は誰かのために、本気になれる人だったな……）

実際に彼に助けられたからこそ分かってしまう、ノゾム・バウンティスの魅力。

誰かのために本気になれる。その気質が、アイリスディーナには眩しかった。

もっと知りたい、もっと傍で見ていたい。そんな感情が、彼女自身が気づかぬうちに、心を占めるようになっていた。

だからだろうか。深い事情まで察してしまうがゆえに、彼女の心は激しく揺らぎ、なぜか彼に辛く当たってしまった。

それは、間違いなく『嫉妬』からくる『怒り』の感情。

本当は、もっと違う話がしたかった。もっともっと、同じ時間を共有したかったのだ。

あれほど心の中でノゾムのことを知りたいと思いながらも、踏み出せなかった。

「っ……」

胸の奥に走る、締め付けられるような痛み。

言いようのない不安が湧き上がり、心を覆い尽くしてしまう。

グルグルと空回りを続ける思考。一度リセットしようと頭をブンブンと振ってみるが、艶やかな黒髪が舞うだけで、頭の中は全く落ち着いてくれない。

それどころか、空回りの勢いはドンドン増していく。温かさと冷たさ、心地よさと不安、たくさんの正反対なものが浮かび、心が乱れ続ける。

無理はない。彼女はその感情を持つことは生まれて初めてなのだから。

「……アイ、この演習が終わったら、私、マルス君に聞いてみるよ」

「え？」

「どうして、そんなに強くなりたいのか……。答えてくれないかもしれないけど……そうしないと、どうにもならないと思うから」

「そう、だな……。うん、その通りだ……」

それはティマが、この状況をどうにかしたいと思ってひねり出した結論。

同時に親友のその言葉は、思考の迷路に迷い込んでいたアイリスディーナに光明をもたらす。

そう、何事も、自分から動いていかなければ道は開けない。

誰かと想いを共有したいなら、まずは自分の心を開かないといけないのだ。

（そしてもう一度聞こう。何があったのか。どうして、あんなに悲しそうな顔をまたするようになったのか……）

彼に命よりも大切な妹を助けてもらった。生きる希望を、繋《つな》いでもらったのだ。

（だから、今度は……私が）

アイリスディーナが心を決めた、その時、彼女達の後ろの茂みがガサリと揺れた。

「っ！」

背中から聞こえた音に、彼女は素早く反応。抜剣と同時に身体強化の魔法を発動する。

直後、飛び出してきた影がアイリスディーナめがけて斬りかかってきた。

「防がれた⁉」

「くっ、リサ君か！」

甲高い音と共に激突するサーベルと細剣。アイリスディーナを奇襲したのは、リサだった。

両者は至近距離で睨み合うような形となるが、意外にもリサは奇襲に失敗したとわかると、即座に後方へ跳躍して間合いを取る。

直後、リサが飛び出してきた茂みから複数の氷槍《ひょうそう》が飛んできた。

「やはり他にも仲間がいたのか……！」

「アイ、行くよ！」

後ろから聞こえてきた親友の声に、アイリスディーナは振り返らずに頷いて答える。

直後、アイリスディーナの背後で魔力の奔流が噴き出す。ティマの膨大な魔力が瞬時に炎に変換され、さらに渦を巻いて集まった風が熱を掻き集め、業火となりながら、巨大な炎球を形成する。

咎人《とがびと》の禍患。

己の魔力を炎に変換し、風を操って燃焼を加速させながら収束させて叩きつける中級魔法。

複数の属性を操る高度な魔法であり、ティマの膨大な魔力も相まって桁外れの威力を発揮する。

射出された炎球はアイリスディーナの横を通り過ぎ、彼女に迫っていた氷槍を一瞬で蒸発させながら、茂みに向かって一直線に飛翔する。

「おっと！」

「うわ！」

隠れていたケンとカミラが慌てて茂みから飛び出した瞬間、咎人の禍患が着弾。

吹き荒れる爆炎が、半径二十メルの木々を一瞬で焼き尽くす。

「さすがアイリスディーナさんにティマさん。簡単には倒させてくれないみたいだね」

「………」

余裕しゃくしゃくといった様子のリサに、アイリスディーナは鋭い視線を向ける。

彼女の脳裏には、合同授業の時のノゾムと彼女達の姿が思い出されていた。

「ちょうどいい、君には……君達には聞きたいことがあったんだ……」

「っ！」

射貫くような瞳でリサに向け、アイリスディーナは一瞬で加速。彼女の眼前まで詰め寄る。

繰り出される刺突に、リサが反射的にサーベルを振り下ろす。鼓膜を震わせる金属音が響いた。

初手から全力で打ちかかってきたアイリスディーナに驚いたのか、身体能力で勝るはずのリサが僅かに後退。空いた空間を埋めるように、アイリスディーナはさらに踏み込んでいく。

「グッ……意外ね、いつも澄ましているあなたが、こんな力任せに攻めてくるなんて！」

正面から向き合うリサの姿にグツグツと熱がこみ上げ、アイリスディーナの胸を焼く。

その熱を誤魔化すように、彼女は全力で魔力弾をつるべ打ちにしながら、細剣を突き出した。

「動きがいつもより単調ね。それに、魔力弾の軌道も丸分かりよ！」

しかし、リサは迫る突きと魔力弾を全て弾き返し、反撃を繰り出す。交差するように放たれた双刀が細剣と激突し、耳障りな金属音と共に、紅と黒の魔力が残滓《ざんし》となって散っていく。

「力も、入るさ。彼と一体、どんな話をしたのかとかな……！」

漏らすように向けられた言葉に、リサは眉を顰める。

「彼……。前々から思っていたけど、なんでアンタがノゾムのことを気にするのよ」

「彼と、会ったんだろう？　話を、したんだろう。彼に、何を言った……」

「っ……!?」

怒気を押し殺すような声に、リサは思わず気圧されたかのように目を見開いた。直後、ザワリと胸の奥から、ザラついた違和感がこみ上げてくる。

脳裏に浮かぶのは、薄暗い森と、怒りを滲ませながら涙を流すノゾムの顔。

（なんなの、この光景……）

知らない光景、見たこともない彼の怒気。そして、耳に響く悲痛な叫び。

浅くなる呼吸。こみ上げてきた違和感は嫌悪感へと変わり、足元が崩れそうな不安と予感が胸をかき乱す。それを振り払うように、リサは声を荒らげた。

「っ、知らないわよ……。というか、なんで今さらあんな奴のことを気にしなきゃいけないのよ！裏切ったくせに、自分に都合のいいことばっかり言って！」

「君は、いったい彼の何を見てきた！」

だがその言葉が、アイリスディーナの逆鱗《げきりん》に触れた。押し殺していた怒気を露《あら》わにした黒髪の少女は、その激情を叩きつけるように、力任せにリサを押し飛ばす。

「幼馴染だったんだろう！　恋人だったんだろう！」

「アンタには……関係ない！」

「関係ある！　彼は、私の……」

こみ上げてくる不快感を振り払おうと、リサもまた声を荒らげながら双刀を振るう。

細剣とサーベルが何度も激突し、スパシムの森に不協和音を響かせ続ける。

しかし、そんなリサとアイリスディーナの間に、氷の刃が割って入ってきた。蛇のように蠢く蛇腹剣は二人を引き離すように暴れ回り、アイリスディーナは咄嗟に後ろに跳んで距離をとる。

「リサ、離れて」

「ケン、でも……」

「いいから、彼女の相手は僕がする」

リサの言葉を無視し、ケンはアイリスディーナに向かって襲いかかる。

「随分と勝手に言ってくれたね。何も分かっていないくせに」

「くっ！」

蛇のようにのたうちながら腹部に迫る蛇腹剣。アイリスディーナは横薙ぎに払った細剣で迫る氷の刃を弾き返し、反撃の魔力弾を放つ。

「さすがは学年総合一位。でも、所詮その程度。選ばれた人間である僕には到底、及ばない！」

しかし、彼女の魔力弾は空中で溶けるように霧散してしまう。

(なんだ？　まるで、魔力が勝手に霧散したような……)

「考え事をする暇はないよ！」

「くっ！」

動揺するアイリスディーナに、再度ケンの蛇腹剣が迫る。

「アイ！」

ケンの刃がアイリスディーナを捉える直前、ティマの魔法が発動。

巨大な炎塊が飛翔しながら二人の間で炸裂し、衝撃波と炎が周辺を覆いつくした。

アイリスディーナとティマがリサ達と対峙している頃、アンリとの戦闘に辛くも勝利したノゾム達は、体勢を立て直すために演習区域の北側に移動していた。

「……ノゾム君、これからどうするんだい？」

「そうだな。パーティーの総数が少なくなっているだろうから、生き残ることを優先するなら、大きく動く必要はないと思う。でも、上位の成績を残すのなら、それだけじゃ絶対無理」

「そうだね。各パーティーの所有ポイントが増えた分、一度の戦闘で順位は大きく動く。そうなると、今度は上位階級の人達と戦う必要が出てくるんだよね……」

ジンの説明に他のメンバーも悩んでいるのか、緊張した面持《おもも》ちで息を飲む。

「まあ、勝ち目がないわけじゃないと思うけど……」

「ほ、本当？」

「他のパーティーにも欠員は出ているだろうし、今はマルス達も合流しているからね」

神妙な表情のハムリアはノゾムの言葉にほっと胸をなでおろした。今までの戦いから信頼を結べたのだろう。彼女の傍らにいたジンも表情を緩めている。

ただ、トミーとキャミはまだ表情が硬く、不安の色が残っていた。

「……みんな。ここまで来たんだからやってみないか？」

そんな空気を払拭するように声を上げたのはジンだった。

「正直に言えば僕も不安だけど、少なくとも僕たちはここまで来られた。ってことは、ノゾム君達と僕達が力を合わせれば十分に戦っていけるってことでしょ？」

「そうだな。俺とマルスだけじゃどうしても人数が不足するし……」

ジンの言葉は的を射ている。元々気量に制限のあるノゾムは立て続けに戦闘を行うことは難しい。

アンリに勝つことができたのはジンやデック、ハムリアの力を借りてこそ。

勝つためにはどうしてもノゾムのパーティーとジンのパーティー双方の力が必要不可欠なのだ。

「ほらね？　それにここまで来たんだから、どうせなら行けるところまで行ってみない？　十階級の僕たちがここまで戦えた。たとえ失敗しても、その事実だけで先生達も分かってくれると思うし」

ジンの言葉に、トミーとキャミの二人は大きく息を吐いて顔を上げる。

「……そうだな。この際だ。やってやるか！」

「そうね。今まで散々バカにしてくれたお礼をするにはいい機会よね！」

二人の顔には活力が戻っていた。成績だけを考えれば、このまま隠れてやり過ごせばいい。でも、ここまで軽んじられてきた鬱憤を晴らすために、このまま挑戦し続けることを選択する。

(今の俺は、どこまでできるのかな……)

気炎を吐いているジン達を他所に、ノゾムはそっと愛刀の柄に手を当てる。

気づかれないようにそっと気を送るが、愛刀は未だに沈黙したままだった。

「…………」

そんな中、ノゾムはマルスが妙に難しい顔をしていることに気づいた。

顎に手を当てて、自分の大剣を眺めながら何かを考えていると思ったら、盛り上がっているジン達を横目に、ちらりとノゾムと彼の刀に視線を向ける。

「マルス、どうしたんだ？」

「……いや、気にすんな。なんでもねえ」

心ここに在らず。そんなマルスにノゾムが尋ねるが、彼は何でもないと言って視線を逸らす。

「……どうしたんだ？　お前今日はおかしいぞ？」

「お前だって……いや本当になんでもねえんだ。ほっといてくれ」

澱《よど》んだ空気が二人の間に流れる。

明らかに何か思うところがある様子のマルスだが、ノゾム自身も多すぎる秘密を隠している。

龍殺しのこと、今の自分は酷《ひど》く弱体化していること、リサ達のこと……。

話せない後ろめたさと不安、何よりも怒りに飲まれた恐怖が、ノゾムに二の足を踏ませる。

逃げていると自覚しながらも、彼は固く閉じてしまった口は、声を出すことを拒否し続けていた。

しかし、マルスもまた、自身の心の内を語ることができない。

なぜなら彼にとって自分を曝《さら》け出すということは、弱音を吐くことと同意だから。

そして、マルスは自分の弱さを否定し続けてきた人間。だからこそ、吐きそうなほどの胸苦しさを漏らさないように、彼はただただ口を閉じ続けるしかできなかった。

「ねえ、ノゾム君、これからのことなんだけど……」

「そうだな。とりあえず…………っ！」

ノゾムが横から感じるマルスの視線から逃げるように言葉を紡ごうとしたその時、彼の鋭い感覚が、複数の気配が近づいてくるのを感じ取る。

一瞬でノゾムの表情が厳しいものに変わり、気配の方向に向き直ると、腰を落として抜刀。

「おい、いったいどうし……なるほどな……」

怪訝な顔を向けていたマルスもすぐに敵が近づいていることを察し、大剣を担いで彼の隣に立つ。

「みんな、警戒して！」

ノゾムとマルスが戦闘態勢に入ったことから、ジン達も各々の得物を構えて陣形を整える。

やがてノゾムの前方の茂みがガサリと揺れると、そこから四人の生徒が姿を現した。

「ようやく見つけたぜ。やっぱり生き残っていたな……」

自信に満ちた言葉と共に姿を見せたのは、銀狼《ぎんろう》族の青年、ケヴィン・アーディナル。

彼の後ろにいるのはカランティを初めとした、彼のパーティーメンバーがいる。

とはいえ、彼らもかなり厳しい戦いをしてきたのか、明らかに人数が減っていた。

「さてノゾム、さっそくだが、始めようじゃないか。カランティ、他の奴らを足止めしろ」

「了解、リーダー」

ケヴィンが腰を落とし、拳を構える。

それだけで、風が叩きつけられたような威圧感が、ノゾム達に襲いかかってきた。

「うっ……」「っ……」

トミーとキャミの二人が、ケヴィンの圧力に思わずうめき声を漏らす。

ジン達もアンリと戦ったことで耐性ができたのだろうが、それでも息を飲む音は隠せなかった。

一方、ノゾムとマルスは平然とケヴィンの戦意を受け流していた。

ノゾムは正眼の構えで刃先を視界の中心に納めながら、ケヴィンとその後ろにいるカランティ達に意識を集中させ、隣ではマルスが大剣を構えて、その剣身に風の刃を纏《まと》わせる。

「ほう、ノゾムはともかく、その一匹狼も表情を変えないか。思った以上にやれると見える……」

「当たり前だ。今度こそ吠《ほ》え面かかせてやる」

「それは楽しみ……と言いたいが、生憎と俺が戦いたい相手はノゾムなんで……な！」

次の瞬間、雷が弾ける音が響き、ケヴィンが一気に加速して間合いを詰めてきた。

練気雷変。ケヴィンの持つ、気を雷に変えるアビリティ。

文字通り雷のごとき速度で間合いを詰めた彼は、腰だめにした拳をマルスに向かって放つ。

「ふうっ！」

「ぐぅ！」

咄嗟に大剣を盾のように構えてケヴィンの正拳突きを受け止めるも、マルスは大きく後ろに退かされる。元々人族以上の身体能力を持つ獣人が、気とアビリティ両方で強化した拳打だ。その膂《りょりょく》力は、マルスすらも上回る。

「行くぞノゾム！」

マルスを排除したケヴィンは、そのままノゾムに向かって踏み込み、回し蹴りを放つ。

ノゾムが反射的に屈《かが》むと、気で強化された脚甲が唸り声を上げながら頭上を通り過ぎた。

「ふううっ！」

屈んだ勢いを踵《かかと》にぶつけ、ノゾムは回し蹴りを振り抜いたケヴィンの脇腹めがけて、流れるような斬り上げを放つ。

「鈍いぜ！」

しかし、その刃は容易くケヴィンの手甲に弾かれた。ノゾムはそのまま連撃に繋げていくが、濃密な気を纏ったケヴィンには僅かなダメージすら与えられない。

「あの気刃はどうした！　使ったって構わないんだぜ！」

「くそ、今簡単に使えたら、苦労しないんだよ……」

ケヴィンがノゾムの斬撃を力で弾き返し、反撃とばかりに高速の拳打を放つ。気で強化されたケヴィンの拳は、鉄板すら容易く陥没させる威力がある。まともに受けるわけにはいかない。

ノゾムは退《さ》がりながら、最小限の動きでケヴィンの攻撃を躱し続け、彼の癖を見極めていく。

正拳突き、フックからの二連回し蹴り。さらに踏み込みながらの連打。獣人らしく、力強い、躍動感に溢《あふ》れた型だった。

その一撃一撃を丁寧に回避し、ノゾムは呼吸を相手と合わせていく。

高まる集中力。停滞していく世界。数の拳打の中から力強く突き出された正拳突きを選び、左手を添わせて相手の重心を感じ取る。

そして互いの力がせめぎ合った刹那。ノゾムは流れる動きで、添えた左手に己の重さを乗せて、下方向に弾く。

「っ⁉」

直後、まるで腕に巨大な鉄の塊を乗せたような重さがかかり、ケヴィンの体が前方につんのめる。

合気。東方の体術の一つ。相手と自分の呼吸を合わせ、体を制する技。

さらにノゾムは足を引いて腰だめになると、両手を突き出しながら押し固めた気を前方に解放した。

ミカグラ流・震砲。猛烈な気の衝撃波が放たれ、ケヴィンの体を吹き飛ばす。

「ふは、やっぱすげえな、お前！」

吹き飛ばされたケヴィンだが、まるで猫のように空中でくるりと体を反転させると、木の幹に着地。

歓喜の笑みを浮かべながら、再びノゾムに襲いかかる。

「あのチリチリ狼野郎……っ⁉」

「リーダーの邪魔はさせないわよ」

一方、吹き飛ばされたマルスは、カランティ達の妨害を受けていた。

近づくなと言わんばかりに、気術・塵風刃《じんふうじん》を纏う大剣を振るうも、カランティ達は敏捷《びんしょう》な動きで、瞬く間にマルスを追い詰めていく。

「マルス君！」

そこに、ジン達の援護が来る。カランティ以外のメンバーを引き剥がすようにジンとトミーが割って入り、僅かに距離を開けた隙にキャミとハムリアが魔法を叩き込む。

放ったのは魔力弾と土の槍。しかし、二人の魔法はカランティの手刀で破壊されてしまう。

「い、一撃で粉砕されちゃった……」

「これだから上位階級の奴らって嫌い！」

「いいから、撃ち続けるんだ。ここでマルス君がやられたら、一気に押し込まれるよ！」

ハムリアが茫然《ぼうぜん》とし、キャミが憤慨する中、ジン達は必死に押し返そうと、懸命に得物を振るう。

「邪魔……すんじゃねえ」

「この……！」

一瞬だけカランティと一対一になったマルスは気を高めると、強引にカランティを押し返し、大剣に纏わりついた風の刃を解放する。

気術・裂塵槌《れつじんつい》。

「ッ、退避！」

カランティの号令が響く。迫る風刃の渦を前に、彼女の言葉に他のメンバーも距離を取った。

「カランティ、マルスだけじゃない。他の奴らも思った以上にしぶといぞ」

「ノゾムと組んでいる時点で想像はできるでしょ。一気に押し切るわよ」

だがマルスの気術を前にしても、彼女達は全く怯《ひる》む様子は見せない。

そして再び激突。気と魔力を散らしながら戦いは瞬く間に再加熱し、壮絶な消耗戦が続いていく。

「おらぁ！」

「ぐっ！」

ケヴィンがノゾムに向かって踏み込み、気と紫電を重ねた連撃を放つ。彼の拳打はノゾムでも簡単に逸らせるものではなく、おまけに纏わりつく電《いなずま》が徐々に体を痺《しび》れさせてくる。

幻無・纏を始めとした攻撃系の気術が使えていれば、紫電の拳を弾き、斬り裂くことでまだ拮抗できたかもしれない。

しかし、気術の大半を使えない今のノゾムには、ひたすらに回避に徹することしかできなかった。

それでもまがりなりにも打ち合えていたのは、ひとえに彼の師による地獄の鍛錬のたまもの。

一方、マルス達もまた、カランティ達に徐々に追い詰められ始める。

「ちい、うぜぇ！」

「単純な気の力だけならAランクに匹敵してるわね。下手に近づいちゃダメよ。足を止めさせ、疲れさせなさい！」

カランティ達三人は相手を取り囲み、最も警戒度の高いマルスに対して二名で一撃離脱を繰り返しつつ、残り一名がジン達と相対する形をとっている。

だがそれはあくまでも基本。獣人の身体能力を十分に活かし、入れ替わり立ち替わり、次々と目標を変えることで、人数的に勝るはずのマルス達の体力と精神力を削っていく。

「ジン、横！」

「うわ！」

「ち、外したわね」

そして僅かな隙を見つければ、即座に陣形を変えて強襲を仕掛ける。その動きは精緻で、迷いや停滞がない。一方、マルスとジン達は碌な連携が取れていない。

マルスは元々個人能力が突出しているためにクラスで半孤立状態だったこともあるが、ノゾムのように他のメンバーと心を通わせることもしてこなかった。

今までは個人能力でどうにかなった面もあるが、生憎とカランティ達は学年の中でも最も連携の取れているパーティーの一つ。個人能力でどうにかできるほど、甘い相手ではない。

「あっちはすぐに終わりそうだ。連携の取れていない群れほど、崩しやすいものはないな」

窮地に追い込まれていくマルス達の姿に、ノゾムは歯噛みする。

どうする、どうすればいい？

分断された状況、気刃を作れなくなった自分。そんな中で、できることは……。

「おいおい！　よそ見なんて余裕だな！」

ノゾムの意識が僅かに逸れたのを察し、ケヴィンが猛攻を仕掛けてくる。

さらに速度を増した高速の連打に押し込まれて体勢が崩れ、そこに勢いをつけた回し蹴りが放たれた。

「くっ！」

ノゾムはなりふり構わず全力で後ろに跳ぶ。紫電を纏った足撃が、鼻先を掠《かす》めながら通り過ぎる。

しかし、それすらもケヴィンの誘導だった。

ドン！　とノゾムの背中に衝撃が走る。思わず横目で後ろを確かめれば、大木が退路を塞いでいた。

「貰《もら》った！」

バチン！　と雷が弾ける音と共に、ケヴィンは一瞬でノゾムの懐に飛び込み、渾身《こんしん》の一撃を放つ。

気術・衝爪牙。

掌底による打撃と突き立てた爪から放たれる気の衝撃を一度に叩き込む気術。

狼の牙を思わせる右腕が、ノゾムの顔面に迫る。

「………………」

迫る拳を前に、ノゾムの瞳孔が絞られ、卓越した戦闘者の顔が出る。

集中力は自然と極大となり、視界が灰色に染まると同時に、周囲の動き全てを鈍化させていく。

それは、もはや身に沁《し》みついた本能とも呼べるもの。

向かってくる銀狼の牙を前に刀がゆっくりと持ち上がり、ノゾムの体から力が抜ける。

落ちる身体の重みが踵に叩きつけられ、ノゾムはまるで滑るように横に流れる。同時に振り下ろされた刀は迫る衝爪牙の側面を打ちながら軌道を変更。ケヴィンへの顔面へと迫っていく。

ミカグラ流・柳太刀。

受けと攻撃を一動作で完結させる一刀。ミカグラ流・発振と同じく、気術に依らない純粋な剣技。

「なっ、ぐぅ！」

ケヴィンは反射的に逆の手甲を割り込ませ、柳太刀を防ぐ。

甲高い金属音が響く中、突き出した衝爪牙がノゾムの背後の木にめり込んだ。

続く強烈な炸裂音。解放された気と雷撃が轟音を響かせながら、大木の幹を内側から大きく抉る。

「こいつ……！」

自分の側面へと逃れたノゾムを追うように、ケヴィンは突き出した拳を手刀に変え、大木を切り裂きながら薙ぎ払う。

気術・掌爪刀。気を込めた手刀で相手を切り裂く気術。

しかし、大木を半ばから破断した手刀が届く前に、ノゾムの足元で気が弾けた。

「しっ！」

「なっ⁉」

瞬脚を発動したノゾムが跳躍。今しがた背にしていた大木の枝に飛びつく。

「く、一体何を……なっ！」

次の瞬間、幹を抉られた大木がメキメキと音を立てて倒れ始めた。倒れる先にいるのは、マルス達。

「ちょ……」

「おいおいおい！」

突然の事態にマルスだけでなくカランティ達までが驚き、倒れる大木から慌てて退避する。

さらにノゾムは離脱行動をとるカランティ達に向かって飛びかかりながら納刀。これ見よがしに、鯉口《こいくち》を切って見せる。

「っ！」

抜刀の構えを見せた彼を見て、カランティ達は顔を強張《こわば》らせて身構える。彼女達は、ノゾムの刃の鋭さを知っている。相手の意識が自分に向いたことを確かめると、ノゾムは叫んだ。

「マルス、今！」

「っ、おおおお！」

「なっ……がっ！」

意識がノゾムに向いた隙を狙い、マルスがケヴィンパーティーの一人を大剣で打ち払う。

ノゾムの目的はカランティの意識を自分に釘付《くぎづ》けにして、マルス達の反撃の機会を作ること。

弾き飛ばされ、地面を転がった相手のペンダントが赤く光り、失格を告げる。これで、ケヴィンとカランティを除いて、取り巻きは一人となった。

それは、彼らのパーティーの戦闘行動の幅が著しく狭まったことを意味する。少なくとも、二人でマルスとジン達を押さえておくことは不可能だろう。

「やれやれ、してやられたな……」

「へ、これでお前らも終わりだぜ」

「どうかな……」

カランティと並び、ケヴィンは拳を構えた。戦意は落ちるどころか、むしろより昂《たか》ぶり、滲み出した気が雷と化してパチパチと火花を放ち始める。

高まる威圧感を前に、ノゾム達は各々の得物を構え直す。

満ちていく緊張感が臨界を迎え、ついに堰《せき》を切ろうとしたその瞬間、上空から落ちてきた灼熱《しゃくねつ》の塊が、ノゾム達とケヴィン達の間に落ちてきた。

「っ！」

ズドン！　と轟音を上げ、灼熱の炎をまき散らす。

「な、なに!?」

反射的に後ろに跳ぶノゾム達。ケヴィン達も突然の介入に、眉を顰めて距離を取っている。

突然の出来事にジン達の口から動揺の声が漏れる。戦っていたノゾムとケヴィンも一時的に爆発した炎弾に気を取られ、互いに手を止めてしまう。

さらに続けざまに、矢の雨が上空から無秩序に降り注ぐ。

「くっ！」

「なんだ！」

ノゾムとケヴィンがその場から飛び退《の》くと同時に地面に突き刺さる矢群。さらに茂みから、ゆっくりと四つの影が姿を現す。

「やれやれ、やっと見つけたで、ノゾム」

「フェオ……」

「あ、ノゾムだ。ヤッホ――！」

出てきたのはフェオ、ミムル、トム、そしてシーナだった。

シーナの肩には、彼女の相棒とも呼べる小精霊、ラズワードの姿もある。

ゴクリと、この場にいた誰かが息を飲んだ。精霊を従えたエルフが使う魔法の即応性と規模は、間違いなく上級の魔法使いに匹敵かそれ以上。特にカランティは、アビスグリーフの一件でその力を目の当たりにしているためか、額に汗を浮かべていた。

しかし、ここでまたしても状況は変化する。

突然爆音が周囲に木霊し、強烈な魔力の奔流が、森の一角を地面ごと抉りながら粉砕していく。そして木片と土塊が巻き上がる中、五つの影が土煙を突き破ってきた。

「ティマ！　大丈夫か⁉」

「う、うん、なんとか！」

「リサ！　やったか⁉」

「だめ、外したわ！」

舞い上がった土煙を突き破って現れたのは、アイリスディーナ、ティマ、リサ、ケン、カミラ達五人の男女だった。

「なっ⁉　ア、アイリス⁉　それに……リサ⁉」

「ノ、ノゾム⁉」

「これは……っ」

「……へえ」

互いの姿を確認したノゾムとアイリスディーナ、そしてリサが驚愕の声を上げる。ケヴィンやフェオ達も自分達に続いて乱入してきたアイリスディーナ達に驚きを隠せないようだ。

ノゾム、アイリスディーナ、リサ、シーナ、ケヴィン。この演習において特別目標を撃破した五つのパーティー全てがこの場に集まってしまっていた。

「…………」

ドクン……。

ノゾムの胸の奥で、押し込んでいたはずの怒りが、再び鎌首をもたげ始めた。


『そろそろかな？』

「………」

暗い、暗い闇の中。太陽も月の光もない地下を操る巨体で掘り進めてきたメフィは、静かに地上の様子を窺っていた。頭上では戦いが佳境を迎えつつある。

『それにしてもこの子の中、なかなかに住み心地がいいわ。しばらく間借りしようかしら？』

「ギ、ギギギ……」

『あ～あ、ダメだよ。抵抗しない』

まるでメフィを拒絶するように身じろぎした巨体に、彼女は力を行使。その意識を締め付け、抵抗力を奪い取る。

彼女が同化した魔獣は、力だけなら規格外といえるほどのものを持つ存在だが、魔獣ゆえ知性が低く、元々精神を操ることを得意とするメフィは簡単にこの魔獣を支配下に置いてしまえる。

事実、水の小精霊がほんの少し精霊の力を行使しただけで、魔獣の精神は再び封じられ、ただの操り人形へと戻っていた。

『ああ……うふふ……！』

支配下に置いた魔獣の抵抗。その儚《はかな》さに、メフィは同化したまま恍惚《こうこつ》とした声を漏らす。

彼女は、精霊として意識を持ってからおおよそ数十年程度しか経っていない、極めて若い精霊だった。幼すぎる、と言ってもいいだろう。

彼女にとっての愉《たの》しみとは、己の中にある衝動のまま、精霊としての力を行使することそのもの。そして、恐怖よりも目の前の享楽を我慢できない質《たち》だった。幼さ故に手加減もできず、我慢もできない。

だからノゾム・バウンティスの中に潜む異質な存在に気づきながらも、その本質を見抜くことはできていなかった。

『それじゃあ、始めよっか！　確かにアイツ、なんだか怖いものが同化しているみたいだけど……。コレの体と力を使えば問題なしでしょ』

メフィは己が操る魔獣に命令を下す。

意識を完全に操られた魔獣は精霊の命じるまま、頭上に向かって突撃を開始した。

†

この演習において特に注目されている五つのパーティー。それらが全て同じ場所に集まった結果、すさまじい大乱戦が展開されていた。

「はあ！」

「くっ！」

「カミラ！　援護を！」

「分かって……っあ、下がって！」

ニベエイの魔手を使い、ティマめがけて斬り込もうとするリサと、そんな彼女を援護しようとするカミラ。だが、その連携を『即時展開』の即応性と持ち前の剣技を十二分に発揮したアイリスディーナが阻む。

「ティマ！」

「う、うん！」

そこに、ティマの膨大な魔力が注がれた炎塊が放たれる。身の丈の数倍はあろうかという巨大な炎が、周囲の木々の枝葉を焼き尽くしながらリサに迫る。

「リサ、後ろに！」

その巨大な炎塊をケンが生み出した氷の障壁が受け止める。

だが、桁違いの威力に障壁は瞬く間に蒸発していく。

「グッ……！」

「ケン！」

氷の障壁をあわや突破される直前のところで、リサがアビリティ『ニベエイの魔手』を発動した。

魔法効果を倍加させる彼女のアビリティのおかげで氷の障壁は突破される直前で持ち直し、双方が弾け飛ぶ形で相殺。再度踏み込んできたアイリスディーナを、リサが迎撃に出る。

一方、先ほどまでカランティ達と戦っていたマルス達は、今度はシーナ、ミムル、トムによる猛攻を受けていた。

ミムルは持ち前の敏捷性を十分に活かし、マルス達を攪乱《かくらん》。

そこにシーナとトムによる矢と魔法が、雨のごとく放たれる。

「マルス、このままじゃ……」

「ああ、分かってる！　くそ、この猫、邪魔すんじゃねえよ！」

「ちょっと無茶言わないでよ！　この状況でマルス君が自由になったら一気に潰されちゃうかもしれないんだから！」

放たれた矢はミムルに当たることはなく、彼女の動きの間隙を縫いながら正確にマルス達めがけて襲いかかってくる。

彼女達もまた、アイリスディーナ達と比較しても遜色ない、素晴らしい連携を見せていた。

「この、いい加減にやられなさいよ！」

「お断りだよ！」

マルスたちの近くでは、ジンとキャミがカランティと戦闘を繰り広げている。

カランティはティマの魔法の余波に巻き込まれてダメージを負っているのか、その動きは先ほどに比べれば鈍い。

とはいえ、彼女は一階級の生徒。たとえ本調子でなくとも、ジン達よりずっと上位の実力者である。

今はキャミがジンに強化魔法を重ねがけすることで、なんとか攻勢を凌いでいる状態だった。

マルス達が乱戦で四苦八苦している横では、ノゾム、フェオ、ケヴィンの三人が入り乱れながら、互いに得物をぶつけ合っていた。

「くぅ！　フェオ、お前の相手をしている余裕はないんだよ！」

フェオは符術だけでなく、優れた棒術の使い手らしく、ノゾムの斬撃を符術で強化した棍《こん》でしっかりと受け流す。

「そんなつれないこと言うなや、ノゾム！　せっかくの機会なんやし、尋常に勝負……って、ケヴィン、邪魔すんなや！」

「悪いが狐《きつね》、そいつは俺が先約だったんだ。退《ど》いていてもらおうか！」

反撃とばかりにフェオが棍を薙ごうとするが、横合いから殴りかかってきたケヴィンに邪魔される。

フェオは突き出された拳を両手に持った棍を回して捌くが、その隙にケヴィンは体を入れ替え、ノゾムにも蹴りを放ってきた。

(くそ！　この状況はまずいぞ……長引くと気を使い尽くして動けなくなる)

脇腹めがけて放たれた回し蹴りを躱しながら、ノゾムは焦燥を露わにする。

ノゾムのパーティーは元々地力が低いメンバーが多く、このような敵味方入り乱れる乱戦状況では圧倒的に不利だった。本人の持つ地力が生存率に直結するからだ。

どこかに活路を見出せないかと、ノゾムは周囲に視線を向けるが、どこもかしこも拮抗した戦況が続いており、全員が手一杯の状況だ。言い換えればどこかが崩れれば、連鎖的に他の戦局にも決着がつくことになる。

(一番効果的なのは、パーティー全員の力を集約しての一点突破だけど……)

だが、フェオとケヴィンに纏わりつかれている現状では難しい。まずは、彼らを引き離すことが必要だが、今のノゾムにはその手段がない。

「考え事をしている余裕があるのか！」

「くっ！」

意識が僅かに逸れたその隙に、ケヴィンが死角から殴りかかってきた。咄嗟に身を捻って避けようとするが、体がふらつき、気を込められた拳の風圧で頬を切り裂かれる。

(思考と体の動きが乖離《かいり》し始めた。このままじゃ……)

いよいよ後がなくなった。ノゾムが失格を覚悟したその時、突然巻き起こった突風が辺りに吹き荒れ始めた。

✝

絶妙なバランスで維持されている拮抗。しかし、その状況はマルスの焦りを煽《あお》っていた。

数的有利を取り戻し、あと少しでケヴィン達を追い込めたものの、突如として発生した乱戦状態が、せっかく手に入れた優位を全て奪い取ってしまった。

それどころか、一番不利な状況に追い込まれている。

(くそ、せっかくあのいけ好かない犬野郎をぶっ飛ばせるはずだったのによ！)

纏《まと》わりついてくるミムルを振り払い、襲ってくる矢と魔法の雨を弾き返しながら、マルスは顔を顰めて歯噛みする。

(どうする、ノゾムも俺も手が離せない！　ジンの奴らも同じだ！)

ノゾムのところに斬り込めば、その隙にミムルがジン達に襲いかかるだろう。そうなれば、彼らは即座に蹴散らされて失格。その後は残ったマルス達も集中攻撃を受け、ほどなくやられるだろう。

焦燥が、徐々に彼の心を蝕《むしば》んでいく。

(なら、あのエルフのところに……ダメだ、そんなことを簡単に許す奴らじゃない)

マルスは以前、シーナの弓の腕を見たことがある。

おまけに彼女の傍には、精霊であるラズワードの姿もあった。

(くそ、どうすりゃ……そうだ。あれなら……)

マルスの脳裏に浮かんだのは自分が鍛錬してきたあの術。

不完全で不安定故に、一緒に鍛錬してくれたティマには使わないように口を酸っぱくして言われているが、背に腹は代えられない。

(使わない方がいいと言ったが、使える手は使うべきだろう。なんとかやってやる！)

戦場の空気と焦燥に当てられたマルスが、自らの大剣に気術と魔法、反発する二つの力を注ぎ始めた。生み出された風が重ね合わさるように混ざり、耳をつんざくような不協和音を響かせる。

「な、なに!?」

マルスの一番近くにいたミムルが戸惑いの声を漏らす間にも、重ね合わされた風はマルスのアビリティの補助も受けて真空の刃を纏う渦風と化し、地面を削りながら彼の大剣に集まっていく。

「ぐうううう！」

「こ、これって……」

その場にいた全ての視線が、マルスに向けられる。

明らかに制御に欠けた力。内包した力が膨大なだけに、誰もが危機感に顔を引きつらせていた。

「マ、マルス君、ダメ！」

ティマが思わず制止の声を上げるが、マルスは構わず大剣の切っ先を正面に向ける。

「ノゾム、上手《うま》く避けろよ！」

「ちょ！」

背筋に走る悪寒に急《せ》かされるまま、ノゾムが瞬脚でその場を離脱すると同時に、マルスの大剣に押し込められていた風が解放された。

悲鳴を思わせる轟音を響かせながら、一帯を蹂躙《じゅうりん》し始めた豪風の奔流。

組み合わされた気術『裂塵鎚』と中級魔法『風洞の餓獣』は、互いに絡みつくように螺旋を描きながら直進。地面を捲《めく》り上げ、木々を粉砕しながら、進路上の全てを噛み砕いていく。

「なっ！」

「なんなんやこれ！」

目の前に迫る巨大な風の螺旋を目にして、ソェオとケヴィンは咄嗟にその場から離脱しようとする。

しかし、あと一歩足りず、二人は風の奔流に呑《の》まれた。

「うわ……！」

「トム、退いて！　ラズ！」

『はいよ……って、おいおいおい、人間が使う術の威力じゃないぞ！』

豪風の渦はさらにシーナとトムも容赦なく飲み込んだ。直前でラズワードが障壁を張るも、マルスの豪風は精霊ですら驚くほどの威力を発揮し、障壁が包む範囲以外の全てを削り取っていく。

「くっ、マルスの奴！」

さすがにあれだけ強力な術となると巻き込まれた四人が心配だが、ノゾムの視界にカランティと戦うジン達の姿が映った。かなり追い込まれているが、まだ誰も失格にはなっていない。

彼らの奮闘に内心敬意を抱きながらも、ノゾムはカランティめがけて踏み込む。

「ちょっ……」

突如としてノゾムの標的になった彼女が狼狽《ろうばい》した声を漏らす。

ノゾムは慌てた様子で突き出された彼女の拳を躱してから掴み取ると、関節を極めて動きを封じる。

そこに、ジンとトミーの一撃が繰り出された。

「てやあああ！」

「ぐっううう！」

二人の得物がカランティの体を捉え、ペンダントが赤く光って彼女の失格を告げる。

「よし！」

「ノゾム君、どうするの!?」

「離脱する！　行先は……」

カランティを倒し、さらに合流を果たしたノゾム達は、この場からの離脱を試みる。

しかし、駆け出そうとしたノゾム達の進路を、氷の蛇腹剣が塞いだ。

「逃がさないよ、ノゾム」

「ケン……！」

思わず足を止めたノゾム達に、炸裂した氷の雨が降り注ぐ。

「ぐああ！」

「きゃあ！」

ジンとハムリアの悲鳴が響き、彼らのペンダントが赤く光る。しかしケンは倒した二人には目もくれず、蛇腹剣を長剣に戻すと、ノゾムめがけて斬りかかってきた。

「ぐうう！」

掲げた『無銘《むめい》』が、ケンの魔法剣と鍔迫《つばぜ》り合いを起こし、二人は至近距離で睨み合う。

じりじり、じりじりと、ノゾムの胸の奥で怒りの炎が燃え上がっていく。

一方、ケンもまた先日の挑発的で侮蔑を含んだ表情ではなく、強張った顔でノゾムを睨んでいた。

「お前は危険だ、怪物め……」

「なに？」

「絶対に、お前を、リサの近くには行かせない……！」

どこかタガの外れた狂気を漂わせるケンの様子に、ノゾムが眉を顰めた瞬間、地面が大きく揺れ始めた。

「な、なんだ!?」

「来た……」

地響きに続き、轟音がスパシムの森に響く。

舞い上がった土砂がまるで豪雨ごとく降り注ぎ、続いて巨大な胴体が天を突きながら姿を現した。

蛇のようにうねりながらも、大木以上の太さを持つ胴節。あちこち輝《ひび》割れていながらも、鋼鉄を思わせる甲殻。胴節から生えた上下二対の足がまるで怒髪天を突いている様を想起させる。

頭部には巨大な牙を持つ顎肢、そして鎌を思わせる巨大な腕肢が一対生えていた。

それは、デス・センテピードと呼ばれる巨大百足《むかで》。

おおよそ地上に住む全ての生物を捕食対象にしている魔獣であり、脅威度を示すランクはA。

その体長は大きいもので十メル。大人数人分にもなる……のだが、姿を現した個体は、通常のデス・センテピードよりも明らかに巨大だった。

「なんだ、こいつ……」

「大きすぎる……普通のデス・センテピードじゃない！」

頭は既に十二メルに届くほどになっているにもかかわらず、その体躯《たいく》は未だに地面の中にあり、どれほどの体長があるのか想像もできない。

何より特徴的なのは、頭部の形状。輝割れ、歪んだ王冠を思わせる外骨格が張り付いていた。

「まさか、輝冠《ひびかんむり》の大百足……」

アイリスディーナの言葉に、その場にいた全員が顔を引きつらせた。

輝冠の大百足。それは特別なデス・センテピードの固有名。通常のデス・センテピードよりも遥《はる》かに大きな体躯を誇る規格外の魔獣であるが、人々を戦慄させているのは、その戦歴。

二十年前の大侵攻に対して行われた反攻作戦『フルークトゥス作戦』において、人類側は文字通り全てをかけて魔獣達を退けたが、討伐を免れた個体もまた存在する。

それらは未だに人類圏の中に潜伏し、脅威となっているが、その中でも特に力を持った六体の魔獣には固有名がつけられ、最優先討伐目標とされた。

「未討伐個体の中でも固有名持ち。しかも六凶のうちの一体だと？　冗談じゃないぞ、なんでそんなやつがここにいるんだ！」

マルスの憤りの声が響く。

『六凶』

人々が畏怖と恐怖を込めてつけた、特に強力な六体の未討伐個体の総称。その一体が『輝冠の大百足』である。

危険度を表す魔獣のランクでは、S＋。

人類最高位の戦士でも、一対一では勝てないと断定されているほどの脅威である。

そんな魔獣が、なぜアルカザム近くの森に出没したのだろうか。

しかし目の前の魔獣は、彼らに動揺する暇すら与えてはくれなかった。

「ギチギチギチ……」

日差しの眩しさに牙を鳴らしていた『輝冠』の単眼の群れがノゾム達を捉え、巨大な鎌腕《かまうで》が振り上げられる。

「っ！　全員避けろ！」

ノゾムの大声に、その場にいた全ての人間が反射的に回避に動く。

間一髪。空を切った巨腕は地面に突き刺さり、衝撃波と土砂をまき散らす。

「ちょ！　さすがにワイもこの事態は想定しとらんで！」

「ねえジン！　どうするのよ⁉」

「どうするって……とにかく生き残るしかないだろ！」

突然目の前に現れた予想もしない強大な存在に動揺が走る。無理もない。今までソルミナティ学園で血の滲むような鍛練をしてきた彼らだが、このレベルの魔獣と遭遇した経験はないのだ。

むしろ、これほどの脅威と突然遭遇したにもかかわらず、今どうするべきかを考えて動ける彼らを賞賛すべきだろう。並の兵士なら茫然と立ちすくむか、恐怖に駆られてパニックを起こし、先の初撃でなす術《すべ》なく殺されている。

「カランティ、大丈夫か⁉」

「は、はい、リーダー。他も無事です！」

倒れているもう一人の仲間を担ぎ上げながら、ケヴィンはカランティの元に駆け寄ると、魔獣から距離を取る。彼らの仲間は幸いにも怪我は負っていないようだが、特総演習の中で消耗した状態で、この脅威と戦う余力はなかった。

「ギギギギ……」

地面から鎌腕を引き抜いた『輝冠』は、再び単眼をギョロギョロと動かし、退避したノゾムに視線を向ける。次の瞬間、大百足は咆哮《ほうこう》を上げながら、ノゾムめがけて突撃を開始した。

「っ！」

向かってくる大百足を前に、ノゾムは反射的に瞬脚で飛び退いた。穴に埋まっていた尻尾に当たる曳航肢《えいこうし》が抜け、巨大な体躯と無数の足が彼の眼前を通り過ぎていく。

しかし、突撃を回避された大百足は進路上の木々を押し倒しながらすぐさまUターンし、その長い体躯でノゾムの周囲を取り囲む。そして、逃げ道を塞いだ獲物を覗き込みながら、ガチガチと牙を鳴らし、再びその巨大な鎌腕を振り上げた。

「させない！」

「ギィッ！」

鎌腕が振り下ろされる直前、横合いから放たれた黒色の魔力弾が『輝冠』の単眼に叩き込まれる。

目に走った衝撃に大百足が小さく悲鳴を上げながら首を振る中、さらに追撃で放たれた強烈な風塊が、大百足の首を大きく仰《の》け反らせる。

「アイリス、それにティマさん!?」

「ノゾム、急げ！」

「今のうちに早く逃げて！」

ノゾムが風の塊が来た方向に目を向ければ、アイリスディーナとティマの姿があった。

彼女達の呼びかけに答えるように、ノゾムは素早く瞬脚・曲舞で大百足の足の隙間をすり抜け、包囲から離脱。彼女達の元に合流する。

「大丈夫か？」

「あ、ああ。助かったよ……」

「よかった。ケヴィン、そちらは？」

「問題ないぜ。だが、他の奴らは無理だな。カランティ、戦えそうにない奴らを連れて離脱しろ」

「……っ、了解。アンタたち、来なさい」

一瞬躊躇《ちゅうちょ》を見せたものの、カランティはケヴィンの命令に頷き、ジン達に此処から離れるよう促す。

ジン達の視線が、ノゾムに向けられた。

「ノゾム君、君も……」

「必要ねえよ。こいつは俺より強いからな。そうだろ、シーナ」

「そうね、この場で最も信頼できる人よ」

いつの間にか、シーナもノゾムの傍に来ていた。彼女の後ろにはトム達の姿もある。

蒼髪《そうはつ》の少女はこんな状況にもかかわらず、曇りのない信頼に満ちた目をノゾムに向けていた。

シーナに続いて、紅髪の少女がアイリスディーナ達の隣に来て、無言で双刀を構えた。

「リサ君……」

「とにかく、この魔獣をどうにかするわよ。アルカザムに向かわれたら、それこそ被害がどうなるか分からないわ」

ぶっきらぼうな口調で、リサは吐き捨てるように言い放つ。

「ギイイイイ！」

ノゾム達が身構える中、アイリスディーナ達に視線を戻した『輝冠』が、牙を鳴らしながら巨大な鎌腕を振り上げる。

「四音の鐘よ、我が身を糧に、不浄なる城壁を！」

「ラズ、やるわよ」

『あいよ！』

ティマの魔法障壁とシーナの精霊魔法が発動し、振り下ろされた鎌腕を受け止める。

魔力、源素、そして空気が弾け飛び、衝撃波が森の木々を激しく揺らす。

「くううう！」

「あううう！」

あまりの圧力に、ティマとシーナが苦悶《くもん》の声を漏らす。強烈な鎌腕の一撃は、ティマの魔法障壁とシーナの精霊魔法を貫き、彼女達の眼前で止まった。

一撃で三学年最上位の魔法二つを破壊しかけるその膂力に、二人は思わず顔を引きつらせる。

しかし、一時的に『輝冠』の動きを止めることはできた。その一瞬に、アイリスディーナ、ケヴィン、フェオ、リサ、マルス、ノゾムの六人が一斉に踏み込み、得物を振るう。

「くっ！」

「ダメ、なんて硬い甲殻をしているのよ！」

しかし、規格外の体躯を誇る『輝冠』は、彼らの一斉攻撃をものともしない。

大百足はまるで痛痒《つうよう》を感じた様子を見せず、ノゾム達を睥睨《へいげい》しながらガチガチと牙を鳴らす。

すると、大百足の冠を思わせる外殻に、紫色の光が集まり始めた。

続いて無数の体節に生えた上腕にも同様の光が現れ、球状に集束。徐々に紫電を纏い、隣り合う光球と繋がりながらバチバチ！　とその規模を大きくしていく。

やがて、巨大な紫電を纏った『輝冠』が、その体躯をいっそう伸ばし、触手を激しく動かし始めた。

「っ、全員離脱するんだ！」

誰かのその言葉に、全員が一斉に大百足から距離を取る。

そして、甲高い大百足の咆哮と共に、巨大な紫電が解放された。

「ギイイイイイイイイイイ！」

サンダーレイン。『輝冠』の長大な体躯の周りに、閃雷の豪雨が降り注ぐ。

「ぐううう！」

「があああ！」

ケヴィンとマルスが、紫電の直撃を受けて吹き飛ばされた。

「マルス君！」

「ほいなっと！」

地面に倒れるマルスを見たティマが巨大な炎塊『咎人の禍患』を大百足に向かって放ち、フェオもまた懐から符を取り出し、三つの炎弾を作り上げて叩きつける。

炎塊が大百足に着弾すると同時に大爆発を起こし、さらにフェオの炎弾が直撃。爆炎が周囲の木々を燃やし、焼ける匂いが立ち込めた。

燃え上がる炎で『輝冠』の視界を塞いだ隙に二人はなんとか立ち上がるも、ケヴィンの腕は吹き飛ばされた衝撃で折れ、だらりと力なく垂れ下がっていた。マルスにしても大剣を杖にどうにか立っているだけであり、足元はおぼつかず、内臓を痛めたのか、口元からは血が滴っていた。

「ギギギ……」

舞い上がる炎から姿を現した『輝冠』は、やはり無傷。

「まずい……」

動けないマルスとケヴィンの元にノゾムとソフィオが駆け寄り、二人の襟首を引っ掴む。

「お、おい！」

「マルス、退くぞ」

「ちょっと手荒いけど我慢やで」

そのまま二人はマルスとケヴィンを引きずりながら離脱。

彼らの後ろでは『輝冠』が、その背中を狙うように身を低くし、突撃の姿勢を見せていた。

「させない！」

「カミラ、援護して！」

「猛る魔力よ。同胞に無双なる力を！」

明らかに突撃の構えを見せた大百足にアイリスディーナとリサが入れ替わるように迎え撃つ。

アイリスディーナが即時展開で『深淵《しんえん》の投槍《とうそう》』を発動。

漆黒の槍を勢いよく『輝冠』の頭部めがけて投げ放ち、カミラから受けた補助魔法と己の強化魔法を重ねがけしたリサが『ニベエイの魔手』を発動させながら跳躍。魔法効果を倍加するアビリティによって烈風のように飛び出した彼女は、アイリスディーナの深淵の投槍に合わせ、双刀を振るう。

「はあああ！」

重ね合わされた魔力の槍と双撃が、大百足の甲殻に僅かな亀裂を刻む。しかし、『輝冠』は負った小さすぎる傷など意に介さず、反動で宙に浮くリサを押しのけるように頭を振るう。

「きゃあああ！」

大質量の一撃がサーベルを砕き、リサは大きく吹き飛ばされ、地面に叩きつけられる。

息を詰まらせる彼女の目に、見下ろしながら牙を鳴らす『輝冠』の巨体が映った。

「あ……」

死ぬ。こみ上げる恐怖に、思わず思考が止まる。

直後、強烈な力で腕を引かれた。回る視界。そこに、彼女が嫌悪していた幼馴染の横顔が映った。

「ノゾム……？」

感情を押し殺したような強張った表情が、リサの胸を強烈に締め付ける。

しかし、その胸の痛みを確かめる間もなく、これまでで最も大きな『輝冠』の咆哮が響いた。

「ギイイイイイイ――――――――――――――――！」

直後、大百足の体を包み込むほどの巨大な雷球が、かの魔獣の頭上に顕現。

目を焼くほどの雷光を前に、ノゾムは一瞬の逡巡の後、亀裂の入った己の鎖に手をかけた。

✝

「ノゾム……？」

呆けたような声色。憎しみに染まっていない彼女の声を聞くのは随分久しぶりだった。

（……間に合った）

気がつけば、なぜかそんな言葉が頭に思い浮かぶ。

まだ一緒にいた時と同じ、懐かしい声。

だが、去来した懐かしさは、すぐに胸の奥からこみ上げてきた熱に塗りつぶされる。

その感情を、ノゾムは一言では言い表せなかった。裏切られた怒りか、憎まれ続けた悲しみなのか。

グチャグチャに混ざり合いながら燻《くすぶ》る熱の塊。ツンと鼻につくような痛みと共に、せり上げる嘔吐《おうと》感に思わず唇を噛み締める。

一度でも吐き出したら、何を言ってしまうか分からなかったから。

揺れ動く感情を押し殺すように、ノゾムは身を縛る不可視の鎖に手を伸ばす。

『輝冠』を屠《ほふ》るために最も確実な、そして必要な手段。

しかし、その呪縛の解放は、ノゾム自身も想像もつかない惨劇を引き起こすかもしれない。

事実、彼は一度怒りに任せて手この力を振り回し、文字通り血の海を生み出した。

もしかしたら、夢に見た最悪の光景が現実となるかもしれない。そんな迷いが、この鎖を解くことを躊躇わせる。

だが、ノゾムが逡巡している中、相対している大百足の側面で、突然が強烈な風が舞い上がった。

「な、なんだ⁉」

逆巻く風の渦が『輝冠』の紫電をかき乱し、散らせていく。

ノゾム達が逆巻く風の元に目を向けると、マルスが全力で気と魔力を大剣に叩き込んでいた。

「こいつなら、いくらこいつでも……！」

「マルス君、ダメ！」

輝冠の大百足を血走った眼で睨みつける彼には、ティマの叫び声も届いていない。

サンダーレインで負った負傷による痛みが怒りに転化し、規格外の存在と突発的に相対した焦燥と相まって、彼の心から冷静さを完全に消し去ってしまっていた。

しかし、元々未完成の上、不完全な制御しかできていない術。怒りと焦りに急かされ、さらにこれまでの連戦で積み重なった疲労とダメージ。悪条件がそろった状態で、使いこなせるはずがない。

その事実に気づかず、マルスは焦燥に急かされるまま魔気併用術を行使。

結果、以前にティマやノゾムが恐れていた事態が発生してしまう。

「ぐっうううぅぅうう！」

渦巻く気と魔力の奔流の中で、大剣がミシミシと悲鳴を上げる。嵐のような力の渦は調和することなく荒れ狂い続け、マルス本人も制御できないまでに暴走を始めた。

「な、なんで……ぐあああああ！」

「きゃああ！」

轟音と共に解放された風の猛獣はついにマルスの制御を離れ、周囲に牙をむき始める。

爆発的に膨れ上がった暴風は、産みの親であるマルスと近くにいたシーナとティマを吹き飛ばす。

シーナは幸運にもラズワードに守られるが、ティマはそのまま木に叩きつけられて気絶してしまう。

「ギギギ……」

さらに悪いことに、『輝冠』が再び全身に紫電を纏い始めた。

先ほどノゾム達を蹂躙した閃雷の豪雨。その予兆。

シーナを初めとした遠距離攻撃が可能な者たちが魔法や矢を放ち続けるが、大百足が纏う紫電に散らされ、甲殻にすら届かない。

そして、三度目のサンダーレインが発動。回避する隙間もないほど密集した雷の群れが、ノゾムめがけて襲いかかる。

「ノゾム！」

しかし、豪雨のごとき雷の前に割り込んだアイリスディーナが、魔法障壁を展開。間一髪で迫る雷の雨を押し止めようとする。

「アイリス……っ！」

「ぐうう、今の、うちに……早く！」

即興で展開した魔法障壁は、瞬く間に蛇のような雷達に食い破られ始めた。

そこに、ラズワードを連れたシーナが飛び込んでくる。

「ラズ、二人を守って！」

『ちくしょう！　精霊使いの荒い奴らだな！』

後衛が最前線に飛び込むという無謀を意に介さず、シーナはノゾムの前に立ち、アイリスディーナと共に手を掲げて障壁を張る。

しかし、それでも『輝冠』の閃雷の豪雨は防ぎきれない。

二重の障壁は穿《うが》たれ、空いた穴からすり抜けた雷蛇が二人の頬を打ち、白い肌に裂傷を刻む。

迷っている暇はない。ノゾムは不可視の鎖にかけた己の手に力を込め、目一杯の力で引き千切ろうとする。

「な……」

だが、なぜか不可視の鎖が切れることはなかった。

何度も何度も全力で鎖を引っ張るが、いくら力を込めても、不可視の鎖はビクともしない。

「な、なんで……」

ノゾムが茫然としている中、ついに『輝冠』のサンダーレインが二人の障壁へ気を突破した。

「うあああぁ！」

「きゃあああ！」

響く悲鳴。強烈な紫電に飲まれ、あまりの激痛に意識が真っ白に漂白されていく。

明滅する視界の中で、大百足が巨大な鎌腕を振り上げている。

もうダメか……。そんな弱い気持ちがよぎったその時、消えかけのノゾムの視界に、白銀の鎧《よろい》を纏い、黒い巨剣を背負った男が、茂みの奥から疾風のように飛び出してくる姿が映った。

†

暗闇がゆっくりと開けていく。

ぼんやりと霞《かす》むノゾムの視界に一番初めに映ったのは、白い天幕の天井だった。

「ここは……」

「目が覚めたようだね」

かけられた声に視線を横に向けると、保健医のノルンが天幕の奥からやってくる。

視界の端に映る、布を張っただけの簡易ベッド。そこでノゾムはようやく、自分がいる場所が運営本部の簡易診療所であることに気づいた。

ノルンは脈を計り、瞳孔を確認するなどして診断を終えると、ほっと安堵の息を漏らした。

「うん、大丈夫のようだ。『輝冠の大百足』などという規格外の魔獣に遭遇したと聞いて心配していたけど、無事で良かったよ」

話によると、カランティ達から報告を受けたジハードと教師陣が、間一髪で間に合ったらしい。

逼迫《ひっぱく》した状況ではあったが、なんとか『輝冠』の撃退には成功。今は周辺の探索と警戒を行っている。当然、特総演習は中断。この運営本部もすぐに撤収するとのこと。

「あの……他のみんなは？」

「アイリスディーナ君達ならもう既に治療は終わって外にいるよ。皆、軽い傷とは言えないが命に別状はない。後ここにいるのは、彼女くらいだ」

そう言いながら、ノルンは天幕の端に視線を向ける。そこには、頭に包帯を巻いたシーナがいた。

一足先に目を覚ました彼女は簡易ベッドの上で上半身だけを起こし、目を覚ましたノゾムに視線を向けている。はだけた上着の下には、血が滲んだガーゼや包帯が顔を覗かせていた。

「……っ」

彼女の白い肌に浮かぶ赤い斑点。その痛々しい光景にノゾムの顔が歪む。

「……私はアイリスディーナ君達を呼んでくる。二人とも安静にな」

ノルンが出て行くと天幕の中が沈黙で満たされる。シーナはじっとノゾムを見つめているが、肝心のノゾムは彼女と目を合わせることができなかった。

(俺があの時、力を解放できなかったから……)

彼の心の中に渦巻いていたのは喉を掻き毟《むし》りたくなるような後悔。自分が能力抑圧を解放できていれば彼女達は傷を負わずに済んだかもしれない。

「ねえ……」

もちろん、それは所詮可能性の話。既に終わった、意味のない話だ。

しかし、本当に必要な時に必要なことができなかった事実は、深くノゾムの心を穿っていた。

「ねえ！」

「……えっ」

響く大声に、ノゾムは思わず視線を上げる。

「聞きなさいよ。さっきから話しかけてるのに……」

「ご、ごめん……」

不満げなシーナにノゾムは慌てて謝罪の言葉を口にするが、すぐに視線を逸らしてしまう。

そんな彼の様子にシーナは溜息《ためいき》を漏らす。

「まあいいわ。みんな無事だったんだし」

気遣ってのことだろうか。シーナはミムルが言いそうな言葉を彼女なりに精一杯明るい声で口にしている。しかし、肝心のノゾムの表情は優れないまま。耐えるように歯を食いしばり、拳を固く握りしめている。

そんなノゾムにシーナは少し躊躇した様子を見せながらも、再び口を開こうとして……。

「ねえ、貴方……」

「ノゾム、気がついたのか!?」

だが、天幕に飛び込んできたアイリスディーナに言葉を封じられてしまう。

よほど急いていたのか、彼女は荒い息を吐いている。

駆け込んできたアイリスディーナに続き、ティマやトム、フェオたちも簡易診療所の天幕に入ってきた。

「あ、ああ。みんなも大丈夫そうだね」

「よかった……心配したんだぞ」

漆黒の瞳を安堵の涙で潤ませながら、彼女はノゾムの様子を確かめようと手を伸ばしてくる。

「うん。ゴメン、心配かけ……た……」

しかし、近くに来たアイリスディーナの姿に、ノゾムの表情がさらに曇った。

彼女もまたシーナと同じように、体のあちこちに包帯を巻いている。

ボロボロになった制服に残された赤い染み。血に汚れたその姿が、悪夢で見た彼女の最後に重なり、思わず伸ばされた彼女の手から逃げるように身を引いてしまう。

「ノゾム……？」

避けるようなノゾムの行動に、アイリスディーナが当惑の声を漏らす。

気まずい空気が、天幕の中に広がっていく。

「まあ、みんな怪我したけど、無事で何よりや。それより……」

「おい……」

フェオが場の空気を和ませようとするが、彼らの後ろから響くマルスの低い声に遮られた。

彼は他の全員を無視しながら、大股でノゾムのいるベットに歩み寄っていく。

「マルス……」

次の瞬間、ノゾムの視界一杯にマルスの拳が映ったと思うと、強烈な衝撃が頬に走った。

天幕に響く打撃音。勢いよくベッドから放り出されたノゾムの体が、傍にあった台を倒し、地面に診察器具をぶちまけていく。

その場にいた全員が目を見開く中、マルスは顔を真っ赤に染め、怒りで肩を震わせながら、地面に倒れたノゾムを睨みつけていた。

「なんでだ……てめえ、なんで本気を出さなかった！」

息が詰まるほど重苦しい大声を張り上げながら、マルスは倒れたノゾムの胸倉を掴み上げる。

「お前が本気になれば、あんなムカデなんか簡単に倒せたはずだろうが！」

「…………」

マルスの言葉にノゾムは何も答えられなかった。ただ俯《うつむ》き、耐えるように歯を食いしばるだけ。殴られるのも当然だと思っていた。

「この……なんか言いやがれよ！」

押し黙るノゾムの様子にマルスはさらに激高し、再び拳を振りかぶる。

突然の出来事に唖然《あぜん》としていたアイリスディーナ達が、はっと我に返り、慌てて止めに入る。

「マルス君、ダメ！」

「やめるんだ！」

「ちょ、落ち着けや！」

ティマとアイリスディーナがマルスの腕にすがりつき、フェオが彼の腰に飛びつく。

三人が止めに入ってきたにもかかわらず、マルスは振り上げた拳を下ろそうとはしない。ただ怒りに身を任せるまま、すがりついてきたティマを振り払う。

「きゃ！」

「ティマ！」

元々力が強くないティマは簡単に振り払われてしまう。倒れ込んだ彼女は足を捻ったのか、痛みに顔を歪めながら自分の足首を押さえていた。

だが、頭に血が上っているマルスには振り払ったティマは目に入らず、自由になった腕で再びノゾムを殴り飛ばす。

散乱した診察器具の上にノゾムが倒れ込み、マルスがさらに詰め寄ろうとした時、天幕の入口からノルンの怒声が響いた。

「何をしている！　ここは騒ぐ場所ではないんだぞ！」

その怒声に、天幕の下は水を打ったように静まる。誰もが気まずそうな表情を浮かべる中、マルスだけがノゾムを睨みつけている。怒りに染まりながらも、どこか悲しそうで、すがるような瞳で。

だが、何も言わないノゾムの姿に、その色は失望に変わった。

「……お前は、あの野郎とは違うと思ったんだがな」

「マ、マルス君！」

絞り出すようにそう漏らし、マルスは踵を返して天幕を出て行く。ティマが引き留めるように呼ぶが、彼は振り返りもせずに立ち去ってしまった。

「……ノゾム、大丈夫か？」

「…………」

ノゾムはアイリスディーナの呼びかけに答えず、のろのろと立ち上がると、すっと彼女の横を素通りして、天幕の出口へと向かっていく。振り向いたアイリスディーナが去っていく彼の背中に手を伸ばそうとするが、その手は届かず、空《むな》しく空を切る。

二人が出て行った後、重苦しい沈黙だけが天幕の中を漂っていた。

CHAPTER 5

第五章

不協和音の四重奏

Ryuusa no Ori
Kokoro no
Naka no Kokoro

特総演習中に突然現れた六凶・輝冠《ひびかんむり》の大百足《むかで》。

この魔獣によって特総演習は中止。各階級の生徒達は一度都市内に戻り、点呼で無事が確認され次第解散。しばらくは寮などで待機ということになった。

同時に、綿密な調査が開始された。アルカザムは厳戒態勢となり、各門は閉鎖。演習を行っていた学生達も含め、都市外にいた全ての市民にはすぐさま帰還命令が下された。

「ノゾム、どこに行ったんだ……」

そんな中、アイリスディーナは屋敷に戻らず、市民区を駆け回っていた。

汗を滲《にじ》ませながら焦燥を漂わせる彼女は、落ち着きなく視線を巡らせながら走り続ける。

包帯を巻かれたまま通りを走り抜ける美少女に誰もが当惑の表情を向けているが、アイリスディーナは周囲の視線など気にも留めず、消えた彼の姿を探し続ける。

市民区から大通りを通って中央公園へ行き、林エリアの中を捜索。

その後は男子寮に戻り、無事を尋ねるも、やはり目的の人物は帰っていなかった。

「ジン君の話では、点呼の時にはいたらしいが……」

アイリスディーナは仕方なく、今一度中央公園へ向かう。

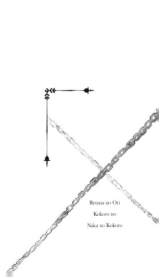

学園へと続く通りでは、ティマやシーナ達、そして十階級の担任であるアンリが集まっていた。

ただでさえ広いアルカザムの中を走り回ったせいか、皆一様に荒い息を吐いている。

「はあ、はあ……。ダメね。ラズにも聞いたんだけど、見つからなかったわ」

『チチチ……（すまねえ。どうも精霊達も街の不穏な空気を感じ取っているらしくてな。怯《おび》えて碌《ろく》に話ができねえ）』

「点呼をとった西門にもいなかったわ〜。門番の人にも聞いてみたけど、外に出た人は見ていないって……」

「あの時、西門は大勢の生徒達や都市に戻る人達でごった返していた。ノゾムなら誰にも気づかれずにすり抜けていくことは簡単だろう」

都市外にいる可能性が最も高いとわかり、アイリスディーナは思わず唇を噛《か》み締める。

「……マルス君は」

「多分、牛頭亭に戻っていると思うけど……」

マルスはここにはいない。解散となった後、彼もノゾムと同じようにすぐに姿を消していた。

「私〜、上層部にかけ合って、都市外を探索してくるわ〜。アイリスディーナさん達はもう一度都市内を探して〜。くれぐれも、街の外に出ちゃダメよ〜！」

そう言い残して、アイリスディーナは学園の関係者が集まっている西門へと向かっていく。

一方、アイリスディーナが今一度探索に回ろうとしたその時、エクロスの校舎の方から駆けてくる人影があった。

「姉様！」

「ソミア!?」

駆け寄ってきた人影はソミアだった。彼女の後ろにはメーナの姿もある。

姉の姿を確かめたソミアは脇目も振らずに姉の元に駆け寄ると、縋《すが》りつくように抱きつく。

「一体どうしてここに……」

ギュッと力強く抱きついてくるソミアの様子に戸惑いながらも、アイリスディーナは優しく愛妹《まないもうと》を抱きしめ返す。

「アイリスディーナお嬢様が演習中に非常に危険な魔獣に襲われ、怪我《けが》をされたと聞かされたのです。それで心配して待っていましたのですが……」

「ひっく、ぐず……」

よほど姉が心配だったのだろう。メーナが補足説明をしている間もソミアは目に涙を一杯に溜《た》め、鼻声を鳴らしている。

「大丈夫だ。ちゃんと私はここにいる。いなくなったりしていないよ……」

「ふえ、ふっ！　えぐ……」

これ以上泣くまいとソミアは必死に涙を堪《こら》えようとしているが、姉の無事な姿を見て緊張の糸が切れたのだろう。潤んだ瞳から、堰《せき》を切ったように涙が溢《あふ》れ出す。

泣き続けるソミアをあやすように、姉は彼女の背中をポンポンと叩《たた》く。

少しずつ治まっていく嗚咽《おえつ》。ソミアが落ち着いたところでアイリスディーナが抱擁を解くと、傍《そば》にいたシーナがゆっくりと口を開いた。

「ねえ、アイリスディーナさん。ちょっと聞きたいのだけれど」

「何だ？」

「マルス君が本気なら倒せていたって言っていたけど、貴方も、彼の力について知っているの？」

「君達も、か？」

アイリスディーナの言葉に、シーナ達は小さく頷《うなず》く。

「私は、彼に助けられた。ラズともう一度会えたのも、彼のおかげ……」

『チチ。チチチ……（ああ。もしノゾムの奴が手を貸してくれなかったら、シーナは死んでいたし、俺も消滅していたろうな……）』

エルフの少女は静かに、自分の過去と抱え続けていた焦燥。そして、故郷の森を奪った魔獣と同質の存在である、アビスグリーフとの遭遇について話していく。

奪われた家族。同族達からも憐《あわ》れまれる中、必死に現実にあらがう日々。

そして、件《くだん》の魔獣との遭遇。

抱えたトラウマから我を失い、なす術《すべ》なく圧倒されて自分を見失いかけるも、ノゾムのおかげで、大切なものを取り戻すことができた。

そしてその時、彼が持つ『特別な力』を垣間見た。

「でも、彼の力がどこからきているのかは分からないの」

「ノゾムは能力抑圧の解放と言っていたが……」

「にしては、力の質が奇妙なの。抑え込まれた力が解放したというよりは、無理やり押し出されているといった感じで……」

「確かに、な……」

シーナの言葉に、アイリスディーナも同意する。

高位の、それも齢《よわい》数百歳の吸血鬼を圧倒するなど、明らかに人間の範疇《はんちゅう》に収まるものではない。

本来抑え込まれていた力が解き放たれただけなら、制御力に長《た》けたノゾムがあそこまで膨大な力を垂れ流しにしていること自体が不自然。

彼の戦い方は元々力に頼るものではなく、高い気の制御力と卓越した刀術を駆使し、最小の力で最大の効果を得る闘法。能力抑圧を解放した時の彼の様子は、それと相反するものだ。

「アイリスディーナさんは、どこで彼の力を見たの？　話して……くれないかしら？」

「……姉様」

シーナのまっすぐな瞳が、アイリスディーナに向けられる。隣から聞こえてくるソミアの声も、小さいながら眼前のエルフの少女と同じく、強い意志と思いが込められていた。

二人の視線を受け止めたアイリスディーナが西の空を見上げる。紅《あか》く染まった太陽が、石造りの街並みに沈みかけていた。

ここにいない二人は今、どうしているのだろうか……？

黄昏《たそがれ》に染まり、迫ってくる暗闇が、アイリスディーナの不安と焦燥を煽《あお》っていく。

ノゾムの力を知ることになったウアジャルト家との密約については、簡単に話せることではない。

(だが、シーナ君は普通なら漏らせない秘密を口にした。なら、私だけが口を閉ざすわけにはいかない)

変わるために必要なのは、思考ではなく行動。

たとえ闇の中に身を投じるとしても、最初の一歩を踏み出す勇気。

（そうしなければ、何も変わらない。ノゾムも、マルス君も……そして、私達も……）

「私達がそれを知ったのは、ソミアが十一歳の誕生日を迎えた時のことだ……」

アイリスディーナは意を決したように頷くと、まっすぐシーナ達に向き合い、静かに口を開いた。

†

スパシムの森の中で、ジハードは憲兵やグローアウルム機関から来た研究員達と共に、調査のため『輝冠』が出現した大穴に潜っていた。

「広いな……」

巨大な『輝冠』が開けた穴の下に形成されたトンネルを前に、ジハードが呟《つぶや》く。

地下道の奥は闇に包まれ、どこまで続いているのか見当もつかない。

「通路の高さはおよそ五メル、幅は十メルです」

「アルカザム建設時にはなかったものだ。襲撃時の状況と土壁の真新しさから考えて、直前まで掘られていたのだろう……」

ジハードと会話をしているのは白衣を纏《まと》った二人の人物。

一人はトルグレイン。グローアウルム機関の研究員であり、今回は補佐として参加している。

この調査の主任は、もう一人の人物。ぎらつく瞳を持つ老人だった。

名をファードレイ・インシードゥス。グローアウルム機関の最高責任者である。

出身はクレマツォーネ帝国。元々は高位の貴族であったが、考古学に傾倒。その後魔法学に転向した異色の経歴を持つ人物。

そして、大陸各地の魔法技術を編纂《へんさん》し、現在のソルミナティ学園で教えられている陣式、詠唱式の基礎を作った偉人でもある。

「トンネルの奥が見えません。いったいどれほど続いているのか……」

「やれやれ、早く研究に戻りたいものだ。最近、停滞していた研究にようやく光明が差してきたというのに……」

ファードレイの言葉を聞きながら、ジハードは地下通路から上を見上げる。

天井に開いた大穴からは、薄暗い闇夜が迫ってきていた。

「そろそろ日が暮れます。詳しい調査は明朝からとし、監視員を残してアルカザムに帰還します」

「ふむ、しかたないのう」

ファードレイの一言に、トルグレインは撤収の準備を始める。

穴から降ろされたロープで再び地上に戻った三人は、監視だけを残し、現場を後にする。

戻る直前、ジハードは改めて大穴を見下ろす。

既に夜の帳《とばり》が降り始めている。穴口からは先がまるで見えない、深い闇が顔を覗《のぞ》かせていた。

†

太陽が西に沈み、星々の光が天を埋め尽くした頃のアルカザム商業区。

普段なら喧騒《けんそう》の絶えることのないこの場所も、今は静か。

『輝冠』の襲来。たとえ街に被害が皆無であっても、人の噂《うわさ》というのは伝わるのも速く、同時に二十年前の大侵攻をその目で見た者には、当時の恐怖を掻《か》き立てるには十分だった。

その商業区の一角にある宿屋兼酒場の牛頭亭もまた、今日は閑古鳥が鳴いている。

一応、泊まっている客もいるのだが、カウンターの一画から発せられる怒気に怯え、自室にこもってしまっている。そして、誰もいない店内で、元凶であるマルスはやけくそのように酒を飲んでいた。

「ング、ング……はあ……」

「ねえお兄ちゃん、前に言ったよね。お店でお酒飲むの禁止って！」

「うるせえ……」

エナの苦言を無視して、グラスの中身を呷《あお》る。

カッと酒が喉を焼く感覚。その度に頭は霞《かすみ》がかかるようにぼんやりしていくが、幾ら酒を呷っても、脳裏にチラつくノゾムの姿は消えない。

二学年末での模擬戦、外縁部での腕試しで知った、彼の強さの片鱗《へんりん》。

それからマルスは授業でも休み時間でも、ノゾムと一緒に行動するようになった。アイリスディーナ達と共同で冒険者ギルドでの依頼も一緒にこなしたし、牛頭亭でバカ騒ぎもした。

単純に強さを求めて剣を振るっていた時や取り巻きがいた時とは違う、充実感に満ちた時間。初めて経験した、対等な人間関係。

その中でも一番彼の脳裏に焼き付いているのは、Sランクという絶対強者を圧倒する姿だろう。

繰り出される数多《あまた》の魔法を斬り捨て、歴戦の吸血鬼を降《くだ》した光景は、今でも鮮明に思い出せる。

それは、ある種のあこがれであり、迷走していた彼自身が目指すべき目標を見出《みいだ》せた瞬間だった。

どれもが眩《まぶ》しく、故に怒りは収まらない。

（なんで全力を出さなかった！　アイツの実力なら、簡単だっただろうが！）

こみ上げる怒りと憤り、そして失望。それを誤魔化すように酒を飲み干し、さらに注ごうとする。

しかし、横合いから伸ばされた手が、酒瓶とグラスを奪い去った。

横を見れば、エナがぷんぷんと怒り顔を浮かべている。

「……返せ」

「ダメ、今日のお兄ちゃんは悪いお兄ちゃんです」

「マルス、いい加減にしな！　アンタのせいで泊まってるお客さんすら出てこないんだから！　おまけに店の商品にも手を出して……」

調理場から出てきたハンナも、エナに同調。マルスは舌打ちをしながら、恨めしそうに二人を睨《にら》みつける。

「……マルス」

「なんだよ親父《おやじ》……って、何しやがる！」

その時、育ての親であるデルがマルスの傍《そば》に歩み寄り、マルスの襟首を掴《つか》む。

マルスは何事かと抵抗するが、マルス以上に体格のいいデルの腕はびくともしない。

「何があったかは知らないが、そんな熱くなった頭では何もできん。しばらく頭を冷やしてこい」

デルは抵抗するマルスをそのまま表通りに放り投げると、素早く入口に掛けられている「営業中」の札を「準備中」に変えてドアを閉めてしまった。

しばしの間、店内にはドンドン！　とドアを叩く音が響いていたが、やがて諦めたのか、静かになる。エナとハンナの口から溜息《ためいき》が漏れた。

「はあ、お兄ちゃんにも困っちゃうなぁ……」

「どの道、今日は店開けてもどうしようもないねぇ。お客さん、すっかりいなくなっちゃったし」

「でも、どうしちゃったのかな、お兄ちゃん。最近はあんなふうになることなんてなかったのに……」

「そうだね。ノゾム君達と出会ってから、暴れたり自棄《やけ》になることなんてなかったんだけどねぇ……」

「学園で何かあったのかな？　確か、凄《すご》く危険な魔獣が現れたって言ってたけど……」

マルスがいたテーブルを片づけながらも、エナは最近良くなっていたはずの兄の変容に、つい鍵のかけられた入口を見つめてしまう。そんな彼女の肩に、デルの大きな手がそっと置かれた。

「心配するな。今は無理かもしれないが、落ち着けば帰ってくる。その時、説教ついでに聞いてやればいい」

「お父さん……」

「そうだね。エナを悲しませたんだから、キッチリとお灸《きゅう》を据えないと」

ハンナもまた娘を安心させようと、ニッと恰幅《かっぷく》の良い笑みを浮かべて胸を張る。

両親の優しさに、エナはようやく微笑《ほほえ》むと、小さく頷いた。

その時、入口のドアがトントンと遠慮気味に叩かれる音が響く。

「はい。どなたですか？」

明らかにマルスとは違う様子に、エナは客が来たのかとドアを開ける。

「ティ、ティマさん……?」

「ハア、ハア……夜分遅くにすみません! マルス君、帰っていますか!?」

そこには、息を切らせた萌黄《もえぎ》色髪の女の子がいた。

†

店を追い出されたマルスは酩酊《めいてい》したまま、覚束《おぼつか》ない足取りで商業区の裏通りを歩いていた。

小綺麗《こぎれい》にされた表通りと違い、この場所にはあちこちゴミが散乱していて暗い。

だが、その暗闇が今のマルスにとっては安心できた。少なくともこんな情けない姿を他人に見られずに済むから。

「はあ、はあ……うぷっ!」

ふらついた体を、壁に手をついて支えると、ひんやりとした感触が手の平に返ってくる。

相変わらず苛立《いらだ》ちで頭は茹《ゆだ》っているが、育ての親にあれだけ叱られて追い出されたこと、何よりも包み込むような涼しい闇が、彼の内に渦巻く激情の熱を幾分か冷ましてくれていた。

(そういや、今日のアイツどこか変だったたな……)

多少冷静になった頭で、マルスは今日ノゾムの様子がいつもと違うことを思い出す。

あの鋼鉄すら容易《たやす》く切り裂く刃《やいば》を使わず、動きにも精彩を欠く。

心ここにあらずといった時も多く、何かを必死に隠そうとしている様子が見て取れた。

(くそ……なんだってんだよ……。そんなに俺達が信用できなかったのかよ……)

霞むマルスの視界の中に、皮膚がささくれた手が映る。怒りのあまりノゾムを殴り飛ばした右手だ。

マルスの脳裏に、下を向いていたノゾムの姿が蘇《よみがえ》る。

いきなり殴った自分に殴り返しもせず、ただただ下を向いていたその姿が、以前蔑視していた頃の彼の姿と重なり、再び怒りがぶり返してきた。

だが同時に猛烈な後ろめたさもこみ上げてくる。ノゾムに対する怒りと罪悪感の板挟みに蝕《むしば》まれ、マルスは誤魔化すように早足で、暗い通りの奥へ奥へと進んでいく。

その時、耳障りな喧騒が彼の耳に届いてきた。

「や、やめてください！」

「いいじゃねえかよ。夜遅くにこんな場所に一人で来るんだ。遊びたかったんだろ？」

「俺達と一緒にってのはどう？　もちろん朝までさ！」

助けを求める女性と、下卑た男たちの声。聞こえてきた方向に目を向ければ、袋小路で小綺麗な女性を取り囲む五人の青年達がいた。

ナンパ……というには、いささか強引では配慮に欠けた行為。

女性の方はどう見ても嫌がっており、迫ってくる男達から逃れようと、伸ばされる手を必死に振り払おうとしている。

だが、そんな嫌がる女性の様子に男たちはむしろ余計に興奮し、グイグイとより強引に迫っていく。

どう見ても不良やろくでなし共だが、その男たちの中に、マルスは知っている顔を見つけた。

「……お前ら、何やってんだ」

「げ、マルス！　な、なんでここにいるんだよ」

マルスの目に留まったのは、最も女性の近くにいる私服姿の二人の男。

彼らは以前マルスの取り巻きだった十階級の男子生徒達だった。

「見りゃ分かるだろ？　遊びに誘ってんだよ」

「は、放してください！」

元取り巻きの男の一人が強引に女性の腕を掴む。女性は必死に振り払おうとするが、大勢な上、相手は十階級とはいえソルミナティの生徒もいる。逃られるはずもなかった。

「ひゅ〜〜。かなりいい体してるぜ！　こりゃ当たりだな」

「ああ！　久しぶりに楽しめそうだ。おい、絶対に逃がすなよ」

「や、やめ、やめて……」

それどころか、女性が必死に抵抗する様を見てさらに興奮する男達。口々に女性をはやしたて、女性の胸や臀部《でんぶ》に触れていく。

そして男共に対する恐怖が限界を超えたのか、ついに女性はぺたりと座り込んでしまった。

それをチャンスと見たのか、男の一人が女性の服に手をかける。

次の瞬間、強烈な打撃音が響き、その男は宙を舞った。

「マルス！　てめえ！　何しやがる！」

「うるせえよ。今イライラしてんだ。そんな俺の目の前でさらにイラつくことしやがって……」

マルスが仲間を殴り飛ばす様を見て、一瞬で激高するろくでなし共。

そんな中、マルスの実力をこの中で誰よりも知っているはずの元取り巻き達が一歩前に出る。

「へぇ……俺と戦う気か？」

「何言ってんだよ。以前のお前ならともかく、すっかり牙を抜かれておとなしくなっちまったお前に負けるはずないだろ！」

マルスの口元が吊《つ》り上がる。胸に渦巻く不快感の発散場所を見つけた歓喜の笑みだった。

「大体、あの最底辺と一緒にいるような奴に俺が……」

耳障りな声でノゾムのことを口に出した瞬間、マルスはその元取り巻きに殴りかかる。

しかし、突き出した拳は横から伸びてきた手に掴み取られた。

「随分とくだらないことやってんな、一匹狼《おおかみ》気取り」

マルスを止めたのはケヴィンだった。

彼は驚くマルスを他所《よそ》に、不良達をギロリと睨みつける。向けられる威圧感に気圧《けお》された不良達は、ナンパしていた女性を放り出して逃げてしまった。

「っ、テメエ、何のつもりだ」

「つまらない奴らを相手にするほど暇なのか？」

「てめえには関係ねえだろうが！」

「ああ。だが、今この都市は厳戒態勢だ。下手に騒動を起こせば、ただじゃ済まないぜ？」

「知るか！」

怒号を上げながらマルスがケヴィンに殴りかかる。振り抜いた拳が銀髪の獣人の頬にめり込んだ。

マルスの顔が驚きに染まる。

一方、ケヴィンは歯を食いしばり、不動のまま殴打に耐えると、反撃とばかりにマルスの顎にフックをお見舞いする。

「ぐっ⁉」

酔いが回っているためにに踏ん張りがきかなくなっていたマルスはたたらを踏み、路地の壁に背を預ける形で尻もちをついてしまう。

ケヴィンは殴り倒したマルスを見下ろしながら、頬に走る痛みに顔を顰《しか》める。

モゴモゴと頬の裏に舌を這《は》わせると、ベロリと剥がれた皮が舌を撫《な》でた。

「ち、ふぬけている割に、良い拳を打つじゃねえか。で、頭は冷えたか？」

「……」

「まあ、後はアイツに任せるのが筋か……」

無言で見上げてくるマルスを一瞥《いちべつ》して苦笑を浮かべると、ケヴィンはくるりと踵《きびす》を返す。

彼が路地の奥に姿を消すと、マルスは溜息と共に天を仰いだ。

（何やってんだ、俺は……）

赤く腫れた頬、砂と土で汚れ、地べたに座り込む己の姿。ただイラつきをぶつけるためだけに暴れようとした結果がこれである。かっこ悪いことこの上ない。

（くそ……何でいつも俺はこうなんだ……）

そして暴れて熱が冷めれば、ノゾムを殴ったことに対する後ろめたさと最悪感が、よりいっそう彼を責め立ててくる。

そして、そんな罪悪感すら再度怒りで塗りつぶそうとする自分を自覚し、更に情けなさを突きつけられる悪循環が繰り返されていた。

（アイツも呆《あき》れてるよな……。散々頼った挙句《あげく》にこのざまだったんだ……）

マルスの脳裏に、ティマの姿が思い浮かぶ。

力を振り回すしか能がなくて、周囲の人全てを傷つけるしかできない自分に、魔法の使い方を教えてくれた彼女。オドオドしていて見た目は弱々しいが、実は凄く芯が強い女性。

(だけど、俺はティマの期待を裏切っちまった……)

彼女の忠告を無視して、あの不安定な併用術に頼った結果、仲間を窮地に立たせてしまった。

『輝冠』との戦いで致命的なミスを犯したのは、ノゾムではなく自分自身。ノゾムに対する怒りも、その裏には自分の不甲斐《ふがい》なさから目を背けたかったからだ。

「はは……ほんと、情けねえ……」

喪失する自信と胸を焼く自己嫌悪。乾いた笑い声がマルスの口から漏れる。

消えてしまいたい。そんな感情すら鎌首をもたげたその時、聞き覚えのある声が耳に響いてきた。

「はあ、はあ、はあ……見つけたよ。マルス君」

呼ばれた名前に反射的に顔を上げると、ティマの姿が彼の目に飛び込んできた。

ここにいるはずのない少女の登場に、マルスは思わず目を見開く。

失望しているはずだと自己嫌悪にマルスが視線を逸らす中、ティマは何故か安堵《あんど》の笑みを浮かべると、彼の隣にぺたんと座り込む。

「…………」

「…………」

流れる無言の静寂。やがて、ティマが何かを決心したようにゆっくりと口を開く。

「マルス君。ハンナさんとデルさん、本当のご両親じゃなかったんだね……」

「っ！　なんで知っている！」

「あの後、マルス君達を探してお店に行ったら、事情を聞いたハンナさん達が話してくれたの……」

カッと顔が熱くなり、ドロリとネバついた昏《くら》い感情がこみ上げてくる。

ハンナとデルはマルスとエナの本当の両親ではない。

二人を生んだ実母は、マルスが六歳の頃に流行《はや》り病でこの世を去っていた。

その後、失意に沈んだ実父は酒と女に溺れるようになっていった。一日、二日と徐々に家を空けるようになり、ふらっと帰ってきても子供達に目を向けることはなく、部屋に閉じこもる。

まだ幼いマルスやエナが部屋の外で必死に父親を呼ぶが、返ってくるのは優しさではなく暴力。

実父は子供達から涙声で懇願されても拳を振るうことをやめず。二人は父親からの理不尽な暴力に必死に耐えるしかなかった。

そんな日々が一年ほど続いたある時、ついに父親は帰ってこなくなった。後から聞いた話では酒場で知り合った女と他の町に逃げたらしい。

その後、両親がいなくなった二人をどうするかと親戚同士が集まったが、その場で行われたのは話し合いではなく、父親に捨てられた二人の押し付け合いだった。

当時はまだ大侵攻の影響で様々な不安が蔓延《まんえん》していた時代。どこの親戚も自分の家を守ることに精一杯で余裕はなく、彼らの目には醜い罵り合いの端で身を寄せ合う兄妹《きょうだい》の姿は映らなかった。

その時だった。ただ押し黙り、幼いエナを抱いていたマルスの胸に怒りの火種が灯《とも》ったのは。

「まったく、情けないねえ。ならその二人、うちの子にするよ」

だがその時、突然声を荒らげて割り込んできた人がいた。

まだマルスの母親が生きていた時に懇意にしていた近所の女性、ハンナだった。

彼女はマルスとエナに見向きもしない親戚達を一喝すると、二人の手を取り、自宅に連れて帰った。ハンナの夫であるデルも初めは驚いたが、元々二人は子供に恵まれなかったこともあり、了承。マルスとエナはこの夫婦の子となり、そしてアルカザムに移り住んだのだ。

「驚いちゃった。まさか、二人がハンナさん達の実のお子さんじゃなかったなんて……」

「は、親なし、寄生虫。そう言われたこともあったがな……」

別段、孤児など珍しくはない。しかし、人の悪意は、常に自分達とは違う者達に向けられる。

さながら、白い羊の群れの中に、黒い羊がいるように。

「でも、ハンナさん達は二人をすごく大切にしてたよ。マルス君もそうでしょ？　悪い人たちをお店に連れてきたことはないって、言っていたし……」

少しの間だけだけど一緒にいて、ティマには分かったことがある。

マルスの怒りは、一種の自己防衛。幼かった頃の彼が抱えることになってしまった心の傷。肉親から捨てられた事実と理不尽に受けた暴力に対する彼の必死の抵抗だったのだ。

「俺は、強くなりたかった……あんな理不尽をぶっつぶせるくらい強くなりたかったんだ。内心、ノゾムやお前みたいな力が俺にもあればって、思ってた」

これまで抑えつけられていたマルスの想《おも》いが、押し出されていく。

一度漏らしたら、言葉はもう止まらない。

「お前に魔法を教えてもらって、その力を手に入れられたと思ってた。でもそれは勘違いだった……。結局、俺は自分の怒りを抑えられなかった」

心に巣食う怒りを堪えられなかった日々と友人に対しての嫉妬、自分が犯した間違いに対する懺悔《ざんげ》。

「情けない話だろ。ただ自分の怒りに任せて、やってることはあのくそ野郎《実父》と同じだ……」

「マルス君……」

初めて曝《さら》け出した思いの丈。項垂《うなだ》れるマルスの独白を、ティマは隣でただ黙って耳を傾け続ける。

「今日のこともそうだ。元を正せば俺がいい気になってあの術を使えると驕《おご》り高ぶったことが原因だ。何度も何度もお前には言われていたってのに……結局、俺は……」

強く握りしめたマルスの拳からはポタポタと血が滴っている。

自己嫌悪が過ぎたが故の自傷行動。紅くに濡《ぬ》れた拳に、そっとティマの手が差し伸べられる。

「ティマ?」

「私、知ってるよ? マルス君が本当はとても優しいんだってこと。皆知ってる。アイもノゾム君も、ソミアちゃんもシーナさんも……」

血で汚れることも厭《いと》わずにマルスの拳を包みながら、ティマはゆっくりと言い聞かせるように言葉を紡いでいく。

「ルガトさんと戦った時、この手は私を守ってくれた……。私の友達を助けてくれた」

男性と比べて体温の低いティマの手は、ちょっと冷たい。しかしその冷たさが、暗闇の中でも消えなかった熱を癒し、強張った心を解していく。

「マルス君は確かにちょっと間違っちゃったかもしれない。でも、まだ何とかなるよ。だってノゾム君も私達も、まだちゃんとここにいるんだよ?」

マルスはハッとした表情で顔を上げた。

いなくなってしまった実父との時間はもう進めることができない。父親が逃げ出してしまった以上、マルスは自分の心の中の怒りを本当に向ける先がないのだから。

だが、ノゾムとのことはまだ間に合う。彼はまだこの街にいるはずだし、彼自身、心の奥底ではもう一度彼に会いたいと思っているから。

「……間に合うかな？」

「間に合う。ううん、間に合わせようよ。もう一度ノゾム君に会って、今度はちゃんと言おうよ。『お前何隠してんだ！』って」

「はは……。それ、俺の真似《まね》か？」

似合わない口真似に、マルスは思わず苦笑を漏らし、ティマも顔をほころばせた。

ひとしきり笑い終わると、マルスはもう一度目を閉じ、大きく深呼吸をする。

息を吐きつくす頃には、こびり付いていたわだかまりは嘘《うそ》のように洗い流されていた。

「そうだな。アイツにもう一回会って、謝らないと。そして言ってやらないとな。『俺達に隠し事してんじゃねえ！』って」

マルスの顔に、いつもの不敵な笑みが戻ってきた。

気を持ち直した彼の様子に、ティマも笑みを浮かべ、二人は立ち上がる。

「じゃあ、アイツを探しに行くか。もっとも、どこにいるのやら……」

「どうも街の外に出て行っちゃったみたいなんだけど……痛！」

善は急げとノゾムを探し始めようとした時、ティマの顔が歪《ゆが》み、体がよろけた。

マルスは慌てて彼女の体を支える。よく見れば彼女の右足に力が入っていない。

小刻みに震える様子は、筋肉が負傷した組織を庇《かば》っているが故の動き。

マルスは一瞬目を見開くと、無言でティマの靴を脱がせ始めた。

「あ、あの、マルス君？」

靴を脱がせたマルスの目に、白く、細いティマの足首に不似合いな、紅黒い腫れが飛び込んできた。

次の瞬間、彼の表情が厳しいものに変わる。

「お前……その足」

明らかに捻挫《ねんざ》による内出血。マルスがノゾムを殴った際、彼女を突き飛ばしたことで負ったものだった。

「だ、大丈夫だよ。さっきまでは痛かったけど、今はあまり痛みを感じなくなってるし……」

「馬鹿、いいわけないだろ！　それって酷《ひど》くなってるってことだぞ！」

「えっ、ちょっと！　マルス君⁉」

言いよどむティマを無視して、マルスは彼女の脇下と足に手を入れて抱きかかえる。いわゆる、お姫様抱っこという状態だ。

「とにかく！　今はすぐに家に戻って治療するぞ！」

「え、あっ！　待って待って！　きゃあああ！」

ティマが顔を真っ赤にしながらジタバタと暴れる中、マルスは一目散に走り出す。とにかく彼女を手当てしなければという思いで頭がいっぱいで、ティマの抵抗などどこ吹く風だった。

「ふ、ふえ……ふえええええええ！」

マルスは彼女の抵抗を力強い抱擁で封殺しながら、悍馬《かんば》のごとく爆走していく。

そして恥ずかしさが天元突破したティマの悲鳴が、夜の街に木霊《こだま》していった。

†

闇夜に包まれたスパシムの森。シノの小屋で、ノゾムは一人、失意のまま刀を振るっていた。

それは彼の癖である逃避行動。おまけに、その様は普段の彼とは比較にならないほど醜く、稚拙だった。

動きはバラバラ。彼の師が見たら、怒号と共に張り飛ばされること間違いなしの無様な型。

彼自身、自分の醜悪な逃避行動に自覚はあるが、それでも止められない。

こみ上げる激情。胸の奥で渦巻き続ける怒りが、肉体の悲鳴を無視し続けている。

「はあ、はあ、はあ……」

息を切らしながら刀を振るい続ける間にも、抜身の刀には気の淡い光が注がれている。

既に残りカスになってしまった気すらも注ぎ込んで、気刃を作ろうと試みるも、肝心の愛刀はうんともすんとも言わない。

次の瞬間、ガクッと膝が崩れ落ちた。

刀を杖《つえ》のように地面に突いて堪えるが、ガクガクと震える体は彼の意思に反して動かない。

後悔と焦燥に急《せ》かされる心と、疲弊しきった体が、完全に乖離《かいり》してしまっていた。

「くぅう！」

それでも諦めず、ノゾムは自分を縛る不可視の鎖にまで手をかける。

これがあるから……。そんな顔で八つ当たりするように鎖を引き千切ろうとするも、以前なら紙のように容易く千切れた不可視の鎖は、今は本物の鉄のように硬く、ビクともしない。

動けなくなった体と絞りつくされた気。残るのは、罪悪感と後悔、そして自分に対する情けなさ。

「くそ、畜生……」

思いっきり地面を殴りつける。噛《か》み締めた唇から血が滴り、ポタポタと拳に落ちていく。

静寂に満ちた森の中、木々の隙間から除く月明かりだけが、彼を慰めるように照らしていた。

「こんなところにいた。探したわよ……」

突然の声にノゾムが驚いて顔を上げると、木々の陰からシーナ・ユリエルが姿を現した。

かなり焦って走ってきたのか、彼女は息を弾ませており、艶やかな蒼髪《そうはつ》も少し乱れている。

「君こそ……なんで、こんなところに……」

「貴方《あなた》を探しに来たに決まっているでしょ。いきなりいなくなったりして。……皆探しているわよ」

「みんな……」

シーナは気の抜けた表情で呟くノゾムの隣に来ると、彼の体を支えながら、一緒に座り込む。

「そっ。アイリスディーナさんにティマさん、ソミアさん。アンリ先生にミムルにトム。あの面倒くさがり屋のフェオまでいたのよ？」

「そっか……」

努めて明るく喋《しゃべ》るシーナだが、ノゾムはその表情を曇らせたまま。

しばしの間、沈黙が二人の間に流れる。

「アイリスディーナさんも知っていたのね。貴方の力」

「アイリスから聞いたの？」

「ええ、ついでに貴方が彼女達に何をしたのかも、ね」

ノゾムの質問に、シーナははっきりと頷き、滔々《とうとう》と話し続ける。

「能力抑圧の解放。聞いたことないわね、こんな話。学園の図書館にある書物でも見たことないわ。おまけに、あのディザード皇国を束ねる七氏族の一画。ウアジャルト家の吸血鬼と戦って勝利を収める。とても信じられない話ね」

「それはそうだろうな……」

「そうね、貴方を知らない人間ならありえないと切って捨てるわ。噂の中にしかない、虚構の貴方しか知らない人なら……」

シーナから向けられる、変わらぬ信頼の視線。しかし、それは今のノゾムには辛《つら》かった。

「どんな力を持っていても、肝心の時に使えなきゃ意味はないけどな……」

自嘲の笑みを浮かべながら、ノゾムは吐き捨てるように呟く。

無価値感と自己否定を伴う重苦しい言葉。それは、未《いま》だに続く彼の自傷行動であり、進まなければと思いながらも、進めなかった彼の心の悲鳴だった。

「あの時……アビスグリーフの時だってそうだった。本当は初めて遭遇した時に使っていれば、そもそもトムは怪我をしなかったし、君も無茶をしなくて済んだ。なんとかできる手を持っていたのに、俺は何もしなかったんだぞ……」

「でもその代わり、私はラズと再会できなかった。あの時の私が貴方の力を見たら、きっとよりいっそう自分を責め立てて、焦っていたはず。一人の人間が、あれだけの力を持てるのに、って……」

だから、これでよかったのよ……。

そう続くシーナの涼やかな声が、ノゾムの暗く澱《よど》んだ言葉を優しく、流し去っていく。

そして彼女はおもむろにノゾムと向かい合うように回り込んで膝立ちになると、そっと彼の頬に手を添え、グイッと上を向かせた。

蒼穹《そうきゅう》を思わせる瞳が、覗き込むように見つめてくる。

親愛と信頼に満ちた、まっすぐな視線。ノゾムは思わず気圧《けお》されるように息を飲む。

「だから、貴方が自身をどう思おうと、私は貴方に感謝している。ミムルとトム、そしてラズと、もう一度こうして向き合うことができているのだから」

トクン……。冬の海のように荒れていたノゾムの心に静かな波紋が広がり、頬に伝わる熱が、乱れていた激情を沈めていく。スッと自然とシーナの顔がノゾムに近づき……ピタッと止まった。

（あ、あれ？　今私、何をしようとしたの？）

突如として、シーナの脳裏に疑問符が乱れ飛ぶ。

至近距離から見つめ合っていることに気づき、シーナの頬が急激に熱を帯びていく。

（え、え？　ちょっと待って。え？）

全身を貫く、今まで味わったことのない感覚。キュッと胸が締め付けられ、もっと彼の近くに寄りたいという感情が湧き上がる。

自分の無意識な行動と合わさり、こみ上げる欲求が彼女の全身を痺《しび》れさせていく。

「…………？」

硬直している彼女にノゾムの疑問の視線が向けられた。

（あ、呆《ほう》けた顔もいい……じゃない！　もしかして、私……）

今まで味わったことのない感覚、無意識な行動と欲求。それらを前に示された答えに、シーナは愕《がく》然《ぜん》としながら、唾を飲み込む。

「え、えっと。だから、その……」

（私、エルフよ？　彼は人間よ？　そんな感情、持つことって……）

理性が疑問を示す中、本能はより素直に、より積極的に訴えてくる。

もっと近くに、もっと傍に……と。

熱く拍動する心臓。無意識の深呼吸。吐き出した息は、彼女自身が驚くほど艶っぽかった。

一方、シーナの献身的な心は、凍り付いていたノゾムの胸に染み渡っていく。

「アイリスに信じてもらえて……そして君が過去のトラウマを乗り越えた姿を見て決めたんだ。もう一度、リサに向き合おうって。ケンに、真実を問いただそうって……」

全てを受け入れて、強くあろうとする少女の姿に、彼は自分の心を吐露し始める。

そして一度口にしてしまえば、抑え込まれていた感情は堰を切ったように溢れ出していく。

「そうしたら、失敗した……」

「失敗？」

「あの噂を広めて、俺とリサを騙《だま》したのは、ケンだった。カミラと共謀して……」

ノゾムの告白に、シーナは「やっぱり……」と静かに頷き、先を促す。

「そうしたら、頭の中が真っ白になってた。そして……」

「そして……？」

「俺は能力抑圧を解放して、二人と、割り込んできたリサを殺しかけた……」

殺しかけた。その言葉にシーナが目を見開く。一方、ノゾムは自分の怒りを抑えられなかった時のことを思い出し、沈痛な表情を浮かべたまま下を向いてしまった。

「ノゾム君……」

思わぬノゾムの告白に言葉を失いつつも、意を決して口を開こうとしたその時、茂みの奥から間延びした女性の声が響いてきた。

「いた～～～～！」

「「え？」」

直後、森からアンリが飛び出してきたかと思うと、ノゾムに思いっきり飛びかかる。

「ブフッ！」

「あっ……」

「なんでいきなりいなくなったの～～！　心配したんだよ～～！　探したんだよ～～！」

横合いから跳ね飛ばされ、碌《ろく》に受け身をとれなかったノゾムは、アンリの胸に顔をうずめながら、後頭部を地面に強打。一方、アンリはぐいっとノゾムの上体を引き上げると、彼の頭をホールドしたまま、ブンブンと激しく身をよじらせ始める。

満身創痍《そうい》、疲労困憊《こんぱい》状態のノゾムは、後頭部に走る痛みと顔に感じる柔らかい感触に完全硬直。

「アンリ先生、落ち着いてください！　とにかく、その手を放して……！」

横で思わず茫然《ぼうぜん》としていたシーナが、慌ててアンリをノゾムから引き剥がす。

「げほげほ……ありがとう」

「いいよの。気にしないで」

「……なんだか、二人ともいい感じだね。青春？」

「そ、そんなんじゃないですから！」

内心は未だに混乱状態を引きずっているシーナを他所に、ノゾムはアンリが現れたことに驚いていた。この場所は、特総演習が行われていた区域からはかなりの距離があるからだ。

「アンリ先生、どうして俺のいる場所が分かったんですか？」

「ノゾム君、演習のペンダントつけっぱなしでしょ～。それ、特定の探知魔法に反応するように作られているのよ～」

そう言いながら、アンリが懐から、奇妙な道具を取り出す。

ガラスの蓋が施された真鍮《しんちゅう》製の円盤。その中には魔法陣が描かれ、中心にはとがった針が置かれており、その針はノゾムがつけているペンダントを指していた。

「ただこれ、開発中のアイテムだから、精度が今一歩なの～。だから、時間がかかっちゃったわ～。というか、どうしてシーナさんはノゾム君がここにいるってわかっていたの～？」

「ここは、以前に私達が魔獣に襲われた時にかくまってもらった場所です。アンリ先生は聞いていないのですか？」

「アビスグリーフのこと？　一応、インダ先生から概要は聞かされているわ～。なるほど、ここがノゾム君のお師匠様の家ね～」

ごそごそとペンダントをスカートのポケットに戻すと、アンリは感慨深そうに、ぐるりと周囲を見渡す。一方、ノゾムはアンリがシノの存在について言及してきたことに驚いていた。

「なんで、師匠のことを知っているんです？」

「うん？　ノゾム君の刀術の成長を見ていれば、誰か教えている人がいたことは分かるわよ～」

ノゾムはアンリにシノのことを話したことはなかったが、さすがはソルミナティ学園の教師といったところだろうか。

普段のぽわぽわした言動とは裏腹に、彼女はちゃんとノゾムの師の存在を察知していたらしい。

ご挨拶しなきゃ～。とのんきなセリフを口にしているアンリに、ノゾムは師が既に亡くなっていることを伝える。

「そうなの～。残念ね～。かのミカグラ流の大剣豪。気術を使う人間として、お目にかかりたかったわ～」

「大剣豪……。やっぱり、師匠はすごかったんですね」

「ノゾム君は、お師匠様から聞いたことはないの～」

「一応、故郷のこととかは少し。でも師匠は病気でしたし、多くは聞けませんでした……」

当時のノゾムは、ただ逃避先が欲しかっただけだった。教えられた刀術の名前や由来より、一つでも多く技を学び、戦う術を吸収することを最優先してきた。

本当の意味で打ち解けられたのは、師と最後の鍛練の直前。ほんの僅かな時間だけ。

彼女の最後の言葉を受け止めることができたとはいえ、もっと話をしたかったと思う時はある。

「師匠は言っていました。逃げることはいい。でも、逃げた事実からは目を背けないでくれって……。だから俺は……」

進もうとした。でも、失敗してしまった。

耳が痛くなるほどの沈黙と、握りしめられた拳が、言外にノゾムが抱く口惜しさを語っていた。

数秒か、数十秒か。己の不甲斐なさと怒りに全身を震わせていたノゾムだが、やがて潮が引くようにふっと体に入っていた力を抜くと、沈痛な面持ちで顔を上げる。

「アイリス達にも、心配かけちゃったかな……」

胸を突く申し訳ないという思い。だが同時に、ほんの少しだけ、嬉《うれ》しさもこみ上げる。

「ノゾム君、貴方の力、本当に能力抑圧の解除だけなの？」

「…………」

「そう、やっぱり違うのね……」

確信を漂わせたシーナの言葉に、ノゾムの心臓が一層激しく拍動する。

「聞いてほしい、知ってほしい。そんな思いもあります。でも同時に、怖くもあるんです……」

同時に、そんな彼女の言葉に促され、彼は少しだけ自分の内心を漏らした。

抱え込んだ秘密を話したい、楽になりたい。それはノゾムの中にある本音である。

だが、解放されたいという欲求以上に、恐怖が彼の心を縛りつけていた。

「この力には、別に意志があります。それも、みんなを危険にさらすような意志。もし、こいつが無秩序に解き放たれたら、俺が……皆を殺してしまいます」

現に、自分は一度、幼馴染を殺しかけた……。

そんな言葉を最後に、ノゾムは再び黙り込んでしまう。

リサを殺しかけた時と同じように、我を失い、大切な人たちを殺してしまう恐怖。

孤独から解放されたからこそ、その恐怖はより強く、ノゾムの心を縛りつけていた。

「ノゾム君は、お師匠様の最後の言葉があったから、もう一度挑戦しようって思ったんだよね～？」

アンリの質問に、彼は小さくは頷く。

「もう一つ聞くわ。ノゾム君は最後の言葉以外に、お師匠様から大切なことを伝えられなかった～」

「大切なことって……」

「思い出してみて、彼女はきっと伝えたはず。言葉にしなかったかもしれないし、本人は意図していないかもしれないわ～。けど、今のノゾム君が自分の不安を乗り越えるために必要なことが、きっとなんらかの形で隠れているはずだよ～」

「師匠が、俺に伝えてきたこと……」

「人の感情って、言葉や表情で表すと一言なんだけど、その後ろにはすごく複雑な思いを抱えていることが多いの。最後のお師匠様の様子、どんなだった～」

アンリの言葉に促されるまま、ノゾムは目を閉じ、師との別れの時を思い出す。

浮かぶのは、シノの最後の言葉、逃げてもいいが逃げた事実からは目を背けないという約束。

睡死病を患った彼女は、過去の思い出話をした後、殺意と剣気を発し、本気で刃を振るってきた。

ノゾムに、自身の逃避に気づかせるために。

そして、自らが睡死病であることを告白し……。

『どうか、私の最後の願い。受け入れてはもらえませんか』

迷子のような泣き顔を浮かべていた。

「……不安、そうでした。俺がちゃんと自分の想いを受け止めてくれるかどうか」

「うん。私もきっとそうだったと思うわ～。誰だって自分の辛い過去を話すのは勇気がいるもの～」

アンリの言葉にシーナも頷きながら、自分を抱きしめるように腕を組む。

「……そうね。私もこの間までは家族のこととか故郷のことを、思い出すのも辛かったわ」

人は元来臆病で、常に自分の本音を隠しながら生きている。

特に心に傷を負った人間ならば、胸の内をさらすのはなお難しい。ましてそれが、自らの思い出したくないほど辛い過去そのものだったのなら、いったいどれほど苦悩するだろうか。

シノも心に大きな傷を負っていた人間。しかも、自らの国を捨て、こんな辺境の森に隠匿するほどだったと考えれば、彼女が『自分の本当の気持ち』を口にするのに、どれだけの『不安』を抱えていたのかは、想像に難くない。

「でも、ノゾム君はきちんとお師匠様のこと、受け入れることができたんでしょう？」

「……はい」

涙と共に自らの寿命と過去を告白したシノの想いに応えようと、ノゾムは初めてティアマットの力を解放し、同化した滅龍と対峙《たいじ》。殺されかけるもティアマットの力の一部を奪い取ることに成功した。

「ノゾム君がお師匠様と向き合えたのは、シノさんの想いを受け入れたいと思ったからでしょう～。アイリスディーナさん達も、多分同じ……」

アンリはそう言い聞かせるように優しげな笑顔を浮かべながら、言葉を締めた。

硬く握りしめられたノゾムの拳にさらに力が入る。小刻みに震える手と伏せた眼差《まなざ》し、そして噛みしめられた唇が、未だに残る彼の迷いを象徴していた。

シーナはそんなノゾムの正面に回り込むと、震える彼の手を自分の両手で優しく包み込む。今一度、彼を勇気づけるように。

「……あ」

「大丈夫、今は少し臆病になってしまっているけど、貴方は一度、きちんと大切だと思える人と向き合えている。なら、もう一度できるはずよ」

エルフ特有の透明感のある髪をなびかせながら、彼女は透き通るような視線で、ノゾムを見つめる。

一片の迷いもない瞳。じんわりと手の平から伝わってくる温《ぬく》もりがノゾムの心を優しく導いていく。

ノゾムの心に、小さな火花が走ったような感覚が走る。

ポウッと彼の胸に灯った小さな火種。淡く、儚《はかな》い光ではあるが、その光はノゾムの心に巣食った闇の中で懸命に輝きを放ち始めた。

「シーナ、さん……」

「貴方は私に、大切な人達と向き合う機会をくれた。本当に感謝している。だから今度は私が貴方の力になりたい」

その言葉がノゾムの心の中で弾《はじ》け、胸の奥で消えかけていた火種が紅く、輝きを増していく。

「それに、きっと彼女も……もうすぐ来るわ」

シーナが振り向くと同時に、木々の奥からサクサクと草を踏む音が流れてくる。

「アイリス、マルス……それにみんな」

姿を現したのは、アイリスディーナ、そしてマルスを先頭にした仲間達だった。

CHAPTER 6

第六章――今一度、始まりの一歩を

Ryuusa no Ori
Kokoro no
Naka no Kokoro

『チチチ……（シー嬢、連れてきたぜ）』

「ラズ、お疲れ様」

アイリスディーナ達を案内してきたラズワードが、シーナの肩に戻ってくる。彼女は幼馴染《おさななじみ》の精霊をねぎらうと、ノゾムとアイリスディーナ達を促すように、アンリと共にすっと身を引く。

そんな彼女達の想《おも》いにノゾムは小さく頷《うなず》いて感謝すると、アイリスディーナ達と向き合う。

先に口を開いたのは、アイリスディーナだった。

「ここは……？」

「俺が二年間、修行をしていた場所。ここで、師匠から刀を教えてもらっていた」

ノゾムの視線が、小屋の傍《そば》にあるシノの墓に向けられる。

石を組んだだけの、簡素な墓。しかし、その墓に向けられるノゾムの視線は親愛に満ちており、アイリスディーナ達が見たことがないくらい穏やかな顔だった。

（ノゾム、こんな顔もするんだ……）

今まで見たことのないノゾムの笑みに、アイリスディーナは釘《くぎ》づけになった。

心臓が一際大きく脈打つ。

「ノゾム……」

「マルスか……」

アイリスディーナの横から、マルスが一歩前に出る。

普段の勝気な態度は鳴りを潜め、重苦しい空気を纏《まと》っていた。

「俺は、お前が羨ましかった。桁外れの力を手にできていたお前が……」

吐露されていくマルスの嫉妬心。ノゾムのような力が欲しくて、魔気併用術に手を出したこと。

使いこなしたような気になり、浅はかな行動を取った結果、全員を窮地に陥らせてしまったこと。

何よりも、自分の非を認めなくて、その感情を理不尽にノゾムにぶつけたこと。

それを、ノゾムは黙って耳を傾ける。

「……今さら、謝ったって許してもらえるとは思ってねぇ。顔も見たくないと思われているのかもしれない。それでも……俺はもう一度、お前に会って謝りたかった……すまなかった」

「……いいよ。それに、俺にはマルスを怒る資格なんてない。お前と違って俺は怯《おび》えるだけで、自分の全力すら出せなかった」

頭を下げるマルスを前に、ノゾムもまた、絞り出すように口を開く。

「俺は、別に意図してこの力を手にしたわけじゃなかった。単純に、死にたくなかったから戦って、その結果手に入れてしまっただけ……」

自分の手を握っては広げるを何度か繰り返すと、自分の想いを少しずつ、言葉にしていく。

不安と緊張から声が詰まる。しかし、それでもアイリスディーナ達は静かに耳を傾けてくれている。

それが、ノゾムにはありがたかった。

「俺はずっと逃げていた。逃げているんだって自覚できていても、前に進むことができなかった」

「それは私も同じだ。君が何かに悩み、苦悩していると分かっていても、踏み込めなかった」

ノゾムの告白に同調するように、アイリスディーナもまた自分の気持ちを告げていく。

「私は、君が思うほど完璧じゃないし、嫉妬深いし……何より、怖がりなんだ。こうして忌憚《きたん》なく言葉を交わせる人は、ほとんどいなかったんだよ」

仲間であるというのなら、友人であるのなら、もっとできることがあったはず。

しかし、いつの間にか、アイリスディーナは自分からノゾムと距離を取ってしまっていた。

それは、ほんの小さな嫉妬がきっかけ。でも、小さな溝は徐々に大きくなった。

気がつけば、声をかけることすら戸惑うほどに。

「分かっていた。君が何か、とてつもなく大きなことで悩んでいると。分かっていたのに、いつの間にかあたり障りのないことしか、しないようになっていた……」

「いいんだ、アイリス。元を正せば、俺がしっかりしていなかったのが悪い」

まだ何か言いたそうなアイリスディーナを押し止めながら、ノゾムは言葉を続ける。

「俺は……この力が何なのか知られたら、みんなに拒絶されるんじゃないかと思ってしまうんだ。そうでなくても、もっと酷《ひど》いことになるかもしれない。正直なところ、今でもまだ怖い……」

でも、この力が本当に必要な時に足踏みしてしまった。

ノゾムは唇を震わせながら左手を掲げ、不可視の鎖を握りしめる。

「だからいい加減、前に進まないと……。本当の意味で、ありのままの自分を見せないといけない」

ノゾムが左手に力を入れる。その身を縛る鎖は、まるで未《いま》だに心に残る不安と恐怖を象徴するように、ギシギシという音を立てて抵抗してきていた。

「ぐっ！　……うう」

服の下から紅《あか》い染みが滲《にじ》んでくる。『輝冠《ひびかんむり》』との戦いで負った傷が開いたのだ。

それでも、歯を食いしばって痛みに耐えながら、ノゾムは左手に力を込め続けるも、いざ解放を前に、心に再び恐怖の影がのしかかってくる。


『どうしたんじゃ？　もう大丈夫じゃろ？』


突然耳元に流れてきた声。ノゾムの視線が自然と、腰に差してある『愛刀』に向けられる。師の形見。横目で振り返れば、小屋の隅からそっと覗《のぞ》いてくる、彼女の墓標が見えた。

「師匠……」

幻覚かもしれない。追慕が生み出した妄想かもしれない。でも、ノゾムにはそれでもよかった。

視線を戻せば、アイリスディーナやマルス達がまっすぐノゾムを見つめていた。その後ろからシーナやアンリ達もまた、ノゾム達を見守っている。

力を使えなかった自分を軽蔑して見捨てたりせず、もう一度会いに来てくれた。

それだけで最後の覚悟は固まっていた。

「ぐうううう！」

残った気を全て左手に集中させる。抵抗する鎖が左手に食い込み、血が流れ出すが、今のノゾムにはそんなこと知ったことではなかった。

ビキビキという音と共に不可視の鎖に無数のヒビが入っていく。

そして、ついに不可視の鎖が砕け、同時に激烈な力の奔流が噴き出した。

「くぅ、相変わらずとんでもない威圧感だな……」

「な、によ……これ……」

放出する膨大な量の気。嵐のごとく溢《あふ》れる力と密度に、その場にいる誰もが息を飲む。

「嘘《うそ》、この力……精霊の……」

『やっぱりな……』

そんな中で、シーナとラズワードだけが他とは違う反応を示した。

放出する気の中に混じった五色の源素光。アビスグリーフと戦った時には知覚できなかったその存在を、両名はしっかりと感じ取り、同時に戦慄していた。

「あんな色の精霊……。いえ、あんな数の属性を持ちながら、こんな強大な力を持つ精霊なんているはずが……」

シーナのその言葉に、全員が目を見開いてノゾムを見つめる。

「人が持てるものじゃ……いえ、私達エルフでも無理……。絶対に……壊れる」

隠し切れない畏怖の表情が、その場にいた全員に改めて、ノゾムが持つ力の異質さと危険性を示す。

そんな中、アイリスディーナが渦巻く力の奔流に向かって一歩、踏み出した。

「……彼はその力を偶然得たものだと言った。本来のノゾムに合わない力押しの戦い方。そしてシーナ君が感じたという君の中にいる精霊の力。彼は一体何を……」

『精霊は複数の属性を持つより、単一の属性の方が純粋な力は強い。元々俺達は、複数の属性を持つこと自体が珍しいのさ』
アイリスディーナが漏らした声に答えるように、ラズワードが言葉を重ねる。
三属性を持ちながら小精霊にまで至ったラズワードは、精霊の中でもかなりの変わり者だ。
だがそんな彼から見ても、今のノゾムが垂れ流している力は異常としか表現できなかった。

浄化と再生、破壊を司る真紅の焔《ほのお》。

生命の誕生と清涼さを漂わせながらも、時に不浄と腐敗をもたらす、青い水。

大地の恵みで満たし、悠久の年月を刻む、褐色の土。

時に命の種や旅人達を運び、時には彼らの道を阻む、気まぐれな空の風。

そして、安らぎと不安、相反するものを全てに届ける、夜を司る漆黒の闇。


その時、シーナとラズワードの脳裏に、五色六翼の翼を広げた巨龍の姿が浮かぶ。

天にそびえる塔のような巨躯《きょく》と、その背から生えた空を覆うほどの翼。

大地すら引き裂き、金剛石すら切り裂けるのではと思えるほどに研ぎ澄まされた巨大な爪と牙。

そして、この世のすべてを滅ぼさんとするほどの憎悪と憎しみに染まった瞳。

この世界に存在する精霊達は時に荒々しい一面を見せるが、それと比してもあまりに禍々《まがまが》しい姿。

「っ！　まさか！」

『ティアマット……。お前さん、龍殺しか……』

ノゾムの正体に気づいた二人の言葉に、ノゾムは静かに頷いた。

『なるほど……な』

「龍殺しって……」

伝説の中にしかいないはずの存在の名に、アイリスディーナ達も一様に言葉を失う。そんな中、ノゾムは静かに、自身が龍殺しになった時のことについて語り始めた。

日課の鍛錬でこの小屋に向かう途中、知らない場所に迷い込み、そこで五色六翼の龍と遭遇。なす術《すべ》なく蹂躙《じゅうりん》されたところを、合流した師と共闘し、命懸けの戦いの中で能力抑圧を解放できるようになり、奇跡のような偶然の連続で勝つことができた。

意識を失う直前に見たのは、崩れて光の奔流になったティアマットが、倒れて動けなくなった自分に降りかかる光景。

「奴の力は大きすぎて俺の身体には収まらない。能力抑圧のおかげでなんとか死ななかったけど、奴自身は未だに俺の中で生きている……」

話をしている間にも、ノゾムは自分自身を喰い尽《つ》くそうとするティアマットに抵抗し続けていた。

なんとか荒れ狂う力を抑えつけようと歯を食いしばるが、奴はそんなノゾムの努力をあざ笑うかのように、嬉々《きき》として彼の体内で暴れ続ける。

「はあ、はあ……抑圧を解放する度に奴は俺の体の中で荒れ狂った。おまけに最近は、俺の感情に呼応して、精神にも干渉し始めている。俺が皆を殺す夢を見せたり、怒りから無秩序に暴れたこともあった。リサとケンを、問い詰めた時にも……」

「ノゾム……」

「いずれこいつは、俺の体と心を、喰い破って出てくるかもしれない……」

荒い息が漏れ、額には脂汗が浮き、顔はこれ以上ないほど強張《こわば》っている。

「これを周囲に知られたら、俺自身どんな扱いを受けるか分からなかった。実験体にされるのか、政治の道具にされるのか、使い勝手のいい駒扱いされるのか……。それ以上に、みんなに知られたら、みんなにどう思われるか……」

自分が抱えていたもの、全てを曝《さら》け出し続ける。

「もし、俺がこの龍に呑《の》まれたら、きっと、俺はみんなを殺してしまう。そうでなくても、きっとみんな、いなくなるんだろう。気がついたら、その考えが頭から離れなくなっていた。不安で不安で……しょうがなかった……」

シノが生きていたら、ノゾムはここまで追い詰められなかっただろう。しかし、彼女はもういない。今までノゾムは独りでこの巨龍の秘密と不安を抱え込まなくてはならなかった。

「俺は……」

「やっと聞かせてくれた……」

「ああ。ありがとなノゾム。話してくれて……」

揺れるノゾムの独白を、アイリスディーナとマルスの言葉が優しく包み込む。

「ノゾム。私達は君に、君自身の事を教えて欲しいと言った。そして、君は話をしてくれた。だから、君の話を聞いた私の意思を伝えよう」

アイリスディーナは吹き荒れる気の奔流の中を一歩一歩、確かな足取りでノゾムに近づいていく。

そして、ゆっくりと手を伸ばしてく。

「……私は、君の事がもっと知りたくなった。そして、私の事を知ってほしくなった」

「っ！」

だが、そんな彼女の眼前に、ノゾムの抜身の刀が突きつけられる。

「もっと知れば、後戻りできなくなるかもしれない。下手に深入りしたら、命に関わるかもしれない。大事なソミアちゃんまで巻き込んでしまうかもしれないんだぞ……」

剣呑《けんのん》で冷たい言葉。しかし、彼の瞳は傍《はた》からわかるほど揺れ、突きつけた刀は小刻みに震えている。

伝えたい願望と受け入れてもらえたことへの歓喜。それでも消えない不安と彼女達の心を確かめたい想いが、まるで天秤《てんびん》のように激しく彼の心を揺らし続けていた。

「……ああ、そうだな。大きな力は多くのものを引き付ける。中には都合のいいように利用しようとする者もいるだろう。君を危険視して排除しようとする者もいるかもしれない。中には君自身ではなく、周りの人間を狙う輩も出てくるかもしれない」

自分の利をあざとく追及する者、異端を恐れる者。そして、そんな彼らが問題そのものに手を出せないと判断した時、狙われるのは周りの人間達になる。

「……でも、そんなことは私も同じだったんだ」

大きな力を持つフランシルト家。その次期当主である彼女にはもちろん、彼女の妹にも群がる者は多かった。

当然、個人として絶大な力を持ってはいるが組織的な後ろ盾を全く持っていないノゾムと、長い伝統を持つ名門貴族の次期当主であるアイリスディーナを、簡単に比較することはできない。

しかし、どんな形にしろ、人の注目を集めてしまうという本質的な点では二人は同じだった。

「だから、私にとっては今さらな話さ。そんなどうでもいいことより、私は君がいなくなることの方がイヤだ」

まっすぐ向けられた自分を求める者の声が胸に染みわたり、ノゾムの瞳が大きく揺れた。

アイリスディーナがさらに足を進めると、それに合わせるようにノゾムの体が後ろに流れる。

マルスもまた前に踏み出し、彼女の隣に並ぶ。

「今になって思えば、俺達は碌《ろく》に自分のことを打ち明けたことはなかった。実のところ、俺達はまだ始まってもいなかったのかもしれねぇ……」

足を進めるアイリスディーナとマルス。二人はもう既にノゾムの間合いに入っている。手を伸ばせばすぐ届くところに抜身の刀身がある。

「だから、もう一度始めよう。今ここで……」

二人がつき付けられたノゾムの刀に手を伸ばし、指先が刀身に触れる瞬間……。


「……あり、がとう」

嗚咽《おえつ》交じりの感謝の言葉と共に、刃の切っ先が、静かに下がった。

万感の熱い涙が一滴、また一滴とノゾムの頬を伝い、月の光を受けて優しく瞬きながら、地面に静かに染みわたっていく。

「ありがとう、話してくれて。私達の想いに答えてくれて……」

「すまなかったノゾム。それと、ありがとな。こんな俺と友達になってくれて……」

我慢ができなくて、ただ胸がいっぱいで……。目を真っ赤にはらしながら、自分を包んでくれる温《ぬく》もりに身を委ねながら、ノゾムは静かに涙を流し続ける。

やがて、ひとしきり涙を流し終えると、彼は顔を上げる。流した涙で顔は酷いことになっているが、それでも彼の顔は憑《つ》きものが落ちたように晴れやかだった。

「俺も、みんなともう一度……」

改めて自分の想いを言葉にしようと、ノゾムが口を開く。

だが次の瞬間、ノゾムの目が大きく日開かれたかと思うと、突然二人に気の奔流を叩《たた》きつけていた。

猛烈な衝撃波が襲いかかり、アイリスディーナとマルスは後ろへと吹き飛ばされる。

いったい何が起こったのだろうか。訳が分からない二人の目に映ったのは、目の前で轟音《ごうおん》を上げながら通過していく巨大な黒い塊と、その巨塊に弾《はじ》き飛ばされたノゾムの姿だった。

†

弾き飛ばされたノゾムはシノの小屋に激突。支柱が折れたのか、脱出する暇なく小屋は倒壊した。

一方、ノゾムを弾き飛ばした巨体は反転しながら、その体を屹立《きつりつ》させる。

『輝冠の大百足《むかで》』

ひび割れた冠にも似た甲殻を頭に乗せた大百足は禍々しい顎肢を動かしながら、崩れた小屋を見下ろすと、不気味な鳴き声と共に紫電を纏い始める。

「ギチギチギチ……」

次の瞬間、複数の轟雷が放たれた。のうたうつように這《は》い回る紫電の群れが向かう先は、今しがた倒壊したシノの小屋。

閃雷《せんらい》が草と木で作られた建材に引火し、ノゾムを生き埋めにしたまま、瞬く間に火の手が上がる。

「ノゾム！」

炎に包まれる小屋にアイリスディーナが悲痛な声を上げる中、『輝冠』は彼女達には見向きもせず、その四対の単眼を、自らが燃やした小屋に向けている。

「まずい、早く助けねえと！」

アイリスディーナとマルスがノゾムを助けようと、燃え上がる小屋に駆け寄ろうとする。

だがそんな彼女達の想いを阻むように、『輝冠』のサンダーレインが彼女達に襲いかかる。

「アイ！」

「させんで！」

二人に向かっていた紫電の群れを、フェオとティマが防ぐ。

投げられた五枚の符が光を放ち、空中に魔法陣を展開しながら、五重の障壁を生み出す。

五重の障壁は『輝冠』のサンダーレインを前に瞬く間に四散するが、その間にティマが、持ち前の膨大な魔力で、より強力な結界を展開。迫る無数の紫電をなんとか防ぎきる。

「くう……」

しかし、いくらティマでも、十分な魔法障壁を展開するには時間が足りなかった。

結果、低位の魔法を魔力で無理に強化するしかなく、その負荷が反動として彼女の体に襲いかかる。

「ギギギ……ッ！」

ティマが苦悶《くもん》の表情を浮かべる中、『輝冠』は追撃を放とうとする。

しかし、その前に繰り出された鞭《むち》が、強《したた》かに『煇冠』の単眼を打った。眼球すら硬いのか、大百足には痛痒《つうよう》を感じた様子はないが、突如走った衝撃に大百足の意識が逸《そ》れる。

「ダメか～。傷も付けられないなんて、自信なくしちゃうな～」

鞭を振るったのはアンリ。彼女は落胆の言葉を漏らしながらも、次々と鞭を繰り出し、『煇冠』の意識を自分に向けようと試みている。

そんな彼女の脇から、メイド服を着こんだ女性、メーナ・マナートが風のように駆け抜ける。

彼女は抜いた細剣を振るい、大百足の胴節隙間にある柔らかい皮膜めがけて閃光のような刺突を放つ。

ズドッと軽い感触と共に細剣を食い込ませ、そのまま薙《な》ぐように裂くも、手に返ってきた重い感触に彼女は顔を顰《しか》めた。

「斬れはしましたが、ダメですね。このままでは武器が持ちません」

百メル以上の体躯を動かす筋肉だ。当然、非常に密度の高い筋肉組織を持っている。

そんな岩のような肉を斬ろうとした武器の消耗は激しい。

卓越した剣技を持つメーナですら、今の武器ではあと数撃で剣身が折れてしまうと察していた。

「お嬢様、あの魔獣は私達が引き付けます。その間にノゾム様を……！」

「ノルン、ノゾム君のところに行ってあげて～！」

「わかった。無理はするなよアンリ！」

「すまないメーナ。ソミア、こっちだ！」

『煇冠』を他の仲間に任せ、アイリスディーナ達は炎が上がるシノの小屋へと駆け寄る。

「ノゾム、私の声が聞こえるか！」

「くそ、火が強すぎる！」

アイリスディーナは魔法で水を生み出して消火を試みるが、燃え盛る炎を消すには足りない。

「ラズ、お願い！」

『あいよ、任せときな！』

ラズワードが精霊の力を引き出し、一発で小屋を包む炎全てを消せるほどの巨大な水塊を作り上げる。しかし、ラズワードがその水塊を放った瞬間、瞬く間に霧散してしまう。

『おいおいおい、なんで魔獣の魔法に精霊の力が宿ってんだよ！』

「ラズ、私の魔力も使って！」

シーナの魔力を借り、ラズワードはさらに大きな水の塊を作り上げるが、その水塊も完成した瞬間に消え去ってしまった。

『くそ、ダメだ！　水の精霊が言うことを聞かない！　こいつは……俺よりも強力な水の精霊の力だ』

「そんな……」

「なろ！」

一方、マルスは大剣を小屋の梁《はり》に打ち込み、てこの原理で瓦礫《がれき》をどかそうと試みていた。

時間をかけるわけにはいかない。既に煙は、小屋の周囲を包み込みつつある。

火事の死因の半分近くは、煙を吸い込んだことによる窒息死なのだ。

「ぐううう……」

気を張り、懸命に力を込めるも、崩れた瓦礫はビクともしない。

アイリスディーナとシーナも強化魔法を全身にかけると、燃え盛る瓦礫に手を当て、マルスと同じようにノゾムを下敷きにしている屋根をどかそうと試み始めた。

「お、おい！」

「くううう！」

「っ……！」

激しい熱と突き刺すような痛みが、彼女達の両手に襲いかかる。

彼女達の無謀な行動にマルスが声を上げるが、二人はそんなことなど思慮の外。

このままではノゾムが死んでしまうかもしれない。火傷《やけど》の痛みをさらに上回る焦燥が、アイリスディーナを掻《か》き立てていた。

シーナにとっても、炎に焼かれそうになっているノゾムの姿が、二十年前の悪夢に重なる。

炎に包まれた森と焼け落ちていく家。目の前で物言わぬ骸《むくろ》になっていった家族。

もしかしたら彼も同じように……。そう考えたら、自分の手に走る痛みなんてどうでもよかった。

「このっ……！」

「お願いだから……動いて……！」

ただただ懇願するように祈りながら、必死に瓦礫をどかそうとするアイリスディーナとシーナ。しかし、そんな彼女達の願いを踏みにじるように、『輝冠』が放つ紫電が三人めがけて降り注いできた。

「クソ！　いったいどうなってんだ！」

自分を攻撃しているアンリやメーナではなく、なぜかアイリスディーナ達を狙ってくる大百足。

マルスは舌打ちしながらも慌てて瓦礫の隙間に突き立てていた剣を引き抜き、アイリスディーナ達を抱えてその場から全力で離脱する。

次の瞬間、降り注ぐ紫電の群れが、今しがたマルス達がいた場所に着弾。『輝冠』は彼らと燃え盛る小屋との間に割り込むと、その巨体を誇示しながら、アイリスディーナ達をあざ笑うかのように顎を鳴らす。

「クソ。アイツ、俺達にノゾムを助けさせないつもりか！」

ただの魔獣が持つはずのない精霊の力。そして、衝動や本能で動いているとは到底思えない行動にマルスは臍《ほぞ》を噛み、アイリスディーナは決意を込めた瞳で大百足を睨《にら》みつけながら、細剣を引き抜く。

彼女の隣ではシーナが弓を構え、矢に精霊の力を注ぎ込んでいた。

「手間をかけてはいられないんだ！　なんとして退いてもらうぞ！」

アイリスディーナの激情に呼応するよう魔法剣・月食夜が発動し、細剣が漆黒に輝く。

そんな、彼女達の意思を押し潰さんと、強大な悪意の視線と共に圧倒的な数の閃雷が走った。

✝

「…………っぁ！」

真っ暗な視界の中に、揺らめく炎と、押さえつけてくる瓦礫。崩れた梁は全身を圧迫し、ノゾムの口から擦《かす》れた呻《うめ》き声が漏れた。

さらに蔓延《まんえん》する煙が呼吸を阻害。息を吸う度に煙が粘膜を刺激し、強烈な頭痛を引き起こす。

「っ！　………ぐ、ぅぁ……」

徐々に暗くなっていく視界の中、ノゾムは助けを求めるように手を伸ばす。

脳裏によぎるのは、今しがた自分を受け入れてくれた仲間達の姿。

やっと手に入れた絆。孤独だった自分にできた、絶対に失いたくない人達。

先ほどまでこみ上げていた歓喜が強烈な焦燥感となって、炎の熱と共に全身を焼いていく。

外にはまだあの『輝冠』がいる。彼女達が危険にさらされていることは、朦朧《もうろう》とした頭でも察せられた。

(失いたくない。ここで、終わらせたくない！)

結び直された絆《きずな》と、それを守ろうとする強烈な意志の発露。

決意と共に、彼は瓦礫に挟まれている左手に渾身《こんしん》の力と気を込める。

ミチミチと嫌な音を立てて筋肉が隆起し、腕を挟んでいる瓦礫が僅かに動いた。

「ぐ！　がっ！　ゴホゴホ！」

しかし、ノゾムができたのはそこまでだった。

煙により呼吸が乱れ、気が霧散。必死の想いとは裏腹に体は鉛のように重く、そんな自分に怒りがこみ上げてくる。

『助けたいのか？』

耳の奥から誘うような、重い声が響く。

能力抑圧を解放しているせいか、はっきりと、かの龍の意思が伝わってくる。

『しかし、もう遅いだろうな。あの大百足相手ではあの人間達は生き残れまい。今頃ひき肉にされ、哀《あわ》れな骸と化しているだろうよ』

無慈悲な通告がノゾムの胸に突き刺さる。

『あの大百足は、精神を精霊に操られている。覚えがあるだろう？　お前を陥れた、あの羽虫だ。そして貴様は結局何もできずにいる。所詮は人間。この程度が限界よ……』

（ふざけんな！　そんなこと、させてたまるか！）

やっと思いを交わし始めることができた仲間の命が、自分の弱さで消える。

とても容認できない現実を前に、強烈な激情がノゾムの心に猛《たけ》り狂う。

それこそ、彼自身にも制御しきれないほどに……。

「オオオオオオオ！」

絶叫しながら、なりふり構わず力を爆発させ、無理やり瓦礫の下から左手を引き抜く。

そして、破れる皮膚と噴き出す血を一切無視し、左腕を地面に叩きつけた。

滅光衝。ティアマットの源素を帯びた気が、彼を拘束している瓦礫を吹き飛ばしていく。

「がは……ひゅう、ひゅう……」

朦朧とする意識を叱咤《しった》しながら、自由になった体を起こす。

そして、目に飛び込んできた光景に……絶句した。

「嘘だ……」

彼が守りたいと思っていた人達。全てが死に絶えていた。

アイリスディーナ、マルス、ティマ、ソミア。シーナ、ミムル、トム。

悪夢で見ていた光景が現実になっている様に、ノゾムは言葉を失う。

『ほら、そこに、全ての元凶がいるぞ……』

青い源素を纏《まと》った、巨大な百足。

その傍に、二人の男女が『輝冠』と向かい合うように佇《たたず》んでいる。

「お前ら……」

その二人の姿を見た瞬間、ノゾムの思考が怒りに染まる。

ケンとカミラ。ノゾムを陥れた、全ての元凶。

二人は蔑むような瞳で、ノゾムと、屍《しかばね》になったアイリスディーナ達を見下ろしている。

『ここにいるはずがない』二人の登場。普段の彼なら、その違和感に気づいただろう。

しかし、アイリスディーナ達の死が、理性を消し飛ばしてしまう。

「オオオオオオオ！」

怒りがさらなる激情を呼び、彼の頭から理性を完全に消し去る。

そしてノゾムは獣のような咆哮《ほうこう》を上げながら刀を抜き、憎悪を抱く相手に向かって踏み込んだ。

✝

ノゾムを助けに行こうとするアイリスディーナ達と、なぜかそれを阻もうとする『輝冠』が対峙する中、突然辺りに耳をつんざく轟音が響く。

噴出した光の奔流。土煙が舞い上がり、燃え盛っていた瓦礫が粉々になって火の粉と共に上空に叩き飛ばされた。

地面に落ちた瓦礫が草木を燃やす中、揺らめく炎の中から人影がむくりと起き上がる。

「……ノ、ゾム？」

アイリスディーナが、思わず確かめるような言葉を呟《つぶや》く。

ゆっくりとその身を起こしたのは間違いなくノゾムだったが、その様子はどこかおかしい。

身に着けていた服は所々黒く焦げつき、小屋が崩れ落ちた時に瓦礫で怪我《けが》をしたのか、頭からは紅い滴が流れて地面に滴り落ちている。

右手には抜身の刀。剝《む》き出しの刀身が周囲の炎の明かりを照り返し、ゆらゆらと揺れている。

何よりもアイリスディーナが目を疑ったのは、ノゾムが身に纏う、刺すような冷たい空気だった。

周囲に無差別に叩きつけられる殺気。近づこうとする者を即座に斬り殺しかねない剣呑な雰囲気。

そして、燃え盛る炎のように真っ赤に染まったその瞳。

そこに、つい先ほど思いの丈を明かしてくれた彼の雰囲気は微塵《みじん》もない。

「うっ……」

ノゾムの殺気に満ちた眼光が、アイリスディーナ達に向けられる。

向けられる敵意に顔の彼女は思わず目を見開き、そして気圧されるように後退《あとず》さった。

「ギギギ……」

『輝冠』がノゾムに向き直る。かの魔獣はもはやアイリスディーナ達に興味はないのか、その濁った単眼を炎の佇む少年だけに向けていた。

嫌な予感が、急速にアイリスディーナの中で急激に膨らみ、思わずコクリと喉を鳴らす。

瞬間、ノゾムと大百足、双方が同時に動いた。

「ギチギチギチ…………！」

『輝冠』が牙を鳴らしながら、全身に紫電を纏い始める。

体節を伝い、魔獣の頭上に集束した雷の群れが、ノゾムめがけて放たれた。

「オオオオオオオ！」

ノゾムが絶叫を響かせながら、足に込めた気を爆発させ、迫る雷の驟雨《しゅうう》に飛び込んだ。

瞬脚・曲舞。

無数の雷の隙間を縫いながら、彼は一気に『輝冠』との距離を踏破。

無数にある足の一本。その節の隙間に狙いを定め、刀を振るう。

「っ!?」

一閃、二閃、三閃。閃光のような一刀が関節の軟質な膜を裂き、続く二太刀が内側の肉を斬り裂き、完全に両断する。

「アアアアアアア！」

さらにノゾムは『輝冠』の周囲をまとわりつくように駆け抜けながら、寸分たがわぬ位置に超高速の連撃を叩き込み、次々とその足を斬り断っていく。

「ギギギッ！」

予想外の反撃と痛みを受けたことに驚いたのか、『輝冠』はその巨体をくねらせながら、反射的に反撃に出た。

体を寝かせてその巨体でノゾムを取り囲む。さらに無数の足に雷を纏わせ始めた。

それはまさに、雷牙の檻《おり》。隙間なく走る無数の雷と牙のように大きく鋭い節足が、全方向から一気にノゾムに襲いかかる。

「フウウウウウ……」

青白い閃光の群れと怖気《おぞけ》が走るほどの無数の節足が自分の体を貫こうと迫る中、ノゾムは唸《うな》り声を漏らしながら、左腕を掲げる。

消えろ！

こみ上げる怒りに呼応するように、ノゾムの左腕に集束する気はやがて五色の輝きを放ち始め、より根源的な力を纏う。それは、ティアマットの源素。全てを破壊し、塗りつぶす破壊の光だった。

「オオオオオオオオ！」

引き出した力を、地面に叩きつける。次の瞬間、五色の源素が火山のごとく噴き出した。

滅光衝。地面から噴き出した滅龍王の源素が、ノゾムに迫る『輝冠』の足を雷ごと吹き飛ばし、その巨体を焼いていく。

「ギ、ギイイィィィ！」

雷牙の檻を吹き飛ばされた『輝冠』は声にならない悲鳴を上げながら、のたうち回っていたが、やがて糸が切れたようにズドンとその巨体を横たえた。

爆心地の中心では、ノゾムが五色の源素を体から漂わせながら、荒い声を吐いている。

「こんな、こんなこと……」

無秩序に殺気を振りまきながら怖気が走るほどの力を振るい、あっという間にあの六凶を瀕死に追い込む。筆舌に尽くしがたい光景に、アイリスディーナ達は言葉を失っていた。

確かにノゾムの口から、彼が伝説の中にしか存在しない龍殺しであることは伝えられていた。

しかし、言葉で伝えられるのと、実際にその力を目の当たりにするのとでは、突きつけられる現実感に雲泥の差があった。

そして、一目で理解した。あの力は、明らかに人が持てるものではなく、そしてこの世の全てを殺しつくそうとする意志に染まっている。

あの力が自分達に振るわれれば、間違いなく一瞬で絶殺される。

「…………」

横たわった『輝冠』を一瞥《いちべつ》したノゾムが、アイリスディーナ達を睨みつける。

彼女達に突き刺さる、憎悪に染まったその視線。

彼がいつも友人達に向けていた眼差《まなざ》しではなく、まるで仇敵《きゅうてき》に向けるように鋭く、剣呑なもの。

そこに、優しく、人を思いやれる彼の姿は、微塵もなくなっていた。

アイリスディーナの体が震え、心が委縮する。魂が一歩でも遠くへ離れろと警告を叫んでいる。

だが同時に、怒りに震え、無秩序に力をまき散らす姿に、彼女は心がどうしようもなく締め付けられてもいた。

(彼は……どれだけ不安だったんだろう)

アイリスディーナの脳裏に、思いの丈を告白してくれたノゾムの姿が蘇《よみがえ》る。

もう一度やり直せると、向き合えると歓喜してくれた笑顔。

それが、誰もが背を向けて無様に逃げるような状況で、彼女を踏みとどまらせる。

「っ！　もう一度、ちゃんと向き合う……。約束したんだ」

アイリスディーナの祈るような痛ましい声が、森に木霊《こだま》する。

自分の脳裏によぎった最悪の予想と、それを認めたくない悲痛な叫び。そんな彼女の願いを斬り捨てるかのように、ノゾムが見る者全ての背筋を凍らせるほどの殺気を纏いながら踏み込む。

彼女は反射的に魔法剣・月食夜を付していた細剣を掲げた。

「がっ⁉」

衝撃が両腕に走り、アイリスディーナの体はまるで小石のように弾き飛ばされた。

木に叩きつけられ、呻き声を漏らす彼女に追撃が迫る。

「くっ……あう⁉」

振り下ろされた斬撃を受け止めることには成功したものの、彼女の体は背後の木に挟まれ、身動きが取れなくなってしまった。

強烈な力に細剣が軋《きし》み、圧力に肺が悲鳴を上げる。眼前には、憎しみに染まったノゾムの顔と致死の刃《やいば》がぎらついている。しかし、彼女はそこで違和感を覚えた。

(無銘《むめい》に気が……付されていない？)

ノゾムの刀に、あの鋭い気刃がない。もしノゾムが幻無・纏《まとい》をかけていれば、初太刀でアイリスディーナの体は両断されていたはず。

それに、刀の刃紋も変わっている。

少なくとも数日前。早朝訓練をしていた時には、清流のような刃紋が描かれていたはず。

しかし、今の『無銘』に刻まれている刃紋は、まるで鎖を思わせる模様。そして無数の鎖の輪は、まるで込められてくる力に抵抗するかのように小刻みに震えていた。

「ノゾム、やめろ！」

アイリスディーナを助けようと、横合いからマルスが大剣を振り抜いてくる。

十分な質量と膂力が加えられた重い一撃。しかし、ノゾムは刀を右手で保持したまま、左手で剣帯から鞘《さや》を外し、マルスの斬撃を軽々と受け止めた。

「くっ、やっぱりびくともしないか……うお!?」

のしかかる力を逸らすように、ノゾムが腰を切って体の軸をズラす。

瞬間、抵抗を失ったマルスの体が、前方につんのめるように流された。

無防備になった彼の脇の下にノゾムが入り込み、肩を押し付けてくる。

マズい。そんな考えがよぎり、マルスが反射的に全力で気を高めた瞬間、まるで破城槌《つち》にでも打たれたかのような衝撃が腹を打ち抜く。

「がはっ……」

ミカグラ流・発振。強烈な打撃が肺を貫き、マルスの体の時間を刹那の間に奪い取った。

膝から崩れ落ちる彼の頭めがけて、返された鞘が無造作に打ち下ろされていく。

「させんで！」

「くぉらノゾム！　しっかりしろ――――！」

しかし、ノゾムの致死の一撃を、今度がミムルとフェオが遮った。

マルスとアイリスディーナを避けるように、絶妙なタイミングと軌道で短剣と棍《こん》が繰り出される。

ノゾムは打ち下ろしていた鞘の軌道を瞬間的に変え、二人の攻撃を防ぐ。

その時、フェオの懐から魔力が込められた符が一枚はらりと落ち、強烈な光を放った。

「っ!?」

ノゾムが閃光に目を奪われた一瞬の間に、フェオとミムルはアイリスディーナ達を回収して離脱を試みる。

「よし、このまま二人を連れて逃げ……うひゃ！」

「にょわあああ！」

しかし、閃光で視界をつぶされても、ノゾムは正確に追跡してきた。

離脱しようとする二人の先に一瞬で回り込み、刀と鞘を振るう。

フェオとミムルはアイリスディーナとマルスを手放し、なんとか迫る斬撃を防ぐ。

「うぐぐ……ちょっと、見えてないんじゃないの⁉」

「こ、こらあかん……なんという、バカ力」

ミシミシと自らの得物が上げる悲鳴に、二人の顔色が真っ青になる。

そこに、横から疾駆してきたラズワードが助けに入った。

『おいお前ら、動くなよ！』

小精霊の飛翔が引き起こした強烈な風がノゾムを吹き飛ばし、彼をフェオ達から引き剥がす。

さらに、暴れ回る突風は螺旋《らせん》を描き、瞬く間にノゾムを包み込むと、強烈な風の檻に閉じ込めてしまう。術式などを必要としない精霊ならではの魔法だった。

「た、助かった〜」

「す、すまへん」

『いや、こっちこそ悪い。ティアマットの源素にあてられて、思わず動揺しちまってた。しかし、まずい状況だな……』

「オオオオオオオオオオ！」

雄叫《おたけ》びと共に、ラズワードの風の檻が滅光衝によって消し飛ばされる。

『おいおい。一分も足止めできないとかマジかよ……』

あっという間に自分の拘束が破壊され、ラズワードはその小さく丸い目をこれでもかと見開く。

そんな中、なんとか立ち上がったマルスがフェオ達の隣に立った。

「おい狐《きつね》と猫、前に出るぞ！　アイリスディーナ、下がってろ！」

「マジ!?　おおう、なんと猫遣いの荒い連中！」

「ちくしょ～～！　綱渡りは終わらないか～～！」

息を整えたマルスも加わり、三人が険しい表情のまま、再度武器を構えた。

嫌と言うほど見せつけられる、圧倒的な能力差。

冷や汗を全身に滲ませながら、マルス達が向かってくるノゾムを迎撃しようとしたその時、四色の光が、双方の間を塞ぐように割り込んできた。

赤、青、翠《みどり》、黄。四色の魔法陣が空中に描かれノゾムの四肢に絡みつき、その動きを封じる。

「ッ!?」

四廻の封縛陣。

四つの属性を内包した極めて高度な術であり、かつてソミアの魂を奪おうとしたディザード皇国の使い魔を完全拘束した魔法。

アイリスディーナが視線を横に向ければ、彼女の親友が緊張の汗を滲ませながらも、覚悟を決めた瞳でノゾムを見つめながら、己の杖《つえ》を掲げていた。

「ティマ……」

「アイ、私達がなんとか時間を作るから。今のノゾム君相手にどこまでできるか分からないけど、シーナさんと、なんとかして彼を正気に戻す方法を見つけて」

直後、バリン！　と金属が砕けるような音と共に四廻の封縛陣が破壊された。力ずくで拘束魔法を引き千切ったノゾムは、マルス達に再度襲いかかる。

「ぐう！」

「まだ！　砕かれし四廻の輪よ、再び我が敵を封じる枷《かせ》となれ！」

叩きつけられる斬撃にマルスが呻き声を漏らす中、ティマは再度祝詞《のりと》を唱える。すると、ノゾムに砕かれた四廻の封縛陣の破片が彼の体にまとわりつき始めた。

連鎖魔法。既に完成した魔法に術式を新たに追加することで、派生効果を発揮する高等技巧。しかも、ほぼ霧散した魔法を、新たな魔法とした再構築したのだ。

このようなことができる魔法使いは、この大陸でもほとんどいない。

しかし、それでもノゾムの動きを鈍らせるのが手一杯。手足を強力な魔法で縛られているにもかかわらず、暴走したノゾムは一方的にマルスたちを追い詰めていく。

「これでも、止められない……！」

「ノゾム、やめろ！　彼らが分からないのか！」

アイリスディーナが悲痛な声を上げるが、ノゾムが正気に戻る様子はない。怒りと憎しみに満ちた気炎を全身から放ちながら、その刃を仲間達に向けて振るい続けている。

（あと少しだった。仲直りして、もう一度一緒の時間を過ごしていける、そう思ったはずなのに……）

彼の意思は、もうティアマットに飲み込まれてしまったのだろうか。

向けられる視線には、怒りしか残っていない。

悲しさと悔しさでこみ上げてきた涙が、ハラリと彼女の頬を伝う。

「はあ、はあ……ア、アイリスディーナさん……」

「っ、シーナ君、大丈夫か？」

その時、沈んでいく彼女の思考を、横からかけられたシーナの声が引き上げた。エルフの少女は息も絶え絶えといった様子で、我に返ったアイリスディーナは慌てて彼女の体を支える。

「え、ええ。大丈夫……。ちょっとティアマットの気配に当てられただけ……。それより今、彼はティアマットに幻覚を見せられているわ……」

「幻覚……」

「ええ、ノゾム君を貶《おとし》めた元親友と友人。そして、彼らと協力している精霊と、それに操られた『輝冠』が彼の大切なもの全てを焼き尽くした様を……」

肩を掴《つか》まれて支えられながら、シーナは己が垣間《かいま》見た光景をアイリスディーナに語っていく。

エルフとしての能力だろうか。ノゾムが見せられている幻覚について、あまりにも具体的に示すシーナに、アイリスディーナは面食らう。

「まってくれ、ケン君とリサ君のことはともかく、精霊？」

「ええ、ケン・ノーティスは精霊と契約している。人間であるにもかかわらず……。彼らがノゾム君を貶めた。それを、ティアマットに利用されている」

アイリスディーナは、ケン・ノーティスが精霊と契約していることを知らなかった。

立て続けに語られる真実に狼狽《うろた》えそうになるも、彼女は動揺を抑え、シーナの言葉に耳を傾ける。

「今の彼の目には、私達は怒りの元凶にしか見えていない。私の故郷を滅ぼした獣と同じ……」

「ティアマットの目的は……？」

「自身の復活。そのために、自らを封じている彼を壊そうとしている。心と体、両方から……」

「そうなったら……」

「この地は終わる。人も獣も精霊も、等しく巨龍に滅ぼされる。あの龍は、そんな存在だわ……」

ノゾムの体が暴走する力で消滅すれば、ティアマットを縛る鎖はなくなる。そうでなくても、彼自身の手でアイリスディーナ達を殺させれば、絶望したノゾムを死に至らしめることは簡単だ。

ティアマットとしては、怒りと憎しみのまま力を振るわせ続けてもいいし、自死に追い込んでもいい。

シーナの言葉に、アイリスディーナはごくりと唾を飲み込む。

「でも、まだ間に合う……」

「どうして、そう思うんだ？」

「今のノゾム君は、確かに怒りに飲まれ、異様な力を発揮している。でも、彼の最も得意としている極限の刃が発揮されていない」

「そういえば、さっきも……」

アイリスディーナは先ほどの攻防でも、ノゾムの斬撃には気が付されていなかったことを思い出す。

改めて目の前の激戦に目を向ける。刀身は不規則な明滅を繰り返すだけで、切れ味が増すどころかむしろ鈍化しているようにも見えた。

アイリスディーナの脳裏に、刃紋の形が変わったノゾムの刀が浮かぶ。

「彼の……刀が……」

「多分、あの刀が、彼が最も得意としている絶技を封じているの。じゃなかったら、今頃私達はとっくに殺されているわ」

『無銘』

東方由来の魔刀であり霊刀。そして、持ち主によってその性質を変化させるといわれる刀。

先ほど、暴走したノゾムの一撃を受け止めた際に見えた光景が、アイリスディーナの脳裏に蘇る。

怒りに震えながらも、それを必死に抑え込もうとする姿。

アイリスディーナにそれは、矛盾を孕《はら》んだ彼の心を現しているようにも見えた。

その気づきが、沈んでいた彼女の心に再び熱を灯《とも》す。

「そうだな。まだ間に合う……いや、間に合わせる」

戻ってきた気力。肝の据わったアイリスディーナの言葉に、シーナもまた頷く。

「分かっているわ。だから私も、全力を尽くす」

「何かいい手が……え?」

「ん……」

突如として、アイリスディーナの視界にシーナの顔がいっぱいに映り、唇に柔らかい感触が広がる。

続けて、錆鉄《さびてつ》のような味と共に、口の中にヌルッとした舌が滑り込んできた。

粘着質な音に紛れて、艶《なま》めかしい声が二人の口から漏れる。

やがて唇が離れると、アイリスディーナは思わずシーナを突き飛ばすように距離をとった。

「き、きき、君はいきなり何を……！」

「か、勘違いしないでよ！　理由があるんだから！」

「り、理由って……！」

『こ、こういうことよ！』

突然、アイリスディーナの脳裏にシーナの声が響く。

『こ、これは……』

『わ、私と貴方《あなた》の間で簡易的な契約を結んだわ。私が彼の意思と貴方の意思を仲介するから、機を見て呼びかけて』

『な、なるほど……』

エルフは契約魔法を用いて自分の魔力を精霊に分け与えることでパスを結び、意思を通わせ、精霊魔法を行使する。その契約をノゾムとの意思疎通のために使おうとしていた。

しかし、アイリスディーナはエルフでも精霊でもない。契約にはより強い媒体が必要。故にシーナは自らの血液を飲ませることで、彼女と簡易ながらも契約を行ったのだ。

『ティアマットの幻覚は相当強力だと思うわ。私の魔力とラズの協力で念話の出力を底上げしてみるけど……私達の呼びかけだけで突破できる可能性は、残念だけど低いと思う』

分かり切った事実。ティアマットがノゾムにどれだけ干渉できるのか彼女達には分からないが、相手は伝説に出てくるような存在だ。成功の可能性は……ほとんどないだろう。

「それでも、やるさ……。彼の強さを、私は信じている」

静かに、しかし決意を秘めたアイリスディーナの声に、シーナもまた静かに頷く。

そして二人は、嵐のように斬り結ぶ彼らの元へと駆け出した。

先行するのはアイリスディーナ。全力で魔力を高め、仲間達からノゾムを引き剥がすように魔力弾をつるべ撃ちしながら、細剣を構える。

「マルス君、フェオ君、後は任せてくれ」

「なっ、本気か⁉」

「ああ、本気だ！」

ノゾムと組み合っていたマルスが驚きの声を上げる。その時、ノゾムと彼女の視線が交差した。

「っ……うあ……！」

ノゾムが痛みを堪《こら》えるように呻き声を漏らし、竜巻のような斬撃の嵐が一瞬途切れる。

「っ！　退くで！　ここは二人に任せた方が良いようや！」

「……分かった！　アイリスディーナ、ノゾムを頼む！」

ノゾムの動揺を見て、フェオとマルスはすぐさま後退してティマ達と合流。もしもの時に備える。

フェオとマルスという妨害者がいなくなったにもかかわらず、ノゾムは追撃をせず、むしろ足を止めて、痛みに耐えるように左手で頭を押さえていた。

(やはりノゾムは、完全に取り込まれていない！)

その姿を見て、アイリスディーナは確信を抱くと、すぐさま自身に強化魔法を重ねがけしながら踏み、細剣を振るう。

「せい！」

風のような速度で突き入れられる細剣を、ノゾムは右手一本で斬り上げた刃で弾き返す。

返す刀で繰り出される胴薙ぎ。片手で振るっているにもかかわらず、その速度はアイリスディーナの胴体を両断するほどの勢いだった。

「っ……！」

しかし、彼女の体を捉える直前、ノゾムの顔が引きつり、剣筋が鈍る。

精彩を欠いたノゾムの斬撃を、アイリスディーナは腰を落として回避。頭上スレスレを通過した刀が、彼女の髪を数本散らす。

「はっ！」

膝をバネのように弾ませて、彼女は跳ね上がるようにノゾムめがけて再び突きを繰り出す。

二撃目の突きは引き戻されたノゾムの刀と激突。

甲高い金属音と火花を散らしながら、二人の体は互いを押しのけるように距離を開ける。

「ッ、オオオオ！」

先に体勢を立て直したのはノゾム。お返しとばかりに、同じような軌道で強烈な突きが放たれる。

しかし、その刃も、アイリスディーナの体を捉える直前に剣速が鈍った。

「せや！」

力の抜けたノゾムの刀を、アイリスディーナが逆に弾き返す。

身体能力、そして剣術の技量差を考えれば、絶対にありえない光景。その後もアイリスディーナは窮地に立たされ続けるものの、ノゾムの剣は彼女を捉える直前で必ず鈍り、ことごとく空を切る。

「はあ、はあ、はあ……」

しかし、それでもノゾムの裂撃と剣気はアイリスディーナに激しい消耗を強いていた。

極度の緊張から呼吸は荒くなり、彼女の額には僅かな間で大粒の汗が流れる。

向けられる憎しみの眼光。心が委縮し、気圧《けお》されそうになるも、アイリスディーナは諦めたくないと心を震わせ、ノゾムに向かって踏み込んでいく。

胸に去来するのは、自分の思いを告白しようとした時のノゾムが見せた、憑《つ》きものが落ちたように晴れやかな笑顔。不安の間で揺れ動いていた彼と、やっと気持ちを通じ合えると思えたあの瞬間。


『俺も、みんなともう一度……』


改めて自分の気持ちを告白しようとしたノゾム。その気持ちすらティアマットに利用されている。

それが彼女には我慢ならなかった。

「ノゾム、聞こえているか！」

なんとしても彼を取り戻す！

その決意を胸に、アイリスディーナは声を張り上げて彼の名を叫ぶ。

「これが君の抱えていたものか。なるほど、確かに恐ろしくて、強大だ！　この力の前では私達の力など子犬にすら劣るかもしれない！」

まっすぐ踏み込み、自分の気持ちをぶつけるようにノゾムに向かって細剣を叩き込む。

鍔《つば》迫り合い、互いの吐息がかかるほどの至近距離で交差する視線。

アイリスディーナの漆黒の瞳に真紅に染まった彼の眼が映し出される。

彼の瞳は、傍から見ても分かるほど揺れていた。

「ノゾム！」

「ッ……！」

名前を叫ばれた瞬間、気圧されたかのようにノゾムが後ずさる。

「ラズ、ティマさん、今！」

後ろに控えていたシーナの声が響き、直後にティマが全力でノゾムの拘束を強めた。同時にエルフの少女はノゾムに向かって駆け出し、ラズワードが風の精霊の力で彼女の背中を押す。

風の精霊の力を借りたシーナは、一瞬で加速すると、そのままの跳躍。

ノゾムが飛びかかってくるシーナを迎撃しようとするが、その動きをティマの魔法が抑え、さらにアイリスディーナが体を入れ、全力で阻む。

「う……」

千々に乱れる心に翻弄されたノゾムは、アイリスディーナを押し返せなかった。

そして、ノゾムの首に飛びついたシーナが、そのまま自分の唇をノゾムに押し当てる。

「んっ！」

「っ！」

突然の出来事に、ノゾムの瞳孔が広がる。シーナとアイリスディーナの策は、簡易契約を利用して、ノゾムの心に直接の声を届けようというもの。

ティアマットの精神侵食がどこまで及んでいるのかも不明。

そもそも、シーナが今のノゾムと契約を行えるかどうかも分からない。

分の悪い、命がけの賭け。それでも彼女達は、あえて困難な道を選んだ。

全ては、大切な人を取り戻すため……。

「はあ⁉」

「え⁉」

「あ、あら……」

「……むう」

もっとも、何も聞かされていなかったマルス達は、突然の光景にあっけにとられてしまう。

一方のアイリスディーナも必要とは理解しても、いざ目の前で口づけを見せられると黒い感情がこみ上げてくる。

「簡易契約は成功よ！　今なら私を通して彼に念話が通じるわ！」

しかし、それでも賭けの第一段階は成功。シーナがノゾムと魔力路を繋《つな》ぐことに成功したのだ。

「でもティアマットの影響が強くてあまり長くは保たない！　早くし……きゃ！」

「くっ！」

ノゾムの体から爆発的な勢いで気が放たれた。シーナの体が吹き飛ばされ、地面に投げ出される。

一瞬彼女に気を取られたアイリスディーナだが、すぐさまノゾムに視線を戻す。

彼の様子は明らかに変化していた。

頭を押さえたままフラフラと体を揺らし、真紅に染まった瞳は揺れながら蛍のように明滅を繰り返している。

「私は……」

何を言えばいいのだろう。どんな言葉をかければ彼が戻ってくることができるのだろう。

いざとなったら頭の中が空回りして声が出てこない。

揺れていたノゾムの瞳に、再び殺気が走り始めた。刀の切っ先が、ゆっくりと持ち上がる。

未だに頭は真っ白。でも、とにかく自分の想いを伝えないといけない。

「私は……」

最初は純粋な興味だった。自分を上回る剣術の担い手。その秘密を知りたいと。

続いては感謝と親愛。唯一無二の、たった一人の妹。その危機を前にして、彼は義理もないのに、助けてくれた。

そして今は……。

「私は、君の力になりたい！」

自然と、その言葉が口から出た。

助けられたのだから、今度は自分が彼を助けたい。

そして同時に彼女は、その思いの裏にある、本当の気持ちをようやく自覚した。

「君の傍で、君の背中を守りたい。そして、君に私の背中を守ってもらいたい！」

傍にいてほしい。それが、アイリスディーナがノゾムに向けた想いだった。だから……。

「帰ってきてくれ。私達の傍にいてくれ！」

「う、うう……おおおお！」

ノゾムが痛みに耐えかねたような叫びを上げながら、刀の切っ先を彼女に向け、体ごと叩きつける勢いで踏み込む。

瞬脚による加速を乗せた刃は、たとえ気を付されていなくても、容易《たやす》く相手の命を奪える。

「ノゾム！」

「っ！」

致死の凶刃が迫る中でも、アイリスディーナは視線を逸らさず、彼の名を叫んでいた。

揺れていたノゾムの瞳が見開かれる。

ティアマットによって見せられていた幻覚に罅《ひび》が入り、剥がれた隙間から黒髪の少女の姿が覗く。

（まさか、俺は……っ！）

『なに!?』

ノゾムの瞳に正気の色が戻り、『無銘』に刻まれていた鎖の刃紋が淡い光を帯びる。

次の瞬間、ティアマットの幻覚がパリン！　と音を立てて崩れ去った。

しかし、既に彼の刃はアイリスディーナの首を貫く直前だった。

「まず……！」

ノゾムは慌てて自分の身体に能力抑圧をかけ直す。不可視の鎖がノゾムの身体に絡み付いてティアマットの力を封じ込め、その身を引き止めようとする。

しかし、能力抑圧はノゾムの力を封じてはくれても、突進の勢いを止めてはくれない。

慣性に流されるまま、刀身がアイリスディーナの首ごと彼女の命を貫こうと迫る。

「あああああああ！」

ノゾムは咄嗟《とっさ》に自分の左手を突き出す。

次の瞬間、衝撃と共に二人は激突し、もみくちゃになりながら地面に投げ出された。

†

朦朧とした意識の中、アイリスディーナは全身にのしかかる重みと、ピチョン、ピチョンと暖かいものが頬に当たる感覚で目を覚ました。

「う、ん……」

頭を打ったのか、全身を倦怠感《けんたいかん》が包み込んでいる。呻き声を上げながら瞼《まぶた》を開くと、ぼやけた彼女の視界にノゾムの顔が映る。彼は頭から血を流し、全身を震わせていた。

アイリスディーナの命を奪うはずだった刃は担い手である彼の左腕を貫き、彼女の首の横をかすめて地面に突き立てられている。正気に戻ったノゾムが彼女を守るために咄嗟に自分の腕を貫かせ、無理やり刀の軌道を逸らしたのだ。

「ノ、ゾム……」

「う、うう……」

すぐ目の前にある彼の頬に、アイリスディーナは手を伸ばす。

狂気と憎悪は消え去り、彼の瞳はもう真紅に染まってはいない。

戻ってきてくれた。喜びがアイリスディーナの胸に湧き上がる。

しかし、一方のノゾムの顔は真っ青だった。

強烈な恐怖と罪悪感に襲われ、自らの左腕を貫いた彼の刀がカタカタと不規則に震え始める。

自分が彼女達を殺しかける。それは、彼が最も危惧していたことだったからだ。

「俺、み、みんなを……こ、殺そうと……」

血の気が失せ、まるで死人のような表情。

壊れそうなノゾムを前にアイリスディーナは……。

「ノゾム！」

跳ね上がるように身を起こしながら、彼を抱きしめた。

「大丈夫か？　私達が分かるか⁉」

「ア、アイ、リス……？」

流れ出す彼の血が体をべっとりと濡《ぬ》らしていくが、アイリスディーナはそんなことなど気にも留めず、ギュッと腕に力を込める。まるで、壊れそうなノゾムを繋ぎ止めるように。

「よ、よかった……。き、君がいなくなるんじゃないかって思えて。も、もう意識もなくなったんじゃないかって……」

少女の瞳からとめどなく流れる涙が、彼の肩を濡らしていく。

いつも凛《りん》としていた彼女が見せた、年相応の少女の姿。

そんなアイリスディーナの様子に、ノゾムは激しく己の胸を突かれる思いだった。

「ノゾム君！」

「シーナ……さん」

胸の中で泣き崩れるアイリスディーナをただ受け入れていたノゾムが、聞こえてきた声に視線を上げると、今度はシーナが駆け寄ってきていた。

彼女はノゾムの目の前で膝立ちになり、体のあちこちを触って傷を確かめてくる。

「大丈夫!?　意識、ハッキリしてる!?」

シーナの白魚のような指が、忙《せわ》しなくノゾムの体を撫でる。

彼はそこで、彼女の顔や指のあちこちに血が付着しているのに気づいた。抱きしめてくるアイリスディーナの体も真っ赤に染まっている。

「みんな……怪我して……」

「してないわ。これは貴方の血よ」

シーナは茫然《ぼうぜん》とした様子で呟くノゾムの頬を両手で挟みながら、無理やり自分の方を向けさせる。

「貴方は誰も傷つけてない。貴方はティアマットに幻覚を見せられても、怒りに飲まれても、最後の一線は越えなかったの」

「みんな、無事……なのか？」

呆《ほう》けた様子のまま聞き返すノゾムに、彼女はゆっくりと、しかし、はっきり分かるように頷いた。

「ええ。最後はちゃんと、貴方はティアマットから私達を守ってくれた。その証拠に、ここにいる全員がちゃんと自分の足で立っているでしょう？」

シーナの視線が、後ろで控えていたマルス達に向けられる。

彼らの顔には皆一様に濃い疲労が窺《うかが》えたが、それでも誰もがしっかりとした足取りだった。

「みんな、生きてる……でも」

全員が無事と分かり、ようやく強張っていたノゾムの表情が幾分和らぐも、その笑みもすぐに曇ってしまう。

確かに、最悪な事態にこそならなかったが、刃を向けた事実は変わらない。

よかった……の一言で終わらせることができるはずもなかった。

こみ上げる恐怖と罪悪感。自分はここにいるべきではないという負の感情が鎌首をもたげ、彼は視線を逸らしながら体を震わせる。

シーナはそんなノゾムの顔を、再び自分達の方に向けさせた。

「貴方は怒りを利用されて私たちに剣を向けたかもしれないけど、無意識でも抵抗していたわ。だからお願い。そんなに自分を責めないで……」

シーナの言葉に、アイリスディーナも涙ぐみながら、コクコクと頷く。

「ノゾム！　大丈夫か⁉」

「ノゾムさ～ん！　姉様～！　大丈夫ですか！」

後ろに控えていたマルス達もノゾム達の元に駆け寄ってくる。

「ノルン～！　早く彼の手当て～！」

「分かっているからそんなに強く引っ張らないでくれ！　ノゾム君、今治療を……」

「ッ……」

「あ……」

ノルンがノゾムの傷に手を伸ばすも、彼は反射的に手を引いてしまった。

重い沈黙が、彼とアイリスディーナ達の間に満ちていく。

耐えるように奥歯を噛み締めながら、ノゾムは右手をそっとアイリスディーナの肩に添えて、抱きついていた彼女を優しく離そうとする。

まるで自分では触れてはいけないような宝物を扱うように。

しかし、アイリスディーナはノゾムの服と掴んだ手を離そうとしなかった。

逆に涙を溜《た》め込んだ瞳でキッと彼を睨みつける。

ノゾムが何度か引き離そうと試みるが、その度に彼女の目が吊《つ》り上がっていく。

それでも彼は、アイリスディーナを離そうとする。向けられる視線を正面から受け止めることもできないまま。

「なあ、ノゾム。俺達は……」

痛々しいノゾムの様子にマルスが耐えかねて声をかけようとする。

だがその瞬間、真っ白な光が辺り一帯を包み込んだ。

「ギイイイイイ！」

大気を震わせる金切り声と共に、意識を取り戻した『輝冠』が鎌首をもたげる。

艶やかだった甲殻は無数の輝に覆われ、あちこちから毒々しい体液が流れ落ちていた。

『輝冠』は傷だらけの全身に雷を纏わせると、その特徴的な冠に集約。ノゾム達に向かって雷の驟雨を降らせ始める。

「まず……！」

このままでは、傍にいるアイリスディーナが巻き込まれる。

彼は動こうとしない体に鞭を打ち、無理やり体を入れ替え、彼女達を守るように、迫る轟雷に己の身を晒《さら》そうとする。

だが、ノゾムが動くよりも速く、彼女達が紫電の雨の前に躍り出た。

「シーナ君！」

「分っているわ。ラズ！」

『はいよ、任せな！』

無数の雷がラズワードの精霊魔法と激突し、鼻につく金属臭が周囲に溢《あふ》れる。

「ぐうう……！」

精霊という上位存在の力すら上回る魔力の雷が、ラズワードの障壁を瞬く間に削っていく。

満身創痍《そうい》でこの威力。まさしく規格外と呼べる魔獣だ。

叩きつけられる雷の勢いを少しでも削ごうと、アイリスディーナが中級魔法・深淵《しんえん》の投槍《とうそう》を放つ。

漆黒の長槍は雷の網を掻い潜り、青白く光る大百足のひび割れた冠めがけて突き進むが、『輝冠』の纏う雷に弾かれてしまう。

「ダメか！」

「ギギギ……！」

金切り音にも似た威嚇と共に、サンダーレインの圧力がさらに増していく。

『ぐ、くそ……』

障壁を張っていたラズワードが、苦悶の声を漏らす。

そしてガラスが砕けるような音と共に、ついに障壁が突破される。だが、直後に暖かな四色の光がまるで箱庭のようにノゾム達を包み込んだ。四色の魔法障壁が、突破してきた雷を弾き返す。

「大丈夫？」

「ティマさん……」

『わりぃ、助かったわ』

四色の魔法障壁を展開したのはティマだった。

さらに、二つの影が彼女の脇から飛び出し、『輝冠』の側方に回り込む。

「ふう！」

「とうりゃ！」

「ギウッ!?」

『輝冠』の側頭部にマルスの大剣とミムルのドロップキックが炸裂《さくれつ》。息を合わせた一撃に大百足の首が大きく揺らぎ、ノゾム達に撃ち込まれていたサンダーレインが途切れた。

大百足の怒りは邪魔な闖入者《ちんにゅうしゃ》二名に移り、紫電の雨がマルスとミムルに向かって放たれる。

「ヒイイ！　やめてよして撃たないで～！　猫の丸焼きなんておいしくないですよ～！」

「馬鹿、叫ぶより足を動かせ！」

迫りくる紫電の雨を二人は必死に走りながら避け続けるも、あまりにも雷の数が多すぎた。

雷の雨は瞬く間に二人の逃げ場を塞ぎ、捕らえた虫を握りつぶすようにその檻を閉じていく。

「させないよ！」

「はいはい、二人とも退いてね～～」

しかし、そこにアンリとトムのゴーレムが割って入ってきた。振るわれる鞭が雷の檻に穴を開け、ゴーレムが数多の雷にその身を砕かれながら、マルスとミムルの退路を保持する。

よく見れば、ゴーレムの体のあちこちに魔力を帯びた符が貼り付けられており、薄い魔法障壁がゴーレムの体を轟雷から守っている。

「やれやれ、しゃ～ないなっと。ほら二人とも、はよ逃げえや！」

「悪い、助かった！」

「「うわあん、トムありがとう〜〜！」ちょ、ダメだって！　今は離れて！」

雷の檻から脱出したミムルが感極まった声を上げてトムに突撃する中、二人が脱出した瞬間にゴーレムがサンダーレインで破壊し尽くされた。

「まだだ、まだくるぞ！」

『輝冠』の攻勢は終わらない。五人に向けて、即座に追撃の雷が放たれる。

「うおお〜〜！　ちょ、まずい！」

「うう〜ん。先生もちょっと厳しいわ〜〜」

「まかせて！」

フェオ達が冷や汗を流す中、トムが『土精操』の魔法を発動。『輝冠』と彼らの間の地面から、鈍い緑青色の柱が次々と飛び出してきた。

立ち上がったのは、無数の鉄杭《てっくい》。正確には固めた土の棒に鉄をコーテングしたもの。

避雷針となった鉄杭の群れはその身を砕かれながらも、襲いかかる雷の群れを地面へと誘導する。

「ああ、やっぱり中身が土じゃ強度不足か。それでも、有効！」

「きゃあああ！　トム素敵〜〜！　ほら、狐もさっさと踏ん張りなさいよ！」

「雑っつ！　ワイの扱いざっつっつ！」

それでも魔獣の攻勢は止まらない。一度ダメなら二度、三度と、続けざまに雷雨を叩きつけてくる。

迫る雷の嵐を前にトムだけでなく、フェオも符術で大百足のサンダーレインを防ぎ、散らし、逸らしていく。

「前に出る。少しでもノゾムに向かう雷を逸らす！」

「行くわよラズ、力を貸して！」

『はいよ、任せな！』

アイリスディーナとシーナもまたフェオたちに並び、剣と弓で迫る雷の群れを迎撃する。

魔力を帯びたミスリルの細剣が雷群を纏めて斬り裂き、精霊の力を宿した矢が螺旋を描きながら紫電の群れを穿《うが》つ。

「私の生徒は傷つけさせません～」

アンリも負けていない。右手に持った鞭を縦横無尽に振るい、斬り裂かれ、穿たれて散った雷をさらに霧散させていく。

しかし、それでも大侵攻において各国連合軍すら討伐しきれなかった『輝冠』の力は、教師すら含めたソルミナティ学園が誇る実力者達のさらに上を行っていた。

数と密度を増した雷嵐はもはや壁のようになって襲いかかり、トムとフェオが避雷針として生み出した鉄杭を一瞬で粉砕。必死に抵抗する彼女達を、あっという間に押し込んでいく。

「ぐう！　『輝冠』の力、これほどとは……」

ノゾムに向かってくる雷を斬り払いながら、アイリスディーナは苦悶の声を漏らす。

相手の力は絶大。その力は以前彼女が対峙した吸血鬼、ルガトすらも軽く上回るであろう。現に雷を斬り払った余波ですら腕を焼き、思わず細剣を落としそうになるほどの痛みを彼女に与えてくる。

「みんな、俺のことはいいから早くここから逃げろ！　森の中に入れば、街まで逃げ切れるはずだ！」

自分のせいで傷つき続けるアイリスディーナ達の姿に耐え切れず、ノゾムは彼女達に逃げろと叫ぶ。

もちろん、今のノゾムが『輝冠』と戦っても勝ち目などない。

全身に負った裂傷と大量に失った血。既に立ち上がることにすらできない体なのだ。戦えば『輝冠』が放つ雷雨を躱《かわ》すことも斬り払うこともできず、一瞬で殺されるだろう。

「まったく、つくづく規格外の魔獣だな！」

「なら、諦める⁉」

「冗談！　ここで彼を見捨てる選択をしたら、私は一生自分が許せなくなるからな！」

しかし、アイリスディーナ達はノゾムの必死の呼びかけを無視。むしろ逆にいっそう心を昂《たか》ぶらせながら、剣を振るい、矢を放つ。

「おいティマ、魔法でなんとか打撃を与えられないか⁉」

「ゴメンマルス君、数が多すぎて、魔力を練る余裕が……」

「なら、耐えきるしかねえな！　さっさと暴れるのに満足して帰ってくれりゃあいいのによ！」

致死の雷に身を晒しながらも、彼女達は自ら前に出て、気を振り絞り、魔力を猛らせる。

大切な妹を助けてもらった。

その太刀筋に憧れた。

散々酷いことを言った自分を見捨てず助け、心の傷を乗り越えるきっかけをくれた。

親友との絆を取り戻すきっかけをくれた。

単純に気になったから、近づいてみたらもっと気になった。

初めての友人とこのまま別れたくなかった。

少しでも彼の力になりたいと思った。

傍にいて欲しいと願った。

彼ら、彼女らの胸にこみ上げる思いは複雑で、まるでほつれた糸のように絡み合っている。

ただ、この想いだけは共通していた。


『今苦しんでいる彼を守り、もう一度、一緒に歩いていきたい』


だからこそ、どんな痛みを与えられようと、ここで諦めるなどありえない。

「なんでだ。なんでみんな逃げてくれない！」

そんな彼女達の奮闘が、ノゾムの胸を突く。

逃げようとしてくれない大切な人達にグチャグチャと胸の奥をかき乱されながら、奥歯を噛み締めた。血を失って感覚のなくなった左手が硬く握り締められ、ミシリと骨が軋《きし》む。

こみ上げるのは自分への情けなさと、悔しさ、失望感。

そして……歓喜。だが、そんな喜びが、さらにノゾムの罪悪感を刺激する。

「逃げればいいじゃないか……。俺を置いて、逃げれば……」

嬉《うれ》しいからこそ、喜ばしいからこそ。そして、何もできないからこそ、その正の感情は、鋭い鏃《やじり》となって、ノゾムの胸を貫いていく。

螺旋のように激しく流転する正と負の感情に辛《つら》そうに顔を歪《ゆが》ませる中、ソミアが駆け寄ってきた。

「ソミアちゃん。君だけでも……」

「ノルン先生、私は何をすればいいんですか!?」

せめて彼女だけでも……。そう思い、ノゾムはソミアに逃げるよう言い含めようとするが、彼の力ない声は彼女の大声にかき消される。

「ノゾム君が動かないように押さえてくれ。彼に下手に動かれると治療に専念できなくなる」

「はい！」

冷静なノルンの指示にはっきりとした返事をしながら、彼女は特に傷が酷いノゾムの左腕を、その小さな両手で押さえた。ノルンが患部からの出血を治癒魔法で止め、包帯を巻いていく中、ソミアの幼い手がノゾムの血で染まっていく。

「ノゾムさん。今はじっとしていてくださいね」

「ソミアちゃん、なんで……」

「魔法は一通り習っていても、私は姉様みたいに全然上手《うま》く使えません。戦うこともできないです。悔しいし、悲しいけれど、皆さんの隣に立っても足手まといにしかなりません。なら私は今自分ができることをやらないと……」

そう言うと、ソミアはボソボソと呪文を口ずさみ始める。すると、傷を押さえていたソミアの両手がほのかに輝き始めた。

それは、回復魔法の発動を示す魔力光。ノルンの魔法に重ねられるようにかけられたソミアの魔法が、痛みを取り除いていく。

周囲には耳をつんざくような魔獣の嘶《いなな》きと魔法の爆音が響き渡るが、彼女は臆することなく、必死に自分のできることをやろうとしていた。

やはり姉妹だからなのか。その姿は、目の前で奮闘してくれているアイリスディーナと瓜《うり》二つ。

辛い時も俯《うつむ》かず、前を向き続ける真摯な姿にノゾムの胸はさらに大きくかき乱されていた。

瞳から熱い滴が流れ落ち、ぽたぽたと地面を濡らしていく。

「くう！」

「アイリスディーナさん！　大丈夫!?」

「ああ！　このぐらいじゃ退けないよ！」

捌《さば》き切れなかった雷の余波を受けたアイリスディーナが悲鳴を漏らしそうになるが、歯をくいしばって耐えている。

「ずあっ！」

「マルス君!?」

「ほらほらしっかり！　まだまだ来るよ！」

「分かってるっての！　ここにきて無様を晒せるか！」

巨大な鎌腕《かまうで》に弾かれたマルスを、ミムルがフォローする。隣では、アンリとフェオが同じようにしサンダーレインを払い続けていた。

「フェオく～ん。大丈夫～？」

「ワイ自身は大丈夫や！　でもこれ以上は財布の方がヤバイ……アンリ先生お願いや。ワイと代わって！」

「ごめんね～。私、今は手が離せないの～。先生お給料も安いから、自分で何とかしてね～」

「何言ってんですか！　先生の給料は下手な騎士より高いでしょうが！　こっちは符の費用のために生活費すら削ってるんやで！　シーナ、マルス！　お願いや、助けて！　これ以上散財したら今月は水だけで生活せんといかなくなる！」

「おい、エルフと小鳥！　そっちは大丈夫か⁉」

「今は大丈夫。とりあえず、約一名まだまだ余裕なのがいるから！」

『おいこら、俺は小鳥じゃないぞ！　シー嬢も何か言ってくれ！』

「いいから集中しなさいラズ！　押されてきてるわよ！」

「ちょ！　無視？　無視なん⁉　ワイが餓死することはええの⁉　そもそも符の発動にはどっちにしろ魔力使っているから、そろそろ限界なんやけど！」

フェオが自分の扱いにギャーギャー喚《わめ》いているが、状況はさらに悪化し始めている。

アイリスディーナ達の動きは、徐々に精彩を欠き始めていた。彼女達も、とっくに限界なのだ。

それでも、彼女達の目に逃げるという意思は微塵もない。

「俺、俺……」

ホウッと胸の奥に感じる温もり。彼女達の奮起に触発された想い。

理由がどうであれ、剣を向けた自分を命懸けで守ろうとしているアイリスディーナ達。

彼女達の顔は土と汗で汚れ、サンダーレインの余波を受け続けたことで服はボロボロ。体にもあちこち傷を負っているが、それでも立ち上がり続ける。

義理や義務感からではない。心の底から想うが故の必死で一途《いちず》な姿。

心を真綿で締め付けられるような苦しさを覚えていても、アイリスディーナ達の懸命さが、ノゾムの胸の奥に焼けるような熱を生み出し続ける。

強い正と負の感情に引っ張られ、硬直していた心と体。その均衡が、崩れ始めた。

溜め込まれ続ける熱はノゾムの心に炎を灯し、心を縛る鎖を燃やし、溶かしていく。

ここまで本気になってくれる仲間達の姿は、千の言葉よりも雄弁にノゾムに語り続けてきた。

君が何を言っても、もう私達の友人だ……と。

もう、それだけで十分だった。

「っ！　ノルン先生。ほんの少しでいいから、俺の体を全力で動けるようにできますか⁉」

突然のノゾムが言い放った言葉にノルンの表情は驚きで凍りつく。今のノゾムの体は、本来なら即ベッドに寝かせて安静を保たなければならないほどの傷を負っているのだ。

特に左腕を貫通した刀は未だに突き刺さったままで、迂闊《うかつ》に引き抜けば動脈を傷つけて大量出血を招いてしまうかもしれない。

大量に血が一気に失われれば下手をすればショック症状を引き起こし、そのまま死だ。

これ以上戦うことなど到底不可能で、命を預かるノルンとしては絶対に許可できない。

「君は……自分の状態が分かっているのか⁉　全身に負った裂傷と筋肉の断裂。左腕を貫通した刀に失った血の量も無視できない！　何より今君がその力を解放したら、またティアマットが君を取り込もうとしてくるぞ！」

ノゾムが抑圧を解放すれば、再びティアマットは彼を乗っ取ろうとしてくるだろう。

かの龍の目的が自身の復活で、そのためにノゾムを壊そうとしているなら、この状況はまさにうってつけだ。

「君は、アイリスディーナ君達の思いを無駄にする気か⁉」

「いえ、無駄にしたくないと思っているから、俺はここでやらないといけない！」

諫《いさ》めるような叱咤に、ノゾムは首を振る。

殺されそうになったにもかかわらず、自分を守ってくれるアイリスディーナ達。

その想いに答えたい一心で、ノゾムは自分の左腕を貫いている刀に手をかけて引き抜く。

「くっ……ううう っ！」

ビシュッという音と共に刀が引き抜かれ、ドクドクと流れ出た新たな血が地面に紅く広がっていく。

ノルンとソミアは慌てて傷口を押さえて治癒魔法を施す。

「俺は、ずっと逃げてきた人間です。今もそうだ。みんなが歩み寄ってきてくれていたのに、怒りに我を忘れて、そんな自分が怖くて、信じられなくて目を背けてしまった……」

魔法で徐々に塞がっていく傷口を眺めながら、ノゾムは再び自分自身を顧みる。

自分一人で何とかしようとして、怒りに我を忘れ、勝手に怯えて縮こまった。

そして最後は、刃すら向けてしまった。

こんな最低の人間だけど、それでも彼女達は自分を呼んでくれた。

呼んでくれていたから、ノゾムはここに帰ってくることができた。

今まで周りから目を背けて、逃げていることに気づいても、足踏みしたまま前に進めなかった。

だけど……。

「でも、それももう終わりにしたい。もう一度、皆の隣に立ちたいんだ……」

「ノゾムさん……」

強い意志を秘めたノゾムの表情にソミアは目を奪われ、ノルンは黙って彼の視線を受け止める。

その時、横合いからこの場にいないはずの者の声が聞こえてきた。

「よう、借りを返しに来たぜ」

声のする方に思わず顔を向ける。そこにいた意外な人物達に、ノゾムは思わず目を見開いた。

†

なんとか『輝冠』の攻撃を防いでいたアイリスディーナ達だったが、ついに限界が訪れる。

そもそも反撃する余裕がないほど綱渡りの攻防。今まで戦線を維持できたのが奇跡に近い。

いい加減飽きたのか、『輝冠』の特徴的なひび割れた王冠から、これまでにないほど眩《まばゆ》い雷光が走る。

それを皮切りに、全身の体節から同様の雷が溢れ、各体節上部の節腕の先へと集束していく。

尾節の先にまで雷光が灯り、極太の雷が『輝冠』の巨大な体節を沿うように走り始める。

「まずい！　全員伏せろ！」

アイリスディーナが叫んだ直後、極雷の奔流が解放された。

「きゃあ！」

「があっ！」

間近に彗星《すいせい》が落ちたような轟音と共に一直線に走る『極雷』が、ティマの障壁を一瞬で貫通。余波だけで伏せていたアイリスディーナ達を打ちのめし、ギリギリまで消耗していた戦闘能力を完全に奪い去る。

「くう……」

感覚全てが失われた体に鞭を打ちながら立ち上がるアイリスディーナだが、その手には己の得物を持つ力すら残されていなかった。

携えていた『宵月の銀翼』が地面に落ちて、空《むな》しい音を上げる。

魔力は完全に枯渇。術式を展開しようとするも、突き出した手は彼女の意思に反してだらりと下がり、無理に魔法を使おうとした代償として、強烈な頭痛が襲いかかる。

隣ではシーナが同じようになんとか身を起こしていたが、その様子はアイリスディーナと大差はない。彼女のパートナーであるラズワードも傍で『輝冠』を睨みつけているが、その姿は明滅を繰り返し、身に宿す源素が枯渇寸前であることは明らかだった。

「ギチギチギチギチ……」

『輝冠』が無力なアイリスディーナをあざ笑うかのように牙を鳴らしながら、その巨大な体躯に再び紫電を纏い始めた。

もう一度、あの極雷を放つつもりなのだろう。

アイリスディーナ達は崩れ落ちそうになる体を必死になって支えていたが、それが今の彼女達にできる精一杯。

そして、今まさに極雷が放たれそうになるその瞬間、限界にきていたアイリスディーナ達の横を銀色の影が高速で駆け抜けた。

「え？」

「な、なに!?」

直後、バチ！　と紫色の雷が弾ける音と共に、銀色の影は『輝冠』の頭部めがけて突撃。黒い手甲を嵌《は》めたその拳を引き絞ると、突然の乱入者に驚きの色を浮かべる大百足の単眼に打ち込んだ。

「ちょっと大人しくしてろよ！」

「ギイイイ！」

強烈な一撃が『輝冠』の単眼を打ち抜き、衝撃に大百足がその巨体を思わず仰《の》け反らせる。

「カランティ、今だ！」

「了解、リーダー」

その隙に、ケヴィンのパーティーメンバー達が次々と動けなくなっているマルス達を回収していく。

「彼らは……」

「ケヴィン・アーディナル。どうしてここに……」

ここにいるはずのない銀狼《ぎんろう》族の青年の登場に、茫然とするアイリスディーナとシーナ。

思わず足から力が抜け、地面にへたり込みそうになる彼女達の肩に、優しく手が添えられた。

「二人とも、ありがとう……」

「え……」

張り詰めた戦場とは対照的な穏やかな声。

そして思わず声を漏らす二人の目に、駆け出していくノゾムの背中が飛び込んできた。

「ギィイイイ！」

「くっ!?」

ケヴィンの一撃で思わず隙を晒した『輝冠』だが、すぐさま全身から雷を放ち、彼を弾き飛ばす。

そして待機させていた極雷の狙いを、最優先目標であるノゾムに向けた。

「はあ、はあ、はあ……ぐっ⁉」

痛む体に鞭を打ち、ノゾムは全力で駆けながら、不可視の鎖に手をかけた。

同時に、全身を焼くような怒りと共に、血と炎で赤く染まった光景が再び脳裏に浮かぶ。

明らかなティアマットの干渉。自覚し、備えていたつもりでも、滅龍王の干渉は瞬く間にノゾムの理性を塗りつぶしていく。

強烈な破壊衝動がこみ上げ、続けて激情を思いのまま力を解放した時の法悦が蘇る。

このまま何も考えず、暴れ回れたら、どれだけ気分がいいのだろう。

今までの人生、全てを捨ててもいいという感情すら頭に浮かぶ。

煽《あお》られる恐怖に心が委縮し、不可視の鎖を握り締めた手が震え始めた。

（でも……）

今一度、肩越しにアイリスディーナ達に目を向ける。

剣を向け、殺してしまいそうになった自分を、彼女達は決して見捨てたりせず、それどころかその身を挺《てい》して助けてくれた彼女達。

その姿をただ視界に納めただけなのに、手の震えが消えていく。後は、踏み出すだけ。

師と最後に戦った時と同じ。もう一度、大切な彼女達と向き合うために。

（さあ、もう一度、始めよう……！）

改めて彼女達の姿を目に焼き付けながら、ノゾムは不可視の鎖を引きちぎり、能力抑圧を解放する。

「ぐっうう！」

全身がバラバラになりそうなほどの痛みが走り、気の奔流となって噴き出す。

先ほど治療したばかりの傷口から、三度《みたび》血が流れ始める。

同時に、強大な存在がのしかかってくるような感覚に襲われ、眼前に広がっていた森が消え去る。

後には、灼熱《しゃくねつ》の世界が眼前に広がっていた。

再び広がる悪夢の光景。

しかし、ノゾムはもう惑わされないというように、火の粉が舞う暗がりの空を睨みつける。

『忌々《いまいま》しい奴だ……』

「もうお前の幻には騙《だま》されないぞ。せめてこの瞬間だけはおとなしくしてもらう！」

虚空から響くティアマットの声。ノゾムは汗が滲む手の平を握りしめ、巨龍に向かって咆《ほ》える。

矮小《わいしょう》な人間の宣戦布告に、ティアマットの圧力が増す。同時にこの世界全体がギシリと軋みを上げ始めた。背筋が氷槍《ひょうそう》を突き刺されたように凍え、冷や汗が一気に噴き出す。

生存本能が最大級の警告を放ってくる中、頭に激痛が走る。ティアマットの干渉が始まったのだ。

「ぐっ！」

『今度こそ、貴様の心を壊す……』

「ぐっう、あああああ！！」

ノゾムの絶叫が灼熱の世界に響き、脳裏に様々な死の形が渦巻く。それは全てがノゾムの手によって行われている光景だった。

アイリスディーナを斬り殺すノゾムの姿。

シーナを自分の手で貫くノゾムの姿。

マルスの頭蓋を砕くノゾムの姿。

アンリの体を陣断で血塵に変えるノゾムの姿。

そして、リサの首を絞めるノゾムの姿。

五感すら伴う惨劇が何度も何度もノゾムの脳を貫き、頭の中をグチャグチャにかき回していく。

「っ！　あっぐ！　ぐうううう！」

精神を擦り潰される感覚にノゾムは悶絶し続ける。それでも自分の心だけは渡すまいと必死に抵抗するが、彼の心はまるでヤスリをかけたように徐々に削り取られ、小さくなって虚空の中に拡散していく。

(み、みんな……)

拡散していく心が、自然と彼女達を求める。

今わの際に蘇る、自分の帰ることができる場所。帰ることを許された場所の光景。

その時、ノゾムの耳に暗闇の中で、滴が水面に滴り落ちるような音が聞こえてきた。

音は洞窟の中で反響が繰り返されるように広がり、同時に、拡散しかけていたノゾムの意識が急速に戻ってくる。

「っ、いい加減にしろよ！　てめええ！」

『なっ！』

頭に残る死の幻を叩き出すように、ノゾムが大声を上げて地面に自分の頭を打ちつける。

瞼の裏に閃光が走り、鈍い痛みが走るが、同時にノゾムの頭を侵食していた干渉が途切れた。

『ば、バカな！　なぜこの程度の抵抗で我の干渉を振りほどける！』

初めてティアマットが動揺の声を漏らす。

巨龍が狼狽える中、ノゾムは眼前に広がる、憎悪に染まった灼熱の世界を睨みつける。

ここは、奴がノゾムを陥れるために作り上げたまやかしの世界だ。

ならば偽りの世界を叩き壊して、本当の意味で奴の干渉をはねのける必要がある。

(そのために必要なものを、俺は既に持っているはずだ……)

そして彼は右手を掲げて大きく息を吐き出すと、覚悟を決めて自分の胸を一気に貫いた。

「がっふぅ！」

口から血反吐《ちへど》を吐きながら、ノゾムは目を閉じて自分の内側を探り続ける。

(もっとだ、もっと奥……)

暗闇に閉ざされた視界の中、さながら底の見えない谷底に落ちていくような感覚に襲われながらも、彼はもっと深く、限りない深淵に向かって落ちていく。

どのくらい深い場所に来たのかも分からないくらいに落ちた時、ノゾムの脳裏に、光りを放つ小さな光の球が現れた。

まるで混沌《こんとん》を表すように、五色の光が入り乱れながら輝く玉。間違いなく、ノゾムが取り込んだティアマットの力だ。

「ぐう……」

ゆっくりと自分の胸から手刀を引き抜く。その手には鮮やかに輝く光球が握りしめられていた。

『それは……貴様！』

掲げた右手で光球を握りつぶす。

拳から溢れ出た五色の光が腕に絡みつき、ギシギシとノゾムの腕を締め上げていく。

「うおおお！」

雄叫びを上げながら、掲げた右手を地面に叩きつける。

滅光衝。

地面からティアマットから奪った力、混沌の光が噴出。触れたもの全て消滅させながら、滅龍王が作った偽りの世界を無に帰す。

火の粉が舞う空に罅が入り、卵の殻が剥がれるように崩れていく中、ノゾムはただまっすぐに前を見据えて全力で駆け出し、ひび割れた世界の裂け目の向こうに身を躍らせる。

駆け出したノゾムの目の前に広がっていたのは、現実世界である森の中。

目の前では、『輝冠』が今まさに極雷を放とうとしていた。

「ふう……」

ノゾムは短く息を吐きながら、半身を引いて切っ先を突きつけるように刀を構え、ティアマットの力を注ぎ込む。

その刃紋の形を鎖型へと変えた刀身へと注がれる、混沌の力。先ほどまでウンともスンとも言わなかった愛刀はすんなりと持ち主の意思に応え、滅龍の源素を刀身へと取り込んでいく。

決意と共に立ち上がった彼の心を表すように、その刃は鮮やかな五色に輝いていた。

「ギシャアア！」

『輝冠』の極雷が放たれた。

ノゾムの身長の数倍はあろうかという太さの雷が、大気を切り裂きながら迫り来る。

「っ！」

裂帛の気合と共に、ノゾムは掲げていた刀を一気に斬り払う。

刀の軌跡をなぞるように五色の源素が円を描き、巨大な光膜が出現する。

直後、光膜に『輝冠』の極雷が衝突。光膜はまるで風を受けた帆のようにたわみ、包み込むように雷の奔流を受け止めた。

扇帆蓮。ミカグラ流の防御技の一つ。斬り払った際に生まれた気膜で、相手の魔法を柔軟に受け止め、逸らす技。

本来は回避と組み合わせながら、補助として使うもの。だがノゾムがティアマットの力を直接引き出して生み出した扇帆連の規模と強度は凄まじく、背後にいるアイリスディーナ達を完全に守り切る。

「おおおお！」

そしてノゾムは右手を掲げて、握り込んだ拳を光膜越しに極雷に叩き込む。

すると、たわんでいた膜が反り返り、受け止めていた極雷が『輝冠』めがけて逆に打ち返される。

まさか跳ね返されるとは思っていなかったのか、『輝冠』は回避することもできず、自身の魔法の直撃を食らってしまう。

「ギイ、イイイイ！」

耳を突く絶叫。跳ね返された極雷に頑丈な甲殻を抉《えぐ》られ、大百足は激痛に身をよじらせる。

「ふぅ……」

『輝冠』がのたうち回る中、ノゾムは抜いていた刀を鞘に納めて深呼吸。今まで猛らせていた剣気を収め、静かに瞑目《めいもく》する。

彼の身体からは相変わらず膨大な力が漏れ出しているが、不思議とその姿に威圧感は収まっていく。

「ギギギギギ！」

苦しんでいた『輝冠』の瞳が再びノゾムを捉える。

大百足はその目に怒りの炎に染めながら、怨敵めがけて突進を開始。

巨体に似合わぬ敏捷《びんしょう》さで距離を詰めながら鎌首をもたげ、頭上からのしかかるように迫る。

それでもノゾムは目を閉じたまま、微動だにしなかった。

「ノゾム！」

「っ！」

アイリスディーナの叫び声と共に、ノゾムの目が見開かれる。

彼の体から噴き出し、周囲を漂っていたティアマットの力が、一瞬で構えていた刀に集束。

次の瞬間、解放された極大の剣気が『輝冠』を襲う。

まるで迫りくる黒い壁のような濃密な波動。物理的な圧力すら感じられる剣気は『輝冠』だけでなく、その身を操っている者すらも圧倒し、その体を一時的に硬直させた。

発揮される極限の集中力。全てがスローモーションに映る世界の中、ノゾムは引き出した力を全身に巡らせながら、右足を踏み出す。

地面が砕き、土を舞い上げながら腰を切り、全身の筋肉を完全に連動させ、極強化を繰り返す。

ブチ、ブチブチ……。筋肉が断裂する音が耳の奥に響く。

ティアマットの源素をそのまま使うには、彼の体は脆弱《ぜいじゃく》すぎた。

ツギハギで持たせていた身体はいとも容易く限界を迎え、失血で視界が暗くなっていく。

それでも、ノゾムの動きに一切の遅滞はなかった。感覚は消えても、芯まで技を刷り込まれた体は、師から受け継いだ最高の一撃を放つべく、最善の動きを発揮する。

幻無・閃。

抜刀と共に五色の輝きを伴った閃《ひらめ》きが走り、卓越した剣士の最高の一撃が『輝冠』の強靭《きょうじん》な甲殻を消滅させながら、その肉体を斬り裂く。

さらに、滅龍の力を帯びた一撃は、百足を操っていた精霊に牙を向いた。

「ギイイイイ！」

『ぎゃああああああ！』

『輝冠』の悲鳴に重なるように、少女の甲高い絶叫が響く。

体節の腹を大きく切り裂かれた『輝冠』の全身から力が抜け、ドシン！　と地響きを鳴らしながら、その身を横たえた。

そして限界を振り絞ったノゾムもまた、力なくその場に膝をつく。

「ノゾム……！」

「ノゾム君！」

倒れそうになる彼の体を、駆け寄ったアイリスディーナとシーナが支える。

「あり、がとう……。大丈夫……だから」

二人を不安がらせまいと笑顔を浮かべるノゾムだが、そのまま糸が切れた人形のように気絶してしまう。同時に、能力抑圧が発動。今まで体を維持していた力が消え、一気に流れ出す血の量が増える。

「どこが大丈夫だ！　しっかりと重症じゃないか！」

「ノルン先生、はやく！」

「ああもう、本当に医者泣かせの生徒だな！」

シーナの呼びかけに答え、ノルンがノゾム達のところに駆け寄り、再度治療を始める。

しかしその時、重苦しい、怨嗟に満ちた声が、彼女達の耳の奥から響いてきた。

『この、玩具《おもちゃ》のぐぜに……』

聞こえてきた耳障りなダミ声に、アイリスディーナ達は思わず視線を『輝冠』の方に向ける。

よく見れば、大百足の体からスゥ……と何かが溶け出すかのように姿を見せていた。

それは、昆虫を思わせる透明な翅《はね》を持つ小さな少女。しかし、少女というには、その容貌にどこか違和感を覚える。

愛らしい顔に、無数に輝が入っている。やがて古い塗装が剥がれるように、パリパリと顔の皮膚が剥がれ落ち、その下から異様な容姿が姿を現した。

「あれは……」

虫を思わせる対の複眼と、長虫を想起させる口吻《こうふん》。それは人間の少女ではなく、複数の虫を掛け合わせたような姿だった。

「虫の精霊ね。多分、この大百足に取り付いて、その精神を操っていたんだわ。すこし……話を聞かなければならないわね」

シーナの鋭い視線が、虫の精霊に向けられる。

しかし、彼女が問い詰める間もなく、精霊は夜の闇に溶けるように消えてしまった。

虫の精霊が消えると同時に、大百足が目を覚まし、傷ついた体を起こす。

「ギギギ、ギ……」

「おいおい、これ以上は勘弁してくれよ……」

マルスが今日何度目か分からない嘆息を漏らす。再びアイリスディーナ達を襲う緊張感。

しかし、深手を負った『輝冠』は満身創痍の彼女達を見下ろしながらも何もせず、くるりと身をひるがえして、夜の森の中へと消えていった。

「多分、あの魔獣は寝ているところを虫の精霊に取り付かれて操られていたのよ。私達と戦うより、傷ついた自分の身を守る方を優先したのね……」

ここにきて再度あの怪物と戦うなど、絶対に不可能。シーナの言葉に全員がほっと胸をなでおろす。

「正直、色々と聞きたいことはまだあるけど……」

アイリスディーナは倒れたノゾムの体を抱きながら、その頬をそっと撫でる。

「おかえりノゾム。起きたら、君の話を聞かせてくれ」

ツンと鼻の奥が染みる感覚。胸の奥から湧き上がる熱に浮かされながら、彼女は安堵《あんど》に身を委ねる。

その顔に、慈愛に満ちた笑みを浮かべながら。

CHAPTER 終章

——交錯、破綻の前触れ

「う、ん……」

部屋の中に小さな呻《うめ》き声が漏れ、ベッドに寝かされていたノゾムの瞳がゆっくりと開く。

薄暗い室内、色のない天井。視線を横に移せば、灰色のカーテンが目に飛び込んでくる。おそらくは森の中で気絶し、この部屋に運ばれたのだろう。

(ここはいったいどこ？　それに何が……くっ)

起き上がろうした途端、全身に刺すような痛みが走り、ノゾムは思わずベッドに倒れ込んでしまう。

よく見れば、全身のあちこちに治療の跡が見て取れる。

特に両腕にはこれでもかと包帯が巻かれ、下手に動かせないようにガチガチに固定されていた。

状況から、かなりの時間が経《た》っていることが予想できる。

ノゾムは体に負担がかからないようにゆっくりと動かし始める。相変わらず体には鈍い痛みが走るが、少しずつ少しずつ這《は》うように体を起こし、カーテンを開いて窓の外の景色を覗《のぞ》き込む。

今ノゾムがいる部屋は建物の二階にあるのか、下を見下ろすと通りを歩く人達の姿が見えた。

しかし、その光景に、ノゾムは違和感を覚える。

(あれ？　おかしいな。音が聞こえない。それに目もおかしい……)

窓の外の景色……いや、視界の全てが灰色に染まっている。さらには、向かいの家の屋根に止まっている鳥のさえずりも、通りを行きかう人たちの喧騒《けんそう》も聞こえない。

（まさか、あれが原因か？）

明らかな視覚と聴覚の異常。思い当たることは能力抑圧の解放と、かの龍の力を直接行使したこと。ティアマットの力を使う以前は耳も目も正常だったことを考えると、原因は間違いないだろう。

ノゾムは大きく息を吐きながら天を仰ぐ。

（みんなは、無事なんだろうか……）

状況を考えれば彼女達がノゾムをここまで連れてきたということなのだろうから、無事だとは思う。しかし、姿が見えないことには、胸の奥にこびり付いた不安はぬぐい切れない。

（……捜しに、行こう）

出歩くことはとてもできるような体ではないにもかかわらず、ノゾムは焦燥に負け、立ち上がろうとベッドの縁に手をかけた。

その時、ノゾムの視界の端に見えていたドアが開かれ、誰かが部屋の中に入ってくる。

（あっ……）

灰色に染まった視界の中、ノゾムと部屋に入ってきた人物達との視線が交差する。

アイリスディーナとシーナだ。

彼女達は両手に包帯やガーゼを抱えている。

起き上がっているノゾムの姿を見た二人は慌てた様子で何かを叫ぶと、彼の傍《そば》に駆け寄り、無理やりベッドに押し倒す。

傷に痛みが走り、ノゾムが呻き声を上げると、二人は慌てて押さえていた手をどけた。

そしてシーナが踵《きびす》を返して、部屋を飛び出していく。おそらく他のみんなを呼びに行ったのだろう。

アイリスディーナは恐る恐るといった様子でノゾムの体に触り、傷の状態を確かめている。

そして心配そうな顔で確認が終わると、ノゾムにこれでもかと顔を近づけて何かを叫び始めた。

明らかに叱りつけているような雰囲気。

ノゾムとしては声が聞こえないので、今一臨場感が欠けており、心配してくれる彼女の想《おも》いに頬が緩みそうになる。その度にアイリスディーナの目つきが鋭くなっていく。

さらに怒気を強めて詰め寄ってくるアイリスディーナの様子に、ノゾムも彼女を宥《なだ》めようとするのだが、生憎と彼女が何を言っているか分からないので、どう返事をしたらいいか分からない。

ヒートアップしていくアイリスディーナと、どうにもできずにオロオロするノゾム。

その時、複数の気配が部屋に入ってきた。

来たのは、あの時森にいた仲間達。誰一人欠けた様子もなく、重傷を負っている者もいない。

その姿にノゾムはほっと胸をなでおろす。少なくとも、仲間達があの窮地から脱することができたのなら、自分の感覚が欠けたことも無駄ではなかったと。

ノルンがアイリスディーナに何か言うと、彼女は恥ずかしそうな表情を浮かべて彼から離れる。

モジモジしながらノゾムを恨めしそうに睨《にら》むアイリスディーナ。その姿に先ほどまで互いの息がかかるほどの距離まで顔を近づけていたことに気づき、ノゾムの顔も今さらながら熱を帯びてくる。

そんな二人の様子に、ノルンは両手を上げて呆《あき》れるような仕草をすると、ベッドの傍の丸椅子に腰かけ、ノゾムの顔を覗き込む。

「………、…………」

ノルンがノゾムに声をかけるが、耳が聞こえなくなっている彼は首を傾《かし》げることしかできない。

質問に答えない彼の様子に、ノルンの表情が一瞬厳しいものに変わる。

射抜くような彼女の視線に、ノゾムはブンブンと首を振った。それが功を奏したのかは分からないが、徐々に視界に色が戻り、辺りに響く音が聞こえてくるようになる。

「だ、大丈夫です。ちょっと寝ぼけていたみたいで……」

「そうか……とりあえず傷の様子を診るから、みんなは外に出ていてくれ」

ノルンが皆に外に出るよう促すが、ノゾムが心配なアイリスディーナとシーナが不満げな表情を浮かべる。

「え？　しかし……」

「ノルン先生、診察くらいなら別にここにいても……」

「傷の様子を確かめるために服を脱いでもらうことになる。二人はノゾム君の裸が見たいのかい？」

ノゾムの裸。その言葉を聞いた二人の顔が、見る見るうちに紅《あか》くなっていく。

「うっ……」

「し、失礼します」

アイリスディーナとシーナが慌てた様子で部屋から出て行き、他の皆も後に続く。

全員が部屋を出たところで、ノルンは改めてノゾムと向き合った。事態がよく分からず、戸惑うだけのノゾムを観察しながら、テキパキと彼の上着を脱がせると診察を始める。

「ノゾム君。もしかして、さっきは耳が聞こえなかったのかい？」

「はい……。今は一応聞こえていますが、まだ少し音が反響しているような感じがします」

触診しながら問いかけてくるノルンに、ノゾムは頷《うなず》く。

その言葉を聞いた彼女は神妙な顔で原因を幾つか思い浮かべながら、診察を続けていく。

「君が倒れてから五日ほど経過している。ここはアンリの部屋で、君はあの後すぐにこの部屋に運び込まれたんだ。体は他にどこか異常を感じるかい？」

ノルンの質問に彼は頷くと、耳だけでなく、視界も灰色に染まっていたことを話していく。

「それはおそらく、あの力の解放が原因で体内の気脈や神経が一時的にマヒしてしまったことが原因だろうな」

気脈は体内に流れる生命力の流れだ。これに異常をきたしてしまうと最悪の場合、シノのように死に直結する事態になりかねない。

「酷《ひど》い怪我《けが》だった。出血はなかなか止まらないし、意識も戻らない。薬を湯水のごとく使って回復魔法をかけ続けていたから助かったけど、そのままだったら間違いなく失血死していただろうね」

彼女の言葉通り、ノゾムの体は過剰な力の連続使用で衰弱してしまい、回復魔法の効果も減退してしまった。

回復魔法は怪我人の治癒能力を促進する魔法なので、怪我を負った本人の生命力が低下すると、どうしても効力が落ちてしまうのだ。

「傷自体は君が寝ている間に診断した時より良くはなってきているし、気脈自体も損傷しているわけじゃない。感覚の狂いは一時的なものみたいだし、体が快調に向かうにつれて治ってくると思うが、今は絶対安静だ」

診察の結果を簡潔に伝えると、ノルンは口調を少し叱るようなものへと変える。

「無茶をしすぎだ。今回はたまたま運が良かったが、下手をすれば死んでいたし、一生残る障害を背負っていてもおかしくなかったんだぞ？」

「でも、そうしなければ、誰一人生き残れませんでした」

「分かっている。医者として、言っておかなければならない言葉を伝えているだけだ」

時間が経ってヨレてしまった包帯を変えながらノルンは嘆息すると、アイリスディーナ達が出て行った扉に目を向ける。

「みんな心配していたよ。私とアンリで交代しながら君を診ていたのだが、アイリスディーナ君達も夜遅くまでここにいて手伝ってくれた」

その言葉が、ノゾムの胸を締め付ける。

「彼女達も状況は理解している。それでも、君を心配する気持ちがどうしても前に出てしまうのさ」

少し落ち込むノゾムを慰めながら、診察を終えたノルンは彼の肩に上着をかける。

「こっちは私とアンリに任せておきなさい。今はしっかり休むといい。体がよくなれば、彼女達の心配も消えていくだろうからね」

「はい……」

アイリスディーナ達のことは確かに気になるが、今はとにかく体を治すことが先。

診察と包帯の交換が終わると、ノルンが椅子から立ち上がり、部屋を出て行こうとする。

「ノゾム君、君の中にいるあの龍についてだけど……」

ドアノブに手をかけながらも告げられた一言。迷いを窺《うかが》わせるような一拍の後、ノルンは振り返る。

「君もあの龍の力の危険性は十分認識していると思うが、医者として、教師としてあえて言わせてほしい。あの力を使うことは……」

「……分かっています。アレを使い続けたらどうなるか。アイツ自身から嫌ってほど、頭の中に叩《たた》き込まれましたから」

自分が死ぬだけならまだいいだろう。だが今回のことは、周囲にいる人達にその力が向けられることを現実に示してしまった。

奇跡的に誰も死なずに済んだが、ノゾムがティアマットの力を抱えている限り、暴走の可能性は常にあるのだ。

ノゾム自身も十分に理解している。その身で思い知っている。それが原因で悩みを自分の中に抱え込んでしまい、破綻しかけたのだから。

「でも、逃げることもできません。逃げても結局は俺の周りが傷つきます。そして一番最初に傷つくのはアイリス達……俺は、そんなの御免です」

しかし、現状ではこの力をノゾムから引き剥がす方法がない。

ならば、選択は二つしかない。諦めて何もかも投げ出すか、それともこの力と向き合い、自分と融合したティアマットを完全に御するか。

そして、ノゾムはもう前者を選ぶことはしないと心に決めていた。

殺されるかもしれないのに暴走したノゾムを止めようとしたアイリスディーナ達。そこまでして自分を受け入れてくれた彼女達に、背を向けたくなかった。

「もちろん、俺とアイツの力の差は歴然です。でも、もう惑わされたりしません。たとえ死んでもこの意思だけは譲る気はありません」

ギュッと拳を握りしめながら宣言するノゾム。その言葉は何よりも自分自身に向けられていた。

「できると思うかい？　相手は伝説の巨龍だよ？」

ジッと目を細めてノルンはノゾムを見つめる。見極めるようなその視線を受け止めながら、ノゾムは一度大きく息を吸うとはっきりとした口調で言い放つ。

「俺一人では無理でしょうね。でも大丈夫です。ちゃんと、譲れないものに気づけましたから……」

そう言い切ったノゾムは漂い、消えてしまいそうな雲ではなく、荒野に逞《たくま》しく根付いた一本の樹を思い起こさせた。

譲れないもの。それは彼が手に入れた絆《きずな》。

まだ小さくて心許《こころもと》ないが、迷い、悩み、道を見失った時に指標となる道標《みちしるべ》。

ノゾムの心の中で芽吹いていた小さな芽が、大きく育ち始めた瞬間だった。

「そうか……ならその気持ちを忘れないように、アイリスディーナ君達を大事にしなさい」

ノルンの言葉に頷くと、ノゾムは改めてベッドに横になり、アイリスディーナ達の顔を脳裏に描きながら目を閉じた。やはり体は休息を求めているのか、彼はすぐさま寝息を立て始める。

ノルンが静かに部屋を出る。

扉の向こうはすぐにリビングになっていた。橙《だいだい》色のカーテンや明るい色で統一された内装。

アンリが住む部屋らしく、暖かい女性特有の気配が漂っている。

そこではアイリスディーナ達が、不安そうな顔でノルン達を待っていた。

「さて。ノゾム君の状態だが、解放したあの力のせいで一時的に感覚が狂っていたみたいだ。今でも少し音が聞き取り辛いらしい」

ノルンの言葉にアイリスディーナ達の顔に緊張が走る。

「大丈夫、さっきも言ったけど一時的なものだし、とりあえず峠は越えている。ゆっくり休んで体を治せば問題ないよ」

「そうですか……」

ノルンは努めて明るい口調で説明を続けるも、アイリスディーナ達の表情は一様に暗い。

「……心配かい？」

「はい……」

ノルンの問いかけに、アイリスディーナは力なく答えた。

彼女達の気持ちを察し、ノルンとアンリは安心させるように小さく笑みを浮かべる。

「彼は診察の後、また眠ってしまったが、もう大丈夫だ。彼が目を覚ますまで、君達もお茶でも飲んでゆっくりしているといい」

「ノルン、私はちょっと買い出しに行ってくるわ〜。フェオ君、荷物持ちお願いね〜」

「え、ワイ？　なんで？」

「いいから、いいから〜」

アンリはフェオの手を取ると、そのまま彼を連れて出て行ってしまう。

そんな親友に苦笑を浮かべながら、ノルンはお茶を入れるためにカップや茶葉を用意し始める。

「ノルン先生、手伝います」

「いや、だから休んで……まあいいか。それじゃあ、お湯を沸かしてくれるかい」

勝手に手伝いを始めるアイリスディーナ達に、ノルンは苦笑を浮かべる。

ノゾムの意識が戻るまで、彼女達は交代しながら彼の様子を見守り続けていた。よく見れば目の下に隈《くま》ができており、この五日間、碌《ろく》に眠れていないことが窺《うかが》える。

ノゾムの容態が峠を越えたことが分かったものの、完全ではない。彼女達はまだ、本当の意味で安心できていないのだ。

それも見越した上で、ノルンは彼女達に休むように言ったのだが、しょうがない。

お茶の支度をしながらも、彼女達の意識はずっと壁板一枚隔てた隣の部屋に向けられ続けていた。

†

一息入れ、天に昇っていた太陽が沈み始める頃、アイリスディーナは悪いと思いながらも、ノゾムのベッドの傍で彼の寝顔を眺めていた。

彼が起きたら何を話そうか。何を聞こうか……。

今まで遠慮してしまい、聞けなかったことがたくさんある。話したいことがたくさんある。

「……ノゾム」

目の前で眠る人の名を呟《つぶや》きながら、そっと頬に触れる。

まだ傷が治りきっていないからだろうか。触れる肌はまだ熱っぽい。

トクン、トクンという脈打つ鼓動が、耳の裏に響く。

「大変だったけど……よかった」

漏れる安堵《あんど》の声。窓から吹き込むそよ風が、優しく二人の顔をなでていく。

「……アイリスディーナさん」

ドアをノックする音と共にシーナが部屋に入ってきた。

彼女はアイリスディーナの隣にやってくると、同じようにノゾムの寝顔を覗き込み、頬を緩めた。

今ここにちゃんと彼がいて、今生きていることを肌で感じ取れる。

彼女達の心の奥で張り詰めていた緊張の糸がようやく解けてきた。

「んっ……」

その時、ノゾムの瞼《まぶた》がゆっくりと開かれていった。

やや呆《ほう》けた様子の瞳が、覗き込んでいるアイリスディーナ達の顔を映す。

「アイリス、シーナさん……？」

「っ！　私達の声が聞こえる？」

「う、うん。目も問題ないみたいだし、耳もちゃんと聞こえているよ」

「よかった……」

ちゃんと耳が聞こえている様子に、アイリスディーナとシーナが安堵の息を漏らす。

「ノゾム、大丈夫か？」

「ヤッホ――！　ノゾム君。まだ生きてる？」

「ミムル、不謹慎だよ。よかった、ちゃんと感覚は戻っているみたいだね」

三人の会話を聞きつけたのか、ドアを開けて隣の部屋にいたマルス達が駆け込んできた。

彼らもまた、ノゾムの感覚が戻ったことに各々安心した様子を見せる。

「みんな……心配させてすまない」

「無事でよかったわ。もう、貴方《あなた》は心臓に悪いことばかりするんだから……」

「いや、君も以前同じようなことしただろ？」

「ふふ……貴方ほどじゃないわよ。私よりもよほど馬鹿なことをした自覚、あるでしょ？」

「まあ、ね……」

微笑《ほほえ》みかけてくるシーナに、ノゾムも恥ずかしそうに頭をかく。

初めて会った時の刺々《とげとげ》しい雰囲気が微塵《みじん》も感じられない慈しみに満ちた笑顔に、その場にいた親友のミムルも驚きの表情を見せる。

「でも、ちゃんと帰ってきてくれて嬉《うれ》しいわ。これからもよろしくね」

スッとシーナの細く白い手が差し出される。美麗なエルフから向けられる親愛の視線に気恥ずかしさを覚えながらも、ノゾムはそっと、向けられた握手に応えた。

「そういえば、ラズワードは？」

「貴方の無事を聞いて、もう大丈夫だろうって言って出ていったわ。気まぐれなところがあるから、すぐに戻ってくると思うけど……」

「そう……か」

「ノゾム、それから、これ」

傍にいたアイリスディーナが彼の愛刀を差し出してくる。

スッと鞘《さや》から刃《やいば》を覗かせれば鎖型の刃紋が見て取れた。

「その刀の銘は無銘。メーナに聞いたが、持ち主の心に反応して特性が変化する、特別な刀らしい」

「そっか……また師匠に助けられたんだな」

師からその想いと共に譲られた刀。ギリギリのところで彼の命を繋《つな》いでいた師の形見。

手渡された刀は、ノゾムには今まで以上に手に馴染《なじ》んでいるように思えた。完全に、彼を主《あるじ》として認めてくれたのかもしれない。

「ありがとう、みんな。本当に……」

万感の思いを胸に抱いて、ノゾムは彼女達に礼を言う。

アイリスディーナは満面の笑みを浮かべながら小さく頷くと、ベッドの傍にある椅子に腰かける。

そして、そのまま身を乗り出し、ノゾムの顔を覗き込んだ。

「ノゾム。聞かせてくれないか。君のことを、もっと……」

もっと彼のことが知りたい。胸の奥に疼《うず》いている熱が増していくのを感じながら、アイリスディーナは彼の話をせがむ。以前にあった胸のしこりは、驚くほど綺麗《きれい》に洗い流されていた。

「そうだな、何から話そうか……。俺の故郷は周りを山に囲まれていて……」

彼女から向けられる深愛の笑みと、呼んでくれる声に鼓動が高鳴るのを感じながら、ノゾムはゆっくりと故郷のことを話し始める。

その夜。部屋の明かりは途絶えることはなく、穏やかな時が流れていった。

†

リサと商業区を歩いていたケンは、道を照らすカンテラの灯《あか》りの下、メフィから送られた思念に目を見開いた。

「失敗した……だって？」

ありえない結果。こみ上げる憎しみと恐怖から、思わず呻き声を漏らす。

「ケン、どうかしたの？」

隣にいたリサが窺うような視線を向けてくる。渦巻く負の感情を心の奥底にしまい込み、いつも浮かべていた笑みを返す。

彼にとっては慣れたこと。ずっと昔。それこそ、リサに惹《ひ》かれてからつけてきた仮面だ。

「なんでもないよリサ。それより、こんな夜遅くまで付き合ってくれてありがとう」

「……あれ？」

しかし、リサの反応はケンの予想と違っていた。額に手を当て、どこか虚《うつ》ろな表情を浮かべている。

「リサ、どうしたんだい？」

「う、ううん、なんでも、なんでもない。ちょっと、変なのが見えただけだから。ケンが、森でアイツと一緒にいるところ……」

彼女の言葉に、ケンは思わず気色ばんだ。記憶が、戻りかけているのか……？　と。

「おかしいよね？　そんなことなかったはずなのに……」

ありえない。メフィが行った記憶操作だ。精霊が行使した魔法が僅か数日で破られるはずはない。

しかし、一度こみ上げた不安は瞬く間に膨張し、気づいた時には彼は、リサの手を掴《つか》んでいた。

「ケ、ケン、どうかしたの？」

「なあ、そろそろ、俺達も先に進んでいいよな？」

「え？」

柔らかいリサの手を引き、息を感じるほど近くに寄せる。

そのまま彼女の唇に己の唇を当てようとして……。

「……いや！」

裂くような悲鳴と共に拒絶された。胸に走った衝撃に、ケンは思わず息を詰まらせる。

二人の距離が離れ、一瞬の静寂の後、リサは顔を青くして狼狽《うろた》え始めた。

「ごめ、ごめんなさい。ごめんなさい、ごめんなさい……」

「っ、いいんだ、いいんだよ」

取り繕うような笑みを浮かべながらも、ケンは心の中で思わず、またダメだったと失意に沈む。

ノゾムとの間を引き裂いて以降、リサは誰かと親密な関係になることができなくなっていた。

特に恋愛関係には顕著で、異性と触れ合うことすら難しくなってしまっていた。

皮肉な話である。彼はノゾムを陥れた結果、守りたかった少女の心に大きな傷を負わせてしまった。

そして、彼は本当の意味でリサの片翼になることができなくなったのだ。

（ノゾム……つくづくお前は僕の邪魔を……！）

まさに自業自得。しかし、ノゾムへの嫉妬で目を曇らせている彼は、己の非道を省みることをせず、
見当違いな怒りの炎を燃やし続けていた。

闇夜を包む雲が、ゴロゴロと雷鳴を響かせ始める。

情緒不安定になってしまったリサを女子療へと届けると、ケンは歪《ゆが》んだ憎悪に目をギラつかせながら、寮とは正反対、学園の方へと歩き始める。

そんな彼の背中を、寮の窓からカミラがジッと睨みつけるように見つめている。

くすんだ、紅色へと変わった髪をなびかせながら。

†

アンリはフェオを連れ、まだ続く厳戒態勢の中、人通りの少ないアルカザムの街中を練り歩く。

「それでアンリ先生、どの店に行くんや？　さっきから雑貨屋素通りしとるけど……」

「そんなに遠くないわ～。すぐそこだから、ちょっと我慢してね～。覗き魔の星影くん」

アンリが懐から小さな小瓶を取り出す。その中には黒く炭化した紙の欠片《かけら》が入っていた。

それは、フェオがノゾムを覗き見していた時に使っていた符の残骸。ノゾムの相談でアンリが現場に赴いて回収したものだった。

「……なんや、気づいとったんかい」

『星影』と呼ばれる、アルカザムの密偵であることを言及されたフェオは、内心驚きつつも、あっさりとその事実を認めた。

「この残骸を調べたおかげでね～。フェオ君にノゾム君の調査を依頼したのはジハード先生でしょ～？　これから報告に行くの～？」

「一応、仕事やからな。というか、依頼元も気づいてたんかい」

フェオの言葉に、アンリは笑顔で頷く。

アビスグリーフの一件でもノゾムは能力抑圧を解放しており、その報告を受けて後処理したのはジハードだ。考えればすぐにわかる。

「それで悪いんだけど、ノゾム君の秘密、ちょっと黙っていてもらえない～？」

「なんでや？」

「ノゾム君がまだ望んでいないし、下手をすると彼の意思関係なく、組織間抗争に巻き込まれるからよ～」

龍殺しという特大のイレギュラーの存在であったとしても、ノゾムはアンリにとって大切な生徒の一人。だから、彼の意思に反して周囲が勝手に動くことは許容できない。

「分かっとるんか？　ワイ、こう見えて星影の情報提供者やで？」

「でも、完全に組織に属してるってわけでもないでしょ？」

「……どうしてそう思うんや？」

「もしそうなら、この五日間、情報を自分に留めておくことはしないよ～」

諜報員《ちょうほう》といっても、実際に非合法な活動をする者から、単なる情報提供者まで、その種類は様々ある。そしてフェオは後者の存在。雇われという形のため、卒業後の進路も自由であることを保証されている身だった。もちろん、守秘義務は負っているが。

「まあ、その通りや。ワイは学園に入り込む間者がいるのかどうか、情報を提供する程度の人間や。ぶっちゃけ末端も末端で、そのくらいしかやることあらへん」

「ノゾム君に近づいたのは、興味本位？」

「そや、能力抑圧を解除できるってことで調べろとは言われたが、興味が八割以上やった。しかし、あんなとんでもないもの抱えとったとは思わんかったけどな～。はあ……」

正直なところ、ノゾムの存在はフェオの手に余るものだった。伝説の龍殺しなど、ただの末端構成員にはどうにもできない。

もし、フェオが任務に忠実な諜報員だったら、すぐさまジハードに報告したかもしれない。

しかし、彼にとって星影の仕事は金払いのよいものではあるが、固執する気は全くないもの。

これは彼個人の性格と狐尾《こび》族の気質が合わさった結果だが、だからこそ、この件は頭が痛かった。

(秘めた力は特上。しかもコネも半端ない。下手に手を出したら、どんな目にあうか分からんて)

力だけでなく、ノゾムが持つ人脈もフェオにとっては無視できないもの。フォルスィーナ王国の名門、フランシルト家の人間が懇意にしているともなれば、迂闊《うかつ》な行動はできない。

「じゃあ、先生に任せて〜。悪いようにはしないから〜」

「なんやろ。すっごい不安なんやけど……」

いまいち安心できない口調のアンリに促され、フェオが連れてこられたのは学園の教官棟の一画。

ひときわ大きく、立派な扉の前。学園の最高責任者、ジハード・ラウンデルの執務室だった。

「アンリ先生、ここって……」

「ジハード先生、入りますね〜」

コンコンとノックをしながらも、アンリは中からの返答も待たず、ガチャリとドアを開ける。

扉の奥には、重苦しい空気を纏《まと》うジハードと、眉を顰《ひそ》めたインダがいる。

(あれ？　もしかしてワイ、めちゃくちゃピンチなんやない？)

背筋に流れる冷や汗に、フェオは話をする前から自分の判断を呪い始めていたのだった。

夢を見ている。灼熱《しゃくねつ》の業火と助けを求める人達の声が響き渡る地獄の光景。

崩壊したアルカザムの中でノゾムは再び、唯一人佇《たたず》んでいた。

「アイツか……」

肌を焼く熱と周囲にまき散らされたかつて人だった者から発せられる異臭。目を背けたくなるような地獄の様相が、眼前に広がっていた。

だが同時に、まるで膜がかかっているような感覚も伴う。

そう、今のノゾムは目の前の光景が幻覚であると認識できていた。

彼は無言で能力抑圧を解放。取り込んだティアマットの力を全て解放し、右腕に集約すると、全力でその拳を地面に叩きつける。

解放された五色の力が再び灼熱の地獄を蹂躙《じゅうりん》し、偽りの世界を砕いて塵《ごみ》に帰していく。

幻のアルカザムが砕け散った後、ノゾムはあの暗い湖畔《こはん》に立っていた。目の前には地獄の光景の代わりに、山のような巨体がそびえ立っている。

『グルルルル……』

忌々《いまいま》しそうに唸《うな》り声を上げながら、焼き尽くさんばかりの憤怒の視線でノゾムを睨みつける巨龍。

ティアマットが五色の翼を広げ、空中に無数の光球を作り上げる。

闇に染まった空を埋めつくさんばかりに広がり、まるで夜空の星々のように瞬く光球の軍勢。

幻覚でノゾムを絶望させることができなかったティアマットは、今度は力ずくでノゾムの精神を破壊しようとしてきているのだろう。

ノゾムはただまっすぐに巨龍を睨みつけながら腰を落とし、全身に気を行きわたらせる。

右腕には先ほど放った全力の滅光衝で激痛が走っているが、それでも構わない。

天を覆い尽くした無数の殺意の塊がノゾムに向けられる。

背筋が凍るような感覚と押し潰されそうな圧力。気がつけばノゾムの右手が小刻みに震えていた。

「っ！　相変わらず……シャレになってない」

背中に流れる冷や汗と、壊れそうな勢いで鼓動する自分の心音を聞きながら、ノゾムは必死に萎えそうになる精神に活を入れる。

彼我の力量差は考えるだけ無駄。でも、譲ってなんてやらない。

あの極炎のブレスに魂まで灰にされたとしても、絶対に譲らない。

自分の帰る場所を頭に思い浮かべる。手は……もう震えていなかった。

彼女達の顔を今一度脳裏に焼き付け、ノゾムは腰に差してある刀に手を沿える。

『ガアアアアア！』

奴の咆哮《ほうこう》と共に、天を埋めつくした光球が一斉にノゾムめがけて降り注ぐ。

空が落ちてきたのではと錯覚するほどの殺意の塊が迫りくる中、ノゾムは瞑目《めいもく》しながら、再び自分の内にある巨龍と同質の力を呼び起こす。

全身に走る激痛、真っ白になる視界。奥歯を砕くほど噛《か》みしめながら、それでも必死に自分の意識を保ち、迫ってくる混沌《こんとん》の流星群を睨みつける。

そして彼は五色に輝く光の尾を引き連れて、迫りくる巨龍の殺意に向かって駆け出した。

CHAPTER 閑話

閑話――蟲の誘い

誰かを好きになるということを、あの時ほどはっきり感じたことはなかった。

向けられる笑みに、言葉を失ったのを覚えている。

「初めまして。私はリサ・ハウンズ、よろしくね！」

冒険者の父と母の間に生まれたその紅髪の少女は、父が亡くなったことをきっかけに、母の故郷であるこの村にやってきた。

オイレ村。小国連合を構成する一国の中の、小さな集落。

「リサのお母さん、冒険者らしいんだ。ケン、話を聞きに行ってみないか？」

隣で少し興奮した様子を見せている友人の声もよく聞こえず、ただ生返事をしながら、その太陽のような微笑《ほほえ》みに見惚《みと》れていた。

一目惚《ひとめぼ》れ……というやつだ。

始まった彼女との日々は、穏やかでありながらも退屈で、灰色にも似た日常を色鮮やかに変えてくれた。

同い年ということもあり、僕達は自然と一緒に行動するようになる。

リサは元々冒険者だった両親と一緒に色々な土地を巡ってきたためか、この村にもすぐに慣れ、そ

Ryuusa no Ori
Kokoro no
Naka no Kokoro

して気がつけば人気者になっていた。

でも、僕は彼女へ気持ちを口にすることはできなかった。恥ずかしかったこともあるし、自分の気持ちを他人に伝えるということをしたことがなかったこともある。

だけど一番の理由は、隣にいた一番の友人。ノゾム・バウンティス。

彼もまた、リサに惹《ひ》かれていた。でも、僕は気にしなかった。

いつも一緒の三人。リサも僕もノゾムも、互いに優劣をつけることがなかったからだ。

でも、それは少しずつ崩れていった。

最初のきっかけはなんだっただろうか。

多分、リサが来てから一年ほど経《た》った頃の、あの出来事。

「さっさと俺達の遊び場から出て行けよ、よそ者！」

「なによ、先に来た方が一日遊べるって決まりでしょ、自分で言ったことくらい守りなさいよ！」

オイレ村のガキ大将、ムジルがリサに突っかかり、彼女も負けじと言い返す。

彼の後ろには取り巻きが数人いて、ボスと一緒にリサに突っかかるが、彼女は全く意に介さない。

村を囲む丘の上に生えた、一本の松の木。子供達の遊び場となっていたその場所をめぐる競走。

家の仕事を終えた僕達はいつも通り、先に到着。日が暮れるまでその場所で遊べるはずだった。

「うるさい、俺の親父《おやじ》は村長だぞ！」

しかし、その日に限って、ムジルが駄々をこねた。多分、家の手伝いをしている中で叱られたか何かあったのだろう。

ムジルは村長の息子で体も大きく、同年代の子供達は誰も逆らえなかったが、リサがこの村に来ると状況が変わった。

彼女は生来の物怖《ものお》じしない性格と、冒険者の両親から手ほどきを受けていたのか、男の子顔負けの強さを発揮。ムジルを押しのけ、子供達のリーダーとなってしまった。

当然、ムジルは面白くない。

そしてこの日、元々リサに対して鬱屈が溜《た》まっていたところに叱られ、苛立《いらだ》ちが治まらなくなっていた彼は、自分で決めたルールを無視し、僕達に退《ど》くよう命令してきた。

「村長だからって何よ！　ムジルのお父さんは関係ないでしょ！　それに、自分の言ったことすら守れないなんて、情けないって思わないの!?」

「うるせえよ、この親なし！」

「っ!?」

親なし。その言葉に、リサは一瞬目を見開き、まるで胸を氷柱で貫かれたかのように固まってしまった。ふるふると瞳が震え、唇が真一文字に引き攣《つ》る。

そしてムジルは言葉を失ったリサの肩をドン！　と乱暴に押しのけた。

「痛っ……！」

尻餅をつくように倒れたリサの小さな悲鳴。揺れていた瞳に、涙が浮かぶ。

「ううう……」

普段なら「何するのよ！」と反発する彼女だが、亡くなった父親のことを思い出したのか、動けなくなってしまっていた。

そんな彼女の姿に自分達の有利を確信したのか、ムジルだけでなく、他の取り巻き達も口々にリサをなじり始める。

普段の強気な彼女からは想像もできない弱々しい姿に僕が言葉を失っている中……。

「このやろう！」

怒りに顔を真っ赤にしたノゾムが、ムジルに飛びかかった。自分より体の大きなガキ大将を力任せ押し倒す。

「あ……」

「リサに、謝れ！」

怯《おび》えていたリサの瞳に、光が戻る。それを見て、僕もすぐに飛びかかった。

二人でムジルの顔をボコボコにするが、人数が相手の方が多いこともあり、すぐに引き剥がされてしまう。

「こ、こいつら、よくもやりやがったな！」

顔を腫らし、涙目になりながら気炎を吐くムジル。

「いい加減……にしなさいよ、このオーク鼻！」

「ぶぶ！」

そこに、復活したリサの全力のドロップキックが炸裂《さくれつ》した。

強烈な一撃で顔面を撃ち抜かれたガキ大将は鼻血を流しながら倒れ込む。

そのまま、ガキ大将は気絶。取り巻きは捨て台詞《ぜりふ》を吐きながら、ムジルを担いで逃げていった。

しかし、僕達も遊ぶ気にはならなくなってしまっていた。

そのまま三人とも何も言わず、一本松に背中を預けてボーっと空を見上げ続ける。

そして、太陽が丘の上にかかった頃、ようやくリサが口を開いた。

「私ってやっぱりよそ者なのかな」

「え？」

始まった彼女の独白。冒険者だった父と母に連れられて、色々な場所に行った時の話。

「旅をしている時は本当に楽しかった。アブリュエスの水湖都市やリベタスやアラエーナの自由都市」

丘の下に広がる村ではなく、ずっと遠く。旅をしていた時を思い出しながら、彼女の話は続く。

「旅をしている時は何もかもが新しくて、キラキラと輝いて見えた。確かに寒くて眠れなかったり、お腹《なか》いっぱい食べられない日もあったけど、父さんも母さんも、いつも笑っていた」

少なくとも彼女にとっては、毎日が本当に幸せと呼べる日々だったのだ。父が亡くなるまでは……。

オイレ村は辺鄙《へんぴ》な村だが、幸運にも僕達が生まれてから大きな災厄には襲われていない。飢饉《ききん》もなく、周辺に凶悪な魔獣も戦争もなく、平和だった。

「確かに危険はないわ。いつも暖かいベッドで眠れるし、寒くて凍えることもない。でも……」

「リサは、お父さんみたいになりたいの？」

ノゾムの言葉にリサは小さく頷《うなず》く。

夜の闇や魔獣の遠吠《とおぼ》えが怖くて眠れない時の、あの大きな温《ぬく》もり。

旅の途中で父が見せてくれていた数々の風景と共に、その熱が彼女の胸の奥でくすぶり続けている。

「大丈夫さ。リサが大きくなれば問題ないよ。旅に行くことだってできるし、きっとリサのお父さんと同じように冒険者になることには反対しないよ」

「そうだよ。リサのお母さんも冒険者だったのなら、反対なんてしないと思うよ」

子供ながらの、無責任な言葉。でもこんな僕達の言葉に、リサはようやく笑顔になってくれた。

「うん、決めた。私、冒険者になる！」

自分自身に言い聞かせるように、リサは自分の夢をハッキリと宣言する。

それは、彼女が冒険者になることを決めた瞬間だった。

「お父さんが言ってたわ。大陸でも凄《すご》い人達が集まって、特別な街を造ったって。そこでは大陸で一番大きな学校があって、世界中のことが知れるって！」

この時から、彼女はソルミナティ学園に行くことを決意した。

そして僕たちはそのまま村へと帰ることにした。

「その……二人とも、ありがとう」

「い、いや……別に」

「う、うん……」

帰り際にリサから贈られたお礼の言葉に胸を高鳴らせる。

でも、同時に気づいてしまった。彼女がノゾムを見る目に、今までにない熱を帯びているのを。

そして妹と一緒に立ち去る彼女を見送った僕とノゾムは、約束をした。

いずれこの狭い村から眩《まばゆ》く広大な世界へと旅立とうするリサ、そんな彼女の夢を支えようと。

そして、ソルミナティ学園へ行くことを決めた僕達は、日常をこれまで通りに過ごしながら、拙いなりに鍛錬と勉強を重ねていく。

数年が経つと、僕達の身長も伸び、少しずつ大人に近づいていった。

そして、僕達三人の関係も。

外から見れば変わらぬとも、確かに変わっていったのだ。

リサがノゾムを見つめる瞳はいっそう輝きを増し、話しかける時の声色も明らかに弾むようになる。

そんな彼女を見る度に、胸が締め付けられるような息苦しさを覚えた。

でも、それでもよかった。

だって、ノゾムはまっすぐでいい奴だ。少し胸は苦しいけど、この時は純粋に二人が上手《うま》くいってくれればと思っていた。

『あなた、私が見えるの？　そんな人間、私初めて見たよ！』

「君は、いったい……」

そんな中、僕はあの一本松の下で、水色の翅《はね》を持つ彼女と出会った。

おとぎ話に出てくる妖精を思わせる小さな体と輝く翅。鱗粉《りんぷん》のように舞う、神聖さを漂わせる源素光。一目で特別な存在と分かる容姿だった。

『私はメフィ。水の精霊だよ。ふ〜ん、君、特別みたいだね』

「とく、べつ？」

そして知った。僕が、特別な人間であることを。

ざわりと、怖気《おぞけ》にも似た高揚感が、背筋に走った。

あとがき

ようやく出せた第三巻！

ということで、前二巻に続いて本書を手に取っていただき、ありがとうございます！

そして同時に謝罪させてください。お待たせして申し訳ありませんでした――――！

第二巻を出してから一年以上、お前は何をしていたのかと。いや、つくづく自分の至らなさを痛感させられました。

第三巻はＷＥＢ版でも色々とキツいご意見を頂き、かつ文章量が明らかに書籍化に向かなくなっていた箇所なので、私自身、これまで以上に手を加えることが必要と思っておりました。

そのため、ＷＥＢ版を一度全て解体。書き直すことを実行しました。具体的には、新要素をぶち込んだ上で、四十万文字以上だった本文を二十万文字に納めようとしたのです。

元々、前二巻も同じようなことをしていたのですが、今回は否が応でも力が入ってしまいました。

ストーリーの調整、新キャラの登場やら新要素の追加、キャラクターの役割の変更、それにともなう布石や各種変更。元であるＷＥＢ版の膨大さもあり、結果、前二巻以上に困難なことに……。

また、一度書いた文章を書き直すというのは、自分の文に自分でダメ出しをしていくということで、これが中々にキツく、常にこれでいいのか？　という疑問を抱えながら書いておりました。

そして私は基本、一つのことをやり始めると他に意識が向かないタイプ。

これらがしっかり組み合わさった結果、見事にスランプに陥りました！

人間、病む時はあっさり病むとは経験上知ってはいましたが、再度同じ轍を踏むという凡人ムーブ。

まあ、私の失敗談は横に置きまして……。第三巻は主人公が再び過去に向き合おうとする章です。

第一巻で逃避を自覚し、第二巻で勇気ときっかけをもらい、そして再挑戦するお話。

当然、簡単に上手くいくはずもなく、今まで我慢してきた感情が噴き出し、大爆発。結果、あちこちに火をまき散らしてしまい、仲間達の中も険悪に。

しかし、このような衝突があるからこそ、これまで積み上げたものが輝く。そんな気持ちで書かせていただきました。

改めて、第三巻、いかがだったでしょうか？

少しでも皆様の読書生活に、ほんの一時でも潤いを与えられているなら幸いです。

そして本書に関わってくださった関係各所の皆様方、本当にご迷惑をおかけしました。

今回再びイラストを担当してくださったｓｉｍｅ様、相も変わらず美麗なキャラクター達を、本当にありがとうございます！

また担当だったＳ氏に代わり、一緒に本巻を作ってくださり、かつ今回私が一番ご迷惑をかけてしまった編集のＮ氏、大変お世話になりました。

そして、原稿を見てくださった校正担当や、宣伝、広報等、各所で尽力してくださった一迅社の方々、三度この未熟者の作品を世に出す機会をくださり、本当にありがとうございます。

そして、漫画版を描いてくださったアンティーク氏。全三巻、本当にお疲れさまでした。

本書に関わってくださった全ての皆様に、この場を借りて感謝を述べさせていただきます。

次は第四巻……頑張ります。

龍《りゅう》鎖《さ》のオリⅢ －心《こころ》の中《なか》の“こころ”－

2023年5月5日　初版発行

初出……「龍鎖のオリ－心の中の“こころ”－」
小説投稿サイト「小説家になろう」で掲載

【著者】cadet《キャデット》
【イラスト】sime《シメ》

【発行者】野内雅宏

【発行所】株式会社一迅社
〒160-0022
東京都新宿区新宿3 1 13　京王新宿追分ビル5F
電話　03-5312-7432（編集）
電話　03-5312-6150（販売）

発売元：株式会社講談社（講談社・一迅社）

【印刷・製本】大日本印刷株式会社
【DTP】株式会社三協美術

【装幀】AFTERGLOW

ISBN 978-4-7580-9550-1

おたよりの宛先
〒160-0022
東京都新宿区新宿3-1-13　京王新宿追分ビル5F
株式会社一迅社　ノベル編集部
cadet先生・sime先生